This publication has been supported by the ©POLAND Translation Program
이 책은 폴란드 북 인스티튜트의 지원을 받아 제작하였습니다.

2 | 경멸의 시간 상

초판 1쇄 | 2018년 5월 23일
초판 7쇄 | 2024년 8월 21일

지은이 | 안제이 사프콥스키
옮긴이 | 이지원

펴낸이 | 서인석
펴낸곳 | 제우미디어
출판등록 | 제 3-429호
등록일자 | 1992년 8월 17일
주소 | 서울시 마포구 독막로 76-1 한주빌딩 5층
전화 | 02-3142-6845
팩스 | 02-3142-0075
홈페이지 | www.jeumedia.com

ISBN | 978-89-5952-643-7
　　　　978-89-5952-511-9(set)
• 파본은 구입하신 서점에서 교환해드립니다.

제우미디어 네이버 포스트 | post.naver.com/jeumediablog
제우미디어 페이스북 | facebook.com/jeumedia

만든 사람들
출판사업부 총괄 손대현 | **편집장** 전태준 | **책임 편집** 성건우 | **기획** 홍지영, 장윤선, 박건우, 안재욱, 조병준
디자인 총괄 디자인수 | **영업** 김금남, 김영욱, 권혁진 | **도움주신 분** 강신후, 김기범, 이민수, 임예원, 최광민

위쳐

2 | 경멸의 시간

상

안제이 사프콥스키 지음 · 이지원 옮김

THE WITCHER

제우미디어

너의 손에 피, 팔카,

너의 드레스에 피,

불타거라, 불타거라, 팔카, 너의 죗값으로,

불타버려라, 그리고 고통 속에서 죽어버려라

베디미니 *Vedymini* a. 노드링그족의 위처. 비밀스러운 엘리트 사제 전사 집단으로 드루이드족의
일파로 짐작됨. 민가의 상상 속에서 마법의 힘과 초인적인 힘을 가진 존재로 격상되어 사악한 영혼
과 괴물, 어둠의 세력들과 맞서 싸우는 이들로 전해지고 있음. 실상은 자신들의 무기를 능숙히 다
루며, 북쪽 부족의 지배자들에 의해 주변 부족 간 싸움에 이용됨. 전투 시 자기최면이나 환각제를
이용하여 황홀경에 빠지기도 하는데, 광적인 에너지를 바탕으로 고통이나 치명적인 상처 또한 느
끼지 못하여 이들의 초자연적인 힘에 대한 미신이 더욱더 커짐. 위처가 돌연변이나 유전자 조작의
결과물이라고 주장하는 이론은 실제로 확인된 바 없음. 노드링그 족의 수많은 민담 속 주인공으로
등장. *(F. 델라노아, "북쪽 민족의 신화와 전설"과 비교할 것)*

　　　　　　　　　　　에펜베르그와 탈봇, 〈막시마 문디 백과사전, 제15권〉

제 1 장

    말을 달리는 파발꾼 아플가트는 이 직업을 시작하려는 젊은이들에게 가장 중요한 건 바로 이 두 가지라고 말하곤 했다. 똑똑한 머리와 강철 같은 엉덩이.

    똑똑한 머리는 필수적이다, 아플가트는 젊은 파발꾼들에게 이렇게 가르쳤다. 옷 속 맨살 가슴에 장착한 가죽 주머니에는 중요하지 않은 정보만을 넣어야 한다. 어떻게 될지 모르는 종이나 양피지에 맡겨도 되는 정보 말이다. 정말 중요하고 비밀스러운 정보, 많은 것들을 좌지우지할 수 있는 정보는 파발꾼이 외워서 필요한 사람에게 전달할 수 있어야 한다. 한 단어 한 단어씩 정확히. 가끔은 어려운 말일 때도 있다. 발음하기도 힘든데, 외우는 건 또 얼마나 어렵겠는가. 이러한 것들을 외우고 전달할 때 혼동하지 않기 위해서 바로 그 똑똑한 머리가 필요한 것이다.

    아, 그리고 강철과 같은 엉덩이가 왜 필요한지는, 파발꾼이라면 곧 스스로 알게 될 것이다. 안장 위에서 사흘 밤낮을 보내야 할 때, 100 아니, 200마일을 휴식 없이 내내 달려야 할 때 말이다. 하, 물론 계속 말안장 위에서 보내는 것은 아니다. 가끔은 내리기도 하고, 쉬기도 하니까. 왜냐하면 사람은 꽤 견딜 수 있지만, 말은 그렇게까지 견디지 못한다. 하지만 휴식 후 다시 안장 위에 올라타야 할 때, 엉덩이는 비명을 지르는 것이다. 살려줘, 죽을 지경이라고!

하지만 요즘 시대에 도대체 누가 파발꾼을 필요로 한단 말입니까, 아플가트 선생님, 하고 묻는 젊은이들도 있다. 예를 들어 벤거버그와 비지마는 누구도 나흘이나 닷새 안에 도착할 수 없지 않나요, 최고로 빠른 말을 타고 달려도 말입니다. 거기다 벤거버그의 마법사들이 비지마의 마법사들에게 마법으로 소식을 전하는 건 금방이잖아요? 30분? 아니 그보다 더 빨리 전할 수도 있잖습니까. 파발꾼은 말이 부상당할 수도 있고, 산적이나 다람쥐들에게 공격을 당할 수도 있고, 늑대나 그리핀에게 찢겨 죽을 수도 있고요. 우리 같은 파발꾼이 당하는 건 순식간이죠. 하지만 마법사의 전갈이라면 길을 잃지도 않고, 늦지도 않고, 사고를 당할 일도 없어요. 궁정마다 마법사가 있는 지금, 파발꾼이 무슨 소용입니까? 이미 파발꾼은 필요 없어요, 아플가트 선생님.

아플가트도 한때는 이제 자신이 어느 누구에게도 쓸모가 없으리라 생각한 적이 있었다. 서른여섯 살, 키는 작았지만 탄탄하고 힘이 셌으며, 이 일을 두려워하지 않았다. 그리고 머리도 좋았다. 자신과 아내를 먹여 살리고, 아직 시집보내지 못한 딸들의 지참금을 저축하고, 계속해서 되는 일이 없는 무능한 놈에게 시집간 딸을 도와줄 정도의 돈은 모을 수 있는 다른 일자리를 찾을 수도 있었다. 하지만 아플가트는 이 일 말고는 다른 일을 원하지도 않았고, 다른 일을 상상해본 적도 없었다. 아플가트는 왕의 파발꾼이었다.

갑작스럽게 모두에게 잊히고 굴욕적으로 아무 일도 없었던 긴 시간이 지난 지금, 아플가트는 갑자기 필요한 인물이 되었다. 시골길과 숲길들은 말발굽 소리로 가득했다. 파발꾼들이 예전처럼 다시 나라를 누비며 이 도시 저 도시로 소식을 전하게 된 것이다.

아플가트는 왜 이렇게 된 것인지 알고 있었다. 아플가트는 많은 것을 알았고, 들은 얘기는 더 많았다. 물론 파발꾼은 자신이 전달한 전갈은 바로 기억에서 삭제해버리고 고문을 당하더라도 기억해내지 못할 정도로 잊어버려야 하지만, 아플가트는 기억하고 있었다. 그리고 왜 갑자기 왕들이 마법과 마법사들의 도움으로 전갈을 주고받는 것을 관뒀는지도 알고 있었다. 왕들은 마법사들을 더는 신용할 수 없게 되었고, 마법사들에게 자신들의 비밀을 알리지 않기로 한 것이다.

왕들과 마법사들 사이의 신뢰가 이렇게 갑작스럽게 식어버린 이유가 무엇인지 아플가트는 알 수 없었고, 관심도 없었다. 아플가트의 생각으로는 왕들이나 마법사들이나 도저히 이해할 수도 없고, 무슨 일을 저지를지도 알 수 없는 존재들이었다. 특히나 이렇게 힘든 시기에는 말이다. 이 도시에서 저 도시로, 이 성에서 저 성으로, 이 왕국에서 저 왕국으로 다니다 보면 지금이 힘든 시기라는 것은 분명했다.

길에는 군대들로 가득했다. 한 걸음마다 보병들이나 기마병들을 만났고 만나는 군대의 통솔자들마다 신경이 곤두서 있고 근심에 차 있었으며 퉁명스러워서, 마치 이 세상의 운명이 자신에게 달려 있는 것처럼 보였다. 게다가 마을과 성들도 무장한 사람들로 가득해 낮이나 밤이나 그 움직임이 수선스러웠다. 보통 때라면 코빼기도 보이지 않던 성이나 마을의 관리들도 폭풍 전야의 말벌처럼 성벽과 안뜰을 돌아다니며 소리를 지르고, 욕설을 내뱉고, 명령을 내리고, 사람들을 다그쳤다. 성채나 군부대 주변으로는 무거운 기둥을 가득 실은 마차들이 밤낮없이 들어와 짐을 내려놓고는 또 다른 마차들과 쉼 없이 교차했다. 시골길은 목장에서 막 나온 세 살배기 말들의 먼지로 가득 찼다. 입마개에도, 무장한 기수에도 익숙하지 않은 어린 말들은 마지막 자유를 만끽하며 말을 돌보는 사람들에게 귀찮은 일거리를 만들어주었고, 길을 지나는 이들에게는 폐를 끼치기 십상이었다.

한마디로 정체되어 있는 뜨거운 공기 위에는 전쟁의 기운이 감돌았다.

아플가트는 안장에서 몸을 일으켜 주위를 살펴보았다. 아래 언덕 밑에는 들판과 수풀 사이를 구불구불 지나가는 강물이 반짝였고, 강 너머 남쪽에는 숲이 펼쳐져 있었다. 아플가트는 말을 달렸다. 서둘러야 했다.

이미 길 위에서 이틀째였다. 왕의 명령과 전갈은 트레토고르에서 돌아오는 길에 쉬고 있던 하게에서 떨어졌다. 밤중에 요새를 떠나, 폰타르 강의 왼쪽 방죽을 따라 달려 테메리아와의 국경을 새벽 전에 넘었고, 다음 날 정오에 이스메나 강둑에 다다라 있었다. 폴테스트 왕이 비지마에 있었더라면, 아플가트는 이미 이날 밤에 전갈을 전할 수 있었을 것이다. 운 나쁘게도 폴테스트 왕은 수도에 없었다. 왕은 비지마로부터 200마일 떨어진 남쪽 마리보에 머물고 있었던 것이다. 아플가트는 이 사실을 알고 있던 터라 흰 다리 근처 서쪽으로 향하는 길에서 벗어나 숲길을 따라 엘란더 방향으로 달렸다. 위험하기는 했다. 숲 속은 계속해서 다람쥐들이 활개를 치고 있었으니, 그들의 손에 잡히거나 활을 맞게 될지도 몰랐다. 하지만 왕의 파발꾼이라면 위험을 감수해야 했다. 그런 직업이었으니까.

아플가트는 별문제 없이 강을 건넜다. 6월부터 비가 오지 않아 이스메나 강은 눈에 띄게 수위가 낮아져 있었다. 숲 가장자리 길에만 머무르면서 아플가트는 비지마에서 남동쪽으로, 마하캄 산맥에 걸친 드워프들의 오두막들과 대장간, 마을이 있는 방향으로 향하는 길에 다다랐다. 이 길로는 마차들이 이어지고 있었는데, 가끔 그 마차들을 기마 수색대들이 앞질러 가곤 했다. 아플가트는 안도의 한숨을 내쉬었다. 인적이 많은 곳에는 다람쥐들이 없을 것이다. 테메리아에서 인간과 싸우는 엘프들과의 교전은 1년 전부터 진행되었다. 그 과정에서 쫓기게 된 다람쥐들 부대는 소그룹으로 나뉘었고, 이 작은 부대들은 인적이 많은 길을 피해 다녔다.

저녁이 되기 전에 아플가트는 이미 엘란더 공국의 서쪽 국경인, 자바다라는 시골 마을 근처 갈림길에 도달했다. 여기서부터 마리보까지는 안전하고도 똑바로 뻗은 42마일 길이었고, 사람들이 많이 다니는 길이기도 했다. 갈림길에는 여인숙이 있었다. 아플가트는 여기서 말에게도 휴식을 주고 자신도 쉬기로 했다. 동이 틀 때쯤 움직인다면 말이 지치기 전에 그리고 해가 지기 전에 마리보 성탑들의 붉은 지붕 위로 펄럭이는 은빛과 검은빛의 깃발들을 볼 수 있을 터였다.

아플가트는 말에게서 마구를 벗기고, 여인숙의 심부름꾼도 마다한 채 혼자서 말의 수발을 들었다. 왕의 파발꾼은 누구에게도 자신의 말을 맡기거나 만지게 하지 않았다. 그런 후에 소시지가 든 스크램블 에그를 잔뜩 시켜 커다란 발효 빵 조금과 함께 먹고는 맥주 1크바르타*를 마셨다. 그리고 여기저기서 떠들어대는 소문을 귀담아 들었다. 소문은 다양했다. 여인숙에는 세상의 온갖 사람들이 다 모이는 법이었으니까.

아플가트가 들은 소식들은 다음과 같았다. 돌 앙그라에서는 또다시 전투

---

* 크바르타(Kwarta): 부피를 나타내는 폴란드의 옛 단위로 1크바르타는 0.9422리터.

가 발생해 리리아의 기마대가 닐프가드 기마 수색대와 맞붙었으며, 리리아의 여왕 메브가 닐프가드의 도발을 강도 높게 고발하며 에이단의 데머번드 왕에게 도움을 청했다. 트레토고르에서는 닐프가드 에미르 황제의 사신들과 비밀리에 접촉한 르다니아의 남작이 공개 처형되었다. 케드웬에서는 대규모로 모인 다람쥐들 즉, 스코이아텔 부대가 레이드 요새에서 학살을 저질렀는데, 이에 대한 복수로 아드 카라그의 주민들이 수도에 살고 있는 인간이 아닌 종족들을 사백 명이나 살해했다.

남쪽에서 온 상인들이 말하길, 테메리아의 신트라 피난민들 사이에 슬픔과 애도의 분위기가 만연하며 비세게르드 대원수 아래로 모여들고 있다고 했다. 신트라의 암사자, 칼란테 여왕의 마지막 남은 핏줄인 새끼 사자, 시릴라 공주의 죽음이 확인되었다는 것이다.

그밖에도 어두운 미래를 예견하는 무서운 소문들이 더 있었다. 알데스버그 근처의 시골 마을에서는 젖을 다 짜낸 암소들이 느닷없이 젖에서 피를 뿜어냈고, 새벽이 되자 안개 속에서 대학살을 예고하는 모르 처녀의 모습이 목격되었다는 이야기였다. 브뤼헤의 브로킬론의 숲, 아무도 들어갈 수 없는 드라이어드의 숲 근처에서는 허공을 질주하는 와일드 헌트가 나타났으며, 이러한 와일드 헌트의 출현은 전쟁을 예언하는 것이었다. 또한 브레머 부어드에서는 유령선이 나타났으며, 배 위에는 맹금류의 깃털을 꽂은 투구를 쓴 검은 기사의 유령이 나타났다고 했다.

아플가트는 사람들의 이야기를 뒤로하고 자리에서 일어났다. 너무 지쳐 있었기 때문이었다. 여러 명이 함께 자는 숙소로 돌아와 허술한 침상에 통나무처럼 몸을 누이고는 코를 골며 깊이 잠들었다.

아플가트는 동이 틀 무렵 잠에서 깼다. 마당으로 나왔을 때 그는 조금 놀랐다. 그 시간에 밖으로 나온 사람이 자신만이 아니었던 것이다. 흔치 않은 일이었다. 우물가에는 안장이 놓인 검은 말과 남자 옷을 입은 여자가 손을 씻고 있었다. 아플가트의 발자국 소리를 듣고 여자는 몸을 돌리더니 젖은 손을 모아 풍성한 검은 머리카락을 뒤로 젖혔다. 아플가트가 몸을 굽혀 인사를 하자 여자는 고개를 조금 숙여 답례했다.

　마구간으로 들어서면서는 아침 일찍 일어난 또 다른 사람과 부딪힐 뻔했다. 이번에는 벨벳 베레모를 쓴 소녀였다. 회색 얼룩이 있는 암말을 마당으로 끌고 나오는 중이었다. 여자아이는 말에 기대선 채 얼굴을 문지르며 하품을 하고 있었다.

　"말 위에서 잠들 것 같아…… 졸려……."

　여자아이가 파발꾼을 지나며 말했다.

　"냉기에 잠이 깰 겁니다, 말을 빨리 달리면 말이죠. 그럼 살펴가세요, 아가씨."

　아플가트는 서까래에서 안장을 내리며 공손하게 말했다.

　여자아이는 고개를 돌려 마치 지금에야 그를 본 듯 아플가트를 바라보았다. 에메랄드빛의 커다란 눈이었다. 아플가트는 안장 밑에 까는 천을 말 위에 던졌다.

　"살펴가세요."

　아플가트는 다시 인사를 건넸다. 평상시 말이 많은 편도, 대화를 즐기는 편도 아니었지만 지금은 가까이 있는 누군가와 대화를 하고 싶었다. 그 누군가가 코흘리개 아이라도 말이다. 길 위에서의 외롭고 긴긴 나날들 때문이었는지, 아니면 어린 소녀가 자신의 둘째 딸과 조금 닮아서 그랬는지는 모르겠지만.

"신들이 사고와 험한 여정에서 당신들을 지켜주시길. 당신들은 두 명뿐이고 게다가 여자들이니…… 지금은 험한 시기에요. 어딜 가나 길 위엔 위험이 도사리죠."

아플가트의 말에 여자아이는 초록빛 눈을 더 크게 떴다. 파발꾼은 등골이 서늘해지는 기분이 들었다.

"위험은……."

갑자기 여자아이는 조금 전과는 다른, 변해버린 목소리로 말했다.

"위험은 조용하다. 잿빛 깃털이 날아오는 것을 듣지 못한다. 꿈을 꾸었어. 모래…… 모래는 태양에 달궈져서 뜨거웠어."

아플가트는 안장을 든 채로 멈칫했다.

"뭐라고 말씀하신 거죠, 아가씨? 무슨 모래요?"

여자아이는 몸을 떨더니 얼굴을 문질렀다. 회색 얼룩이 있는 암말이 머리를 흔들었다.

"시리, 서둘러!"

그때 검은 머리의 여자가 마당에서 말의 안장 끈과 주머니를 고쳐 매며 날카롭게 불렀다.

여자아이는 하품을 하고는 아플가트를 바라보며 두 눈을 깜빡거렸다. 마치 아플가트가 마구간에 있는 것이 이상하다는 듯이. 파발꾼은 아무 말도 하지 못했다.

"시리, 거기서 잠든 거니!" 여자가 다시 한 번 외쳤다.

"가요, 예니퍼 선생님!"

아플가트가 자기 말에 안장을 씌우고 마당으로 끌고 나왔을 때, 여자와 소녀의 모습은 이미 사라지고 없었다. 수탉은 목쉰 소리로 끈질기게 울었고

개들은 마구 짖어댔으며 나무들 사이로 뻐꾸기의 기척이 느껴졌다. 아플가트는 안장 위로 뛰어올랐다. 그러고는 녹색 눈의 여자아이와 그 아이가 한 이상한 말을 떠올렸다. 조용한 위험이라고? 잿빛 깃털? 뜨거운 모래? 모자란 아이인가. 요즘에는 그런 여자들이 많았다. 탈영병들과 나쁜 놈들에게 당해 정신이 이상해진 여자들…… 그래, 분명 그런 경우일 거야. 어쩌면 자다가 일어나 잠이 덜 깨서 그런 건 아니었을까? 새벽에 잠이 덜 깬 상태에서는 별 이상한 생각이 다 드니까.

갑자기 등골이 오싹해지면서 소름이 돋고 목덜미가 뻐근해졌다. 아플가트는 주먹으로 등을 두드렸다.

마리보로 가는 길에 들어서자 아플가트는 발뒤꿈치로 말을 재촉하며 달렸다. 서둘러야 했다.

마리보에서 아플가트는 오랫동안 쉬지 않았다. 날은 아직 저물지 않았고 귀 옆으로는 바람 소리가 휙휙 지나갔다. 마리보에서 바꿔 탄 어두운 색의 새 말은 목을 쭉 빼고 꼬리를 휘저으며 내달렸다. 길에 늘어선 버드나무들이 빠르게 스쳐 지나갔다. 아플가트의 가슴은 외교 서신이 들어 있는 주머니에 짓눌렸고 엉덩이는 아파왔다.

"이봐요, 그렇게 달리다간 목이 부러질 거요!"

깜짝 놀란 찌르레기들이 날아오르는 이유를 찾다가 파발꾼을 본 마부가 아플가트의 뒤에 대고 소리쳤다.

"정신없이 달리는군. 죽음이 발뒤꿈치를 핥기라도 하나! 얼간이 같으니라고! 그래 봤자 죽음 앞에서는 도망치지도 못할 것을!"

아플가트는 속도 때문에 시려진 눈의 눈물을 닦았다.

어제는 폴테스트 왕에게 서한을 전달한 후, 곧장 아플가트가 섬기는 데머번드 왕의 비밀 전언을 암송해 읊었다.

"데머번드가 폴테스트에게. 돌 앙그라는 준비 완료. 변장한 군사들이 명령을 기다리고 있음. 예상 시한은 7월 상현달이 뜬 후 이튿날 밤. 배들은 이틀 후 둑에 상륙해야 함."

시골길에는 까마귀 떼가 시끄럽게 날아올랐다. 동쪽의 마하캄과 돌 앙그라 방향으로, 벤거버그가 있는 곳이었다. 아플가트는 말을 달리며 테메리아의 왕 폴테스트가 에이단의 왕 데머번드에게 보내는 전언을 기억 속에서 다시 한 번 상기했다.

폴테스트가 데머번드에게. 첫째, 작전 중지. 똑똑한 척하는 놈들이 회의를 소집해 타네드 섬에서 만나 의논하기로 함. 이 회의 이후 상황이 많이 달라질 수 있음. 둘째, 새끼 사자 수색 중단. 사망 확인됨.

아플가트는 말을 세차게 걷어찼다. 서둘러야 했다.

좁은 숲길은 마차들로 잔뜩 막혀 있었다. 아플가트는 속도를 줄이고 길게 늘어선 마차들의 맨 뒤로 다가갔다. 서둘러서 돌파할 수 있는 상황이 아니었다. 돌아가는 것도 불가능했다. 시간적으로 너무 손해였으니까. 꽉 막힌 길을 피한다고 늪지의 수풀을 지나가는 것도 달갑지 않았다. 게다가 이제 날도 저물고 있었다.

"이게 무슨 일이죠?"

줄 끝에 있는 늙은 마부 두 명에게 아플가트가 물었다. 한 명은 졸고 있는 것 같았고, 한 명은 살아 있는 것처럼 보이지도 않았다.

"공격이라도 있었던 건가요? 다람쥐들인가? 무슨 일입니까? 난 급한

데······."

둘 중 한 명이 대답을 하기도 전에 숲에 가려 보이지도 않는 마차 줄 앞쪽에서 비명 소리가 들려왔다. 마부들은 찰진 욕설을 퍼붓고는 말들과 소들을 향해 채찍질을 하며 마차 안으로 급히 들어갔다. 곧이어 늘어선 마차 행렬이 느릿느릿 움직였다. 하품을 하던 노인은 정신을 차리고 턱수염이 움직일 만큼 빽 소리를 지르며 노새들의 엉덩이를 채찍으로 내리쳤다. 거의 죽은 것처럼 보이던 또 한 명의 늙은 마부는 살아나 밀짚모자를 슬쩍 올리며 아플가트를 바라보았다.

"바쁜가 보네. 헤, 이봐요, 재수가 없군. 딱 맞춰 오셨어."

"그렇지."

노새를 쫓아낸 늙은 마부가 말했다.

"바로 딱 맞는 때지. 아까 왔으면, 우리랑 같이 여기서 내내 기다렸을 테니까. 우리 모두가 급하지만 기다릴 수밖에 없어. 길이 막혔다는데 어떻게 가겠어?"

"길이 막혔다고요? 어떻게요?"

"사람을 잡아먹는 무서운 놈이 나타난 거야, 젊은이. 어떤 기사 양반이 하인 하나를 데리고 이 길로 갔다고 해. 그런데 괴물 한 마리가 그 기사의 투구와 함께 머리를 뽑아버리고, 말은 창자가 다 튀어나왔다네. 하인 놈은 도망쳐서 횡설수설하는데, 괴물은 한 놈이고 길이 온통 짐승의 피로 물들었다는군."

"그 괴물은 정체가 뭐라던가요? 용입니까?"

아플가트는 늙은 마부들과 이야기를 계속하기 위해 말을 멈춰 세웠다.

"아니, 용은 아냐."

밀짚모자를 쓴 늙은 마부가 말했다.

"무슨 만티코어라고 하던데. 도망친 그 하인 놈이, 괴물이 날아다닌다고, 엄청나게 크다고 했어. 거기다 미쳤다고 하더라고. 그 기사만 먹어 치우고 달아나버릴 줄 알았는데, 그게 아니야! 길 한가운데 앉아서 말이지, 젠장, 삐죽한 비늘을 드러내고는 씩씩거리면서…… 아니, 글쎄 병에 끼운 코르크처럼 이렇게 길을 막고 있다니까! 그 괴물을 본 사람들이 죄다 마차를 버리고 도망쳤으니 말이지. 그래서 마차가 반 마일이나 늘어섰고, 이 근처는 자네도 알겠지만 수풀이 무성하고 늪까지 있어서 우회를 할 수도, 뒤로 돌아갈 수도 없어. 그러니까……."

"맙소사! 그래서 이렇게 서 있단 말입니까! 아니, 무기로 그 괴물을 길에서 쫓아버리든지 죽이든지 해야죠."

아플가트가 답답하다는 듯 언성을 높였다.

"뭐, 몇 명이 시도는 했지."

행렬이 조금 움직이자 노새를 몰며 노인이 말했다.

"상인들의 수비대에 있던 드워프 셋이랑 카레라스 요새로 향하던 젊은 군인 넷이 덤볐어. 그런데 그 괴물이 드워프들은 갈가리 찢어놓고 군인들은……."

"꽁지가 빠져라 도망쳤지."

옆에 있던 늙은 마부는 침을 듬뿍, 그리고 멀고 정확히 노새들 엉덩이 사이로 뱉었다.

"군인들은 도망쳤다고, 그 만티코어인지 뭔지를 보자마자 말이야. 한 놈은 바지에 지리기까지 했어, 오, 저기, 저기, 저놈이야, 저놈이라고!"

"도대체 뭐 하러 똥 싼 놈을 나에게 알려주려는 거예요? 관심도 없는데."

아플가트는 조금 짜증을 내며 말했다.

"그게 아니라, 괴물 말이야! 죽은 괴물! 병사들이 그 괴물을 마차에 싣고 있어, 보이냐고!"

아플가트는 안장 위에 올라섰다. 꽤 어둑어둑했고 호기심 많은 사람들이 몰려든 탓에 자세히 볼 수는 없었지만 병사들이 옮기고 있는, 누르스름하고 거대한 몸체가 보였다. 괴물의 박쥐같은 날개, 전갈처럼 생긴 꼬리가 땅에 축 늘어져 있었다. 병사들은 한목소리로 구령을 붙이며 괴물의 몸뚱이를 간신히 들어 올려 마차에 실었다. 마차에 묶인 말들은 피비린내와 썩은 고기 냄새에 울부짖으며 마차에서 벗어나려고 했다.

"서 있지 마시오!"

병사 열 명을 거느린 우두머리가 늙은 마부들에게 소리쳤다.

"앞으로 가세요! 길을 막고 서 있지 말고!"

두 마부는 노새를 움직였고 마차는 줄에 합류했다. 아플가트는 말을 뒤꿈치로 툭툭 치며 자리를 잡았다.

"그러니까, 저 병사들이 괴물을 처치한 거죠?"

"무슨."

늙은 마부는 고개를 저었다.

"저 병사들은 사람들 앞에서 소리나 질러댔지, 여기 서라, 이쪽으로 와라, 이래라저래라…… 괴물을 처치할 생각은 전혀 없었어. 대신 위쳐를 불렀지."

"위쳐를요?"

"그렇지."

옆에서 잠자코 듣고 있던 다른 늙은 마부가 말했다.

"누군가 마을에서 위쳐를 봤다고 해서, 거기로 사람을 보냈지. 그래서 이리로 왔고. 머리카락은 하얗고, 얼굴은 끔찍한데다가 무서운 칼을 등에 차고 있었어. 한 시간도 되지 않아서 누군가 저 안쪽에서 소리를 쳤지. 이제 곧 갈 수 있다고, 위쳐가 괴물을 처치했다고 말이야. 그래서 드디어 움직일 수 있게 됐는데, 당신이 때맞춰 여기 온 거야."

아플가트는 생각에 잠긴 채 말했다.

"그러고 보니 이곳저곳 참 많이 쏘다녔지만, 위쳐를 본 적은 한 번도 없군요. 위쳐가 괴물을 처치하는 걸 본 사람은 있나요?"

"내가 봤어요!"

머리가 마구 헝클어진 남자아이 하나가 마차 건너편 끝에서 외쳤다. 안장도 얹지 않고 입마개도 하지 않은 비쩍 마른 말을 타고 있었다.

"내가 다 봤다고요! 병사들 바로 옆, 한가운데 아까 있었어요!"

"이 녀석 좀 봐라, 코흘리개 같으니."

마차의 우두머리인 노인이 말했다.

"젖비린내 나는 꼬마가 잘난 척한다 이거지. 한번 맞아봐야 입을 다물겠냐?"

"그냥 두세요. 전 여기서 카레라스로 갑니다. 그 위쳐가 어떻게 한 건지 얘기를 좀 들어보고 싶어요. 말해봐라, 꼬마야."

아플가트가 끼어들며 아이에게 물었다.

남자아이는 마차 옆으로 말을 몰며 서둘러 이야기를 시작했다.

"그 위쳐가 대장님에게 왔어요. 이름은 게롤트라고 했고요. 대장님은, 뭐 이름이 어떻게 되건 간에, 빨리 일에 착수하라고 했어요. 그리고 어디에 괴물이 앉아 있는지 보여줬어요. 위쳐는 근처로 가더니 놈을 잠시 쳐다봤어요. 괴물과의 거리가 1스타야*보다 조금 더 먼 듯했는데, 위쳐는 슬쩍 보더니 바로 만티코어라는 놈이라면서 특이하게 큰 종이라고 하더니, 200크라운을 주면 죽여주겠다고 했어요."

"200크라운? 뭐야, 완전 제멋대로군."

옆에 있던 늙은 마부가 침을 꿀꺽 삼키며 중얼거렸다.

"대장님도 똑같은 소리를 했어요. 욕을 섞어서요. 그랬더니 위쳐가, 가격은 200이고 자기는 최후의 심판 날까지 길에 괴물이 앉아 있건 말건 상관없다고 말했어요. 대장님은 그 돈을 내느니 괴물이 자기 혼자 날아갈 때까지 기다리는 게 낫다고 했고요. 그랬더니 위쳐가 괴물은 가지 않을 거라고, 배가 고픈데다가 화가 나 있다고 했어요. 그리고 날아가 버린다 해도 다시 여기로 돌아올 거라고 여기가 자기 영, 영역……."

"야, 꼬마! 헛소리하지 말고 무슨 일이 있었는지 말해!"

마차의 우두머리가 마차의 고삐를 잡고 있는 손으로 코를 닦으려다가 실패하고는 소리를 질렀다.

"지금 말하고 있잖아요! 위쳐가 이렇게 말했어요. 저 괴물은 가지 않을 거라고요. 앉아서 밤새도록 죽은 기사를 천천히 뜯어먹을 거라고 했어요. 기사가 갑옷을 입고 있어서 속살을 파먹으려면 시간이 많이 걸릴 거라는 말도요. 그제야 상인들이 돈을 모아서 100크라운을 주겠다고 했어요. 그랬더니 위쳐가 저기 있는 괴물은 만티코어이고 상당히 위험한 놈이라면서 100크라운은 그냥 당신들 엉덩이 밑에 깔고 있으라고, 자긴 그 돈에 모가지를 걸진 않겠다고 했어요. 그 말에 대장님이 화가 머리끝까지 나서 엉덩이가

---

* 스타야(Staja): 길이를 나타내는 폴란드의 옛 단위로 1스타야는 1066.8미터.

똥 쌀 때 필요한 것처럼 위쳐나 개나 다 그런데 쓰는 거라면서 소리를 질렀어요. 일이 이렇게 되니 상인들은 위쳐가 화가 나서 가버릴까봐 150크라운을 주겠다고 의견을 모았어요. 위쳐는 거래를 받아들였는지 칼을 뽑아 들고 괴물이 앉아 있는 곳으로 다가갔어요. 대장님은 그 뒤에다 대고 마법을 물리치는 표시를 긋고는 땅에 침을 뱉고 지옥에서 온 저런 돌연변이를 어떻게 이 땅이 견디고 있는지 모르겠다고 말했어요. 그러자 한 상인이, 군대가 숲 속에서 엘프를 쫓아다니는 대신 길에 앉아 있는 날개 달린 괴물이나 쫓아주면 위쳐도 필요 없을 거 아니냐고, 그러니……."

"횡설수설하지 말고, 본 거나 확실히 얘기해."

늙은 마부가 끼어들었다.

"저는 위쳐의 말을 봤어요. 하얀 무늬가 있는 밤색의 수말이었어요."

남자아이가 자랑스럽게 말했다.

"말 따위 무슨 색인지 알게 뭐냐! 그래서, 위쳐가 괴물을 죽이는 건 본 거야?"

"음…… 그건 못 봤어요. 뒤로 밀려났거든요. 모두들 소리를 지르고 말들은 겁을 먹어서 날뛰고, 바로 그때……."

남자아이는 말을 더듬었다.

"내가 말했잖아. 보긴 뭘 봐, 이런 코흘리개 따위가."

무시하는 말투로 마부가 빈정거리자 남자아이는 언성을 높였다.

"하지만 위쳐가 돌아오는 건 봤어요! 그리고 그 광경을 모두 지켜본 대장님은 얼굴이 완전히 허옇게 질려서 조그만 목소리로 병사들에게, 저건 마법이거나 엘프들의 속임수라고, 보통 사람은 도저히 저렇게 칼을 다룰 수 없다고 그랬어요. 위쳐는 상인들에게 돈을 받고 말에 올라 곧장 떠났어요."

"어느 길로 간 거지? 카레라스 쪽으로? 만약 그렇다면 쫓아가서 볼 수도 있겠는걸."

아플가트가 중얼거리자 남자아이가 말했다.

"못 볼 걸요. 위처는 갈림길에서 도리안 쪽으로 갔어요. 게다가 급해 보였어요."

게롤트는 거의 꿈을 꾸지 않았고, 어쩌다 꿈을 꿀 때에도 일어나면 전혀 기억을 하지 못했다. 악몽일 때조차도. 사실 그의 꿈들은 거의 악몽이었다.

이번에도 역시 악몽이었지만, 이번엔 부분적으로나마 기억이 났다. 이상하고도 흐릿한, 불안감을 불러일으키는 것들이 뭉쳐진 회오리바람, 이해할 수는 없지만 불길한 장면들, 위협적인 단어와 소리들 사이에서 갑자기 확실하고 선명한 그림이 나타났다. 시리. 케어 모헨의 기억과는 다른 시리. 빠르게 말을 타고 달리는 잿빛의 머리카락은 더 길어져 있었다. 시리를 처음 만났던, 브로킬론의 숲에서와 같은 길이였다. 시리가 옆을 지나쳐 달려갈 때, 게롤트는 소리를 지르고 싶었지만 목소리가 나오지 않았다. 그 뒤를 쫓아 따라가고 싶었지만, 마치 허벅지까지 타르에 잠겨 있는 듯한 느낌이었다. 그리고 시리는 게롤트를 보지 못한 듯, 마치 가지가 손을 흔드는 것처럼 보이는 기괴하게 자란 오리나무와 버드나무 사이를 한밤중에 맹렬히 달려가고 있었다. 게롤트는 시리가 쫓기고 있는 것을 알 수 있었다. 검은 말이 시리의 뒤를 쫓고 있었는데, 말 위에는 맹금류의 깃털을 꽂은 투구를 쓴 검은 갑옷의 기사가 타고 있었다.

게롤트는 움직일 수도, 소리를 지를 수도 없었다. 깃털 투구의 기사가 시리를 쫓아가 결국 머리채를 잡은 채 안장에서 끌어내렸고, 시리를 질질 끌며 계속 달려가는 것을 지켜볼 수밖에 없었다. 시리의 얼굴이 고통으로 파랗게 질리는 것을, 입술에서 소리 없는 비명이 터져 나오는 것을 보고 있을 수밖에 없었다. 깨어나. 게롤트는 스스로에게 명령했다. 이런 악몽은 참을 수가 없어. 깨어나! 당장 깨어나라고!

그는 잠에서 깨어났다.

게롤트는 오랫동안, 꿈을 곱씹으며 미동도 없이 누워 있었다. 그러고는 자리에서 일어나 베개 밑에서 돈주머니를 꺼내 얼른 10크라운 주화를 세어 보았다. 어제 죽인 만티코어의 150크라운. 카레라스 근처의 시골 마을에서 면장의 요청으로 죽인 므글락* 50크라운, 버도프의 주민들 부탁으로 죽인 늑대인간 50크라운.

늑대인간으로 50크라운은 괜찮은 벌이었다. 일이 쉬웠기 때문이었다. 늑대인간은 저항하지 않았다. 빠져나갈 데가 없는 굴 안으로 들어가 몸을 웅크린 채 칼을 맞을 때까지 기다리고 있었다. 게롤트는 늑대인간이 불쌍했다.

하지만 돈도 필요했다.

한 시간도 지나지 않아 게롤트는 도리안의 거리를 걸으며 잘 알고 있는 골목길과 간판을 찾고 있었다.

간판에는 이렇게 써 있었다.

'코드링거와 펜, 컨설팅과 법률 자문'

게롤트는 코드링거와 펜이 진짜로 하는 일은 법과는 거의 상관이 없으

---

* 므글락(Mglak): 직역은 안개괴물, 영어로는 포글렛(Fogler). 늪지나 산악 지역에 사는 괴물로 인간과 비슷하게 생겼으나 빛나는 눈과 뾰족한 귀를 가졌다. 손발톱이 길고 마법으로 희생자를 죽여 먹이로 삼는다.

며, 사실 이 둘은 법과 상관이 있는 일 또는 법의 수행자들을 회피해야 할 때 필요하다는 것을 너무나 잘 알고 있었다. 또한 이 사무실에 찾아오는 고객들이 '컨설팅'이 무슨 뜻인지나 알고 있는 것인지 의문이었다.

이 작은 건물의 1층에는 입구가 없었고 마구간 겸 마차를 세워두는 곳으로 통하는, 걸쇠가 걸린 육중한 문만 있었다. 입구로 통하는 문으로 가려면 건물 뒤편으로 돌아가 오리와 닭들이 가득한 진흙탕 마당을 지나, 거기서 계단을 오른 후 좁은 회랑과 어두운 복도를 지나야만 했다. 그런 다음에야 마호가니 목재에 금속 장식이 박혀 있고, 놋쇠로 된 거대한 사자 머리 형상의 문고리가 달린 문 앞에 서게 되는 것이었다.

게롤트는 문고리를 두드리고는 얼른 뒤로 물러섰다. 문의 긴 금속 장식 안에 설치된 기계장치에서 20인치나 되는 철 바늘이 튀어나올 수도 있다는 것을 알기 때문이었다. 이론적으로 이 철 바늘들은 누군가 자물쇠를 억지로 열려고 할 때나, 코드링거나 펜이 스위치를 누를 때만 발사되도록 설계되어 있었다. 하지만 게롤트는 세상에 고장 나지 않는 기계는 없고, 안 돌아가야 할 때 꼭 돌아가는 기계가 있다는 것을 이미 오랜 경험으로 알고 있었다.

문에는 분명 마법을 사용한, 손님의 신원을 파악하는 장치도 설치되어 있었다. 문고리를 두드렸는데도 안에서는 무언가를 요구하지도, 묻지도 않았기 때문이었다. 문이 열리고 코드링거가 서 있었다. 언제나 코드링거였다. 펜은 절대로 나오지 않았다.

"잘 왔네, 게롤트. 들어오게. 문틀 옆에 그렇게까지 붙어 있을 필요는 없어. 다시 안전하게 수리를 했거든. 며칠 전 고장이 났었지. 아무 이유도 없이 잡상인이 구멍투성이가 되었거든. 들어오게나. 나에게 무슨 볼일이라도?"

코드링거가 인사를 건넸다.

"아니."

위쳐는 언제나처럼 고양이 냄새가 나는 커다랗고 컴컴한 현관으로 들어섰다.

"당신을 찾아온 게 아니오. 펜에게 볼일이 있어."

그러자 코드링거는 큰 소리로 낄낄 웃었다. 게롤트는 펜이 어쩌면 학계와 경찰, 세관 등 코드링거가 싫어하는 사람들을 혼란에 빠트리고자 만들어낸 가상의 인물이 아닐까, 했던 의구심에 확신이 생겼다.

둘은 건물 꼭대기에 위치한 밝은 사무실로 들어섰다. 철창이 굳게 쳐진 창문은 거의 하루 종일 햇살이 들어오는 쪽으로 나 있었다. 게롤트는 고객들이 앉는 자리에 앉았다. 그 맞은편, 참나무로 만든 책상 뒤에 놓인 안락의자에 코드링거가 앉았다. 자신을 '변호사'로 불러주기를 원하는 인물이자 불가능한 일이란 없을 것 같은 자였다. 누군가 힘든 일이 생기거나 골치 아픈 일이 있거나 문제가 생기면, 코드링거에게 갔다. 그러면 코드링거는 곧바로 의뢰인의 이익에 반하는 자의 부정과 구린 행태에 대한 증거를 내놓는 것이었다.

코드링거는 어떤 담보도, 확인 절차도 없이 은행 대출을 받았다. 파산 선고를 한 회사의 수많은 빚쟁이 명단에서도 오로지 코드링거에게만 돈이 지급되었다. 부유한 숙부는 코드링거에게 단 한 푼도 남기지 않겠다고 공언했는데도 불구하고 유산을 물려받았다. 유류분(遺留分) 반환 청구 소송에 얽힌 모든 친척들, 가장 완고했던 사람들 모두 권리를 포기했기 때문이었다. 감옥에 갇혀 있던 코드링거의 아들은 갑자기 증거 불충분으로 풀려났는데, 알 수 없는 이유로 증거가 사라졌고 중요한 증인들이 이미 했던 증언을 번

복하거나 취소했기 때문이었다. 지참금을 목적으로 딸에게 알짱거리던 놈팡이는 갑자기 애정의 대상을 바꾸었다. 코드링거 아내의 정부나 딸을 유혹한 놈이라면 불행한 사고로 최소한 팔다리가 부러지게 된다. 기억에 오래 남아 있던 적이나 다른 불편한 인물 역시 갑자기 방해 공작을 그만두게 되고, 보통은 그의 자취조차 없어지고 만다.

그렇다. 만약 문제가 생기면, 도리안으로 가서 '코드링거와 펜'을 찾아 마호가니 문을 두드려라. 문에는 키가 작고 마른, 머리가 세고, 햇빛을 보지 못한 사람들 특유의 건강치 못한 낯빛을 한 '변호사' 코드링거가 서 있을 것이다.

코드링거는 안락의자에 앉아 무릎 위에 검은 점과 흰 점이 있는 커다란 고양이를 앉히고 쓰다듬었다. 코드링거와 고양이는 노란빛이 도는 초록색 눈으로 게롤트를 음흉하게 바라보고 있었다.

"자네 편지는 읽었네. 단델라이온 역시 날 찾아왔더군. 몇 주 전에 도리안을 지나갔어. 자네의 걱정에 대해서 나에게도 얘기를 좀 하더군. 하지만 많이 말하진 않았어. 너무 적었지."

"그게 정말이오? 날 놀라게 하는군. 단델라이온이 말을 적게 하다니, 그런 경우는 처음이군."

코드링거는 웃지 않았다.

"단델라이온이 말을 적게 한 건, 자기도 별로 아는 것이 없어서였지. 그리고 아는 것에 대해서도 그다지 많은 말을 하지 못했어. 왜냐하면 어떤 일에 대해선 자네가 말을 못하게 했으니까. 도대체 왜 그렇게 사람을 못 믿나? 그 친구의 직업적 특성 때문인가?"

게롤트는 조금 화가 났다. 코드링거는 그걸 모르는 척할 수도 있었지만,

고양이가 이를 알아차려 그럴 수도 없었다. 고양이는 눈을 크게 뜨고는 잇몸을 드러내 보이면서 소리 나지 않게 쉭쉭거렸다.

"우리 고양이 신경을 건드리지 말게. 친구라는 말이 거슬렸나 보군. 사실 아닌가. 나 역시 위쳐니까. 나도 사람들을 괴물 같은 인간들과 괴물 같은 문제들에서 구해주지. 역시 돈을 받고 말이야."

코드링거는 고양이를 쓰다듬으며 말했다.

"차이가 있소."

게롤트가 낮게 중얼거렸다. 고양이는 계속 적대적인 눈빛으로 그를 노려봤다.

"차이가 있겠지. 자네는 구시대의 위쳐, 난 시대정신과 함께 가는 현대의 위쳐지. 자네는 곧 실업자가 될 테지만, 내 사업은 계속해서 번성할 거야. 스트리가*, 와이번, 엔드레가*, 늑대인간 같은 괴물들은 이 세상에서 사라질 테지만, 악당들은 언제나 존재하거든."

"하지만 당신은 주로 그 악당들을 도와주고 있지 않소? 가난뱅이들은 당신의 서비스를 이용할 돈이 없으니."

"자네의 서비스 역시 가난뱅이들은 이용 못해. 가난뱅이들은 원래 아무것도 이용하지 못하는 거야. 그러니까 가난한 거고."

"굉장히 논리적이군. 게다가 숨이 막힐 정도로 신선한 이론이라니."

"원래 모든 진리가 그렇지. 그리고 우리 직업은 악행이 지속되어야 밥벌이가 가능하다는 데에 의심의 여지가 있나. 다만 자네가 하는 일은 곧 사라

---

* 스트리가(Strzyga): 슬라브 민담에 나오는 여자 흡혈귀. 두 개의 심장과 두 개의 영혼, 두 겹의 이빨을 가지고 있으며 밤이면 부엉이로 변해 여행자들을 공격한다고 전해진다.
* 엔드레가(Endriaga): 숲의 습지대에 사는 거미와 비슷한 외형의 괴물.

질 구시대의 유물이고, 내 직업은 실제적이고 발전적이라는 거야."

"알겠소, 알겠어. 이제 본론으로 들어갑시다."

"그래야지."

코드링거는 고양이를 쓰다듬으며 고개를 끄덕였다. 고양이는 몸을 쭉 펴고는 커다랗게 야옹하고 울며 코드링거의 무릎에 발톱을 박았다.

"그리고 일처리는 언제나 중요한 것을 먼저 하는 거야, 위쳐 친구. 첫째, 내 보수는 노비그라드 크라운으로 250이네. 이 정도 돈은 있겠지? 아니면 자네도 문제가 생긴 가난뱅이인가?"

"일단 당신이 그 돈을 받을 만한 작업을 했는지 그것부터 먼저 확인합시다."

"그런 확인은, 자네가 하는 일에서나 하는 거야. 엄청 서두르는군. 돈이나 책상 위에 올려놓으라고. 그 다음에 덜 중요한 이야기로 넘어가세."

게롤트는 허리띠에 찬 돈주머니를 끌러 쩔렁거리는 소리를 내며 책상 위로 던졌다. 고양이는 코드링거의 무릎에서 풀쩍 뛰어올라 몸을 숨겼다. 코드링거는 액수를 확인하지도 않고 주머니를 서랍에 넣었다. 그러고는 진심으로 화를 내며 말했다.

"고양이를 겁먹게 했잖은가."

"미안하게 됐소. 당신 고양이가 돈 소리에 겁을 먹을 거라고는 상상도 못했소. 자, 이제 뭘 알아냈는지 말해주시오."

코드링거는 못마땅한 표정으로 이야기를 시작했다.

"리엔스라는 놈 말이야. 당신이 지대한 관심을 갖고 있는 그 리엔스는, 굉장히 비밀스러운 작자더군. 반 아드의 마법학교에서 2년간 공부했다는 것만 겨우 알아냈어. 거기서 별것도 아닌 걸 훔쳤다는 이유로 쫓겨났지. 학교 아래에는, 항상 그렇듯 케드웬의 정보부가 채용할 사람을 노리며 기다리고 있었어. 리엔스는 바로 구직에 응했지. 케드웬의 정보부에서 뭘 했는지는 나도 알아내지 못했어. 하지만 보통 마법학교에서 쫓겨난 놈들은 살인 무기가 되는 훈련을 받아. 말이 되지?"

"정확히 들어맞는군. 그래서?"

"그 다음 정보는 신트라에서 구했지. 리엔스는 거기서 감옥살이를 했다는군. 칼란테 여왕 시절에 말이야."

"무슨 죄목으로?"

"어이없게도 빚 때문이었다는 거야. 하지만 감옥에는 오래 있지 않았어. 누군가 그 빚을 이자까지 쳐서 갚아준 거지. 그 거래는 은행을 통해서, 돈을 지불한 사람의 이름을 비밀로 하는 조건으로 이루어졌어. 나도 그 돈의 출처를 추적해보려고 했지만, 은행 네 곳을 전전한 끝에 결국 포기했지. 리엔스를 산 놈은 프로야. 그리고 철저히 신분을 감출 생각이었던 거지."

코드링거는 잠시 침묵하더니, 심하게 기침을 하며 손수건을 입에 가져다 대었다.

"그러더니 갑자기, 전쟁이 끝난 후 리엔스는 소든과 앙그렌, 브뤼헤에 나타난 거야."

코드링거는 입술을 닦고는 손수건을 잠시 쳐다보았다.

"그 모습은 알아보지 못할 정도로 변했지. 태도나 쓰는 돈의 액수만 보면 말이야. 하지만 이 뻔뻔한 놈이 자기 이름에 대해선 신경을 쓰지 않았어, 그냥 리엔스라는 이름을 계속해서 썼지. 그는 어떤 사람, 정확히 말하면 어떤 여자를 찾기 시작했어. 전쟁고아들을 돌보고 있던 앙그라 근처의 드루이드들을 찾아가기도 했지. 그리고 얼마 후에 어떤 드루이드의 시체가 고문으로 엉망이 된 채 근처 숲에서 발견된 거야. 리엔스는 자계체에도 나타나……."

"알고 있소. 자계체의 한 농부의 집에서 무슨 짓을 했는지 안다고. 250크라운 값으로는 부족하군. 이거보다는 더 기대했는데. 나에게 새로운 사실은 마법학교와 케드웬 정보부 얘기밖에 없소. 나머지는 나도 아는 얘기란 말이오. 리엔스가 인정사정없는 살인자이고 교만한 악당으로 자기 이름조차 숨기지 않는다는 것 정도는 나도 알고 있어. 누군가의 지령을 받고 일한다는 것도 안다고. 하지만 그게 누구란 말이오, 코드링거?"

"어떤 마법사의 지령이야. 그 마법사가 리엔스를 감옥에서 빼낸 거지. 자네가 직접 말해준 것도 있고, 단델라이온도 말했듯 리엔스는 마법을 사용해. 진짜 마법이지. 마법학교에서 쫓겨난 자들이 흉내 낸 장난이 아니라. 그러니까 리엔스의 후원자인 그 작자는, 아마 몰래 리엔스에게 마법의 도구들을 갖춰주고 비밀리에 마법을 가르쳐줬을 거야. 공식적인 마법사들 중 몇몇은 이런 비밀 제자들을 기르면서 불법적인 일들이나 뒤가 구린 일들을 시키곤 하지. 마법사들끼리 쓰는 말로 하면, 개 줄을 묶어 심부름을 시키는 거야."

"개 줄에 묶인 채 심부름을 하면서 리엔스는 위장 마술을 사용했소. 그러면서 자기 이름이나 외모는 숨기지도 않았어. 예니퍼에게 당한 화상을 감추려고 하지도 않았지."

"바로 그게, 개 줄에 묶여 심부름을 한다는 증거야."

코드링거는 다시 기침을 하고는 입을 손수건으로 닦았다.

"왜냐하면 위장 마술은 진짜 위장이 아니고, 진짜 마법사들은 그런 걸 쓰지 않거든. 만약 리엔스가 진짜 마법의 위장술이나 가면을 썼다면, 바로 마법 탐지에 걸리고 말았겠지. 요즘은 도시마다 그런 탐지 설치가 되어 있잖아. 그리고 마법사들은 위장 가면을 반드시 알아채고 말지. 아무리 사람이 많은 곳에 있어도 마법사들의 눈에는 마치 귀에서 불이 활활 타거나 엉덩이에서 연기가 나는 것처럼 보이기 때문에, 리엔스는 마법사들의 주의를 끌고 말았을 거야. 되풀이하자면, 리엔스는 어떤 마법사의 종으로 일하는 거라고. 그리고 다른 마법사들의 주의를 끌지 않기 위해 조심하는 거고."

"어떤 사람들은 리엔스가 닐프가드의 첩자라던데."

"나도 알고 있어. 예를 들어 르다니아 정보부의 수장인 딕스트라는 그렇게 생각하지. 딕스트라의 생각은 거의 틀리지 않으니, 이번에도 맞을 거야. 하지만 닐프가드의 첩자라고 해서 마법사의 수족으로 일하지 말라는 법은 없지. 그 마법사 자체가 닐프가드의 첩자일 수도 있고."

"그럼 공식적으로 다른 국가에 소속되어 있는 마법사가 닐프가드를 위해 비밀스럽게 종까지 부리면서 일하고 있다고 말하는 거요?"

"그건 아니지!"

코드링거는 쿨럭거리더니 주의 깊게 손수건을 살펴보았다.

"마법사가 닐프가드를 위해 첩자 짓을 한다고? 돈을 받으려고? 우습군. 나중에 에미르 황제가 이기면, 그 위에서 권력을 행사하겠다는 꿈을 가지고 말이지? 그건 더 황당해. 에미르 황제가 자기 소속 마법사들을 엄격히 다스리는 건 비밀이 아니야. 닐프가드의 마법사들은 예를 들면, 마구간 담당처럼 실제적인 직책이야. 그리고 마구간 담당보다도 못한 권력을 가지고 있지. 잘난 마법사들 중 나중에 마구간 담당이나 되려고 황제를 위해 일할 사람이 있겠나? 르다니아 비지미르 왕의 교서며 칙령을 좌지우지하는 필리파 에일하트가? 아니면 케드웬의 헨젤트 왕이 말하는데 중간에 끼어들어 주먹으로 탁자를 내리치며 닥치라고 말하는 사브리나 글레비식이? 혹은 에이단의 데머번드 왕에게 지금 당장은 시간이 안 되겠네요, 라고 말했다는 로게빈의 빌게포츠가?"

"사설은 됐고, 코드링거. 그래서 리엔스가 어쨌다는 거요?"

"뻔한 얘기지. 닐프가드의 첩자들이 마법사들과 접촉을 시도하면서 리엔스를 포섭한 거지. 내가 알기로 리엔스는 닐프가드 돈의 가치를 잘 알고 있고, 자기 선생 따위는 망설임 없이 배신할 인물이니까."

"그거야말로 헛소리요. 잘난 마법사들이야말로 자신이 배신당하는 것 정도는 금방 알아챌 테고, 발각이라도 되는 날엔 리엔스는 지하 감옥에서 평생 썩게 될 테니까. 그것도 운이 좋았을 때 말이오."

"자넨 아직 애송이야, 게롤트. 발각된 첩자는 목을 매다는 게 아니라, 역으로 이용하게 되지. 가짜 정보를 만들거나, 이중 첩자로 활용하는 법을 찾게 되어 있어."

"애송이를 지겹게 하지나 말지, 코드링거. 첩자 업종의 뒷얘기나 정치에는 관심 없소. 리엔스가 내 뒤를 쫓고 있어서, 도대체 왜, 그리고 누구의 명으로 저러는지가 궁금할 뿐이지. 어떤 마법사가 뒤에서 시킨 거라면, 도대체 그 마법사가 누구라는 거요?"

"그건 아직 몰라. 하지만 곧 알게 되겠지."

"곧? 곧은 나에겐 너무 늦소."

게롤트가 천천히 대꾸했다.

"그럴 수도 있겠지. 아주 진절머리 나는 작자에게 걸린 거야, 게롤트. 나에게 찾아와서 다행이네. 내가 그런 놈들에게서 구해줄 수 있거든. 사실 이미 자네를 구한 거나 다름없지."

코드링거는 심각한 어조로 말했다.

"정말이오?"

"정말이지."

코드링거는 손수건을 입에 가져다 대고 또다시 기침을 했다.

"왜냐하면 친구, 이 마법사와 닐프가드 외에 어쩌면 제삼자가 존재할 수도 있거든. 얼마 전 폴테스트 왕의 정보국이 나를 방문했지. 문제가 있다고 하더군. 왕이 어떤 사라진 공주를 찾아오라고 했다는 거야. 그런데 그게 생각보다 쉽지가 않아서 나 같은 전문가를 찾아오게 된 거지. 이 문제를 밝히다 보니 전문가는 행방이 묘연한 공주에 대해서 어떤 위쳐가 잘 알고 있으리라는 걸 알게 되었지. 어쩌면 그 공주가 어디 있는지도 말이야."

"그래서 전문가는 어떻게 했소?"

"일단은 놀란 표정을 해보였지. 이상한 것은 그 위쳐를 왜 감옥에 처넣지 않나, 하는 거였어. 왜냐하면 전통적으로 실토하게 만드는 방법이 그거 아닌가. 가끔은 알고 있는 것 외에도 묻는 자들을 만족시키고자 지어내기까지 하지 않나. 그런데 정보국원들이 말하길 우두머리가 그렇게는 하지 말라고 했다는 거야. 위쳐들은 신경이 예민해서 고문을 받으면 바로 즉사한다나 어쩐다나. 그래서 그 위쳐를 죽여버리기로 했는데, 그것도 쉽지 않다는 거야. 전문가는 이 얘기를 듣고 일단 현명하게 잘 결정했다고 칭찬한 다음, 2주 후에 결과를 보고하라고 시켰지."

"그래서 결과 보고는 되었소?"

"무슨. 그러는 동안 이미 자네를 고객으로 생각하고 있던 전문가는 이 정보국원들에게 위쳐 게롤트가 그 사라진 공주와 아무 관계도 없고, 아무 관계를 가질 수도 없다는 결정적인 증거를 제시했지. 그러니까 전문가는 칼란테 여왕의 손녀이자 파베타 공주의 딸인 시릴라의 죽음을 목격한 목격자를 찾아 제시한 거야. 시릴라는 앙그라의 피난민 보호소에서 3년 전에 죽었어. 디프테리아에 걸려서 말이지. 죽기 전엔 엄청나게 고생했어. 내 목격자들의 얘기를 들으면서 이 테메리아의 정보국원들 눈에 눈물이 다 고였다고. 믿어지는가?"

"나도 눈물이 고이려고 하는군. 테메리아 정보국원들이 바보같이, 당신에게 250크라운보다 더 많은 돈을 주려고도 안 했다는 거요?"

"자네의 비꼬는 말이 내 마음에 상처를 주네, 위쳐. 자네를 곤경에서 구해줬는데, 감사를 하기는커녕, 내 가슴에 상처를 주다니."

"고맙고 감사하군. 폴테스트 왕이 무슨 이유로 정보국원들에게 시리를 찾으라고 한 거요? 시리를 찾아내면, 어떻게 하라고 했소?"

"그것도 짐작이 안 되나? 당연히 죽이라고 했지. 시리는 신트라 왕위 계승자라고 알려져 있고, 그 왕위에 대해서는 다른 계획들이 있으니까."

"그건 말이 안 돼, 코드링거. 신트라의 왕위는 궁전과 도시와 그 나라 전체와 함께 불타 없어진 거요. 지금 신트라를 지배하는 것은 닐프가드잖소. 폴테스트도 그 사실을 잘 알고 있고, 다른 왕들도 마찬가지지. 도대체 무슨 수로 시리가 더는 존재하지도 않는 나라의 왕위에 오른다는 말이오?"

게롤트의 말이 끝나기 무섭게 코드링거는 자리에서 일어났다.

"따라 오게. 그 질문에 대한 답을 함께 찾아보도록 하지. 그러는 김에 자네가 나를 신용할 수 있도록 증거도 제시하고. 그 초상화는 뭐가 그리 흥미로워서 빤히 보는지, 나도 좀 알아도 될까?"

"마치 딱따구리가 쫀 것처럼 구멍이 나 있군. 상당히 멍청해 보이는 얼굴이라서."

게롤트가 코드링거 책상 맞은편에 걸려 있는 금칠한 액자를 보며 말했다.

"그건 돌아가신 아버지야."

코드링거는 얼굴을 조금 찡그렸다.

"상당히 멍청한 건 사실이지. 내 눈앞에 두고 늘 보려고 걸어놨어. 조심하자는 의미지. 따라오라고, 위쳐."

둘은 현관을 나섰다. 양탄자 한가운데에 앉아 있던 고양이는 이상한 각도로 뻗은 뒷발을 핥고 있다가 게롤트를 보고는 얼른 어두운 복도 안으로 숨었다.

"왜 고양이들이 자네를 싫어하지, 게롤트? 혹시 그것과 무슨 연관성이라도……?"

"그렇지. 있지." 게롤트가 잘라 말했다.

마호가니로 된 벽체가 소리 없이 뒤로 물러나며 비밀 통로를 드러냈다. 코드링거가 앞장섰다. 분명 마법의 힘으로 작동하는 벽체는 두 사람이 들어오자 다시 닫혔지만, 어두워지지는 않았다. 비밀 통로 안쪽까지 빛이 들어오고 있었다.

복도 맨 끝의 공간은 춥고 건조했으며, 공기 중에는 촛불과 먼지의 무겁고 숨 막힐 듯한 냄새로 가득했다.

"내 파트너를 소개하겠네, 게롤트."

"펜을? 그럴 리는 없잖소."

게롤트가 웃어 보였다.

"펜이 존재하지 않는다고 생각해왔지?"

"무슨 이야기를 그렇게 하나?"

낯선 목소리와 함께 낮은 천장으로 뻗은 책장과 책이 놓인 선반들 사이에서 갑자기 이상한 탈것이 굴러왔다. 바퀴가 달린 높은 안락의자였다. 안락의자 위에는 머리가 엄청나게 큰 난쟁이 같은 사람이 앉아 있었다. 목은 거의 보이지 않았고 큰 머리는 비율이 전혀 맞지 않는 좁은 어깨 위에 놓여 있었다. 그는 양쪽 다리가 없었다.

"서로 인사하게. 이쪽은 야곱 펜, 박식한 법학자이자 나의 동업자이며 누구도 대신할 수 없는 파트너지. 그리고 여긴 우리의 고객인……."

"리비아의 위쳐, 게롤트. 바로 짐작할 수 있었네. 몇 달간 이 문제를 풀고 있었지. 내 뒤를 따라오시게."

코드링거의 말이 채 끝나기도 전에 펜이 웃으며 말했다.

끼익하는 소리를 내는 바퀴 달린 안락의자를 따라, 책들의 무게로 휘어지고 있는 책장의 미로를 통과하며 세 남자가 움직였다. 책들은 옥센푸르트의 대학 도서관도 부럽지 않은 수준이었다. 저런 인쿠나불라*라면 코드링거 집안과 펜 집안이 몇 대를 걸쳐 모았으리라고 게롤트는 짐작했다. 그리고 이런 귀중한 것들을 보여주는 그들의 믿음과 펜을 드디어 만나게 된 것이 반가웠다. 하지만 이 펜이라는 인물이 실재하긴 하지만, 전설의 인물이라는 것에는 의심의 여지가 없었다. 전설의 펜, 절대로 실패하지 않는, 그리고 코드링거의 또 다른 자아로 결코 이 건물을 떠나지 않는 사람.

공간 한가운데는 특별히 조명이 잘되어 있었다. 이곳에는 바퀴 달린 안락의자와 높이가 맞는 낮은 독서대가 있었는데, 그 위에는 책들과 두루마리 고서들, 문서와 종이, 잉크병과 먹, 깃털 펜과 정체를 알 수 없는 수많은 물건들이 놓여 있었다. 하지만 모두 다 알 수 없는 것은 아니었다. 게롤트는 인장을 위조하는 데 쓰는 틀과 공문서에서의 서명을 없애는 데 사용하는 다이아몬드로 만든 긁개를 알아볼 수 있었다. 독서대 위에는 작은 공 모양의

---

* 인쿠나불라(Incunabula): 1450-1500년 사이, 활판인쇄가 처음 발명되었을 때 만들어진 고서.

아르발렛 레페티에르가 놓여 있었고, 그 옆 벨벳 위에는 산에서 캔 수정을 갈아서 만든 거대한 볼록렌즈가 보였다. 이런 렌즈는 정말 귀하고 엄청나게 값비싼 물건이었다.

"새로 발견한 거라도 있나, 펜?"

"별로. 리엔스에게 마법을 가르쳤을 법한 마법사의 명단을 스물여덟 명으로 압축했어."

펜은 웃음을 지었다. 그의 웃음은 친절하고 다정했다.

"그건 일단 미뤄둡시다. 지금 우리의 관심사는 다른 일이니까."

게롤트의 말에 코드링거가 재빨리 끼어들었다.

"게롤트에게 네 나라의 정보부가 신트라의 사라진 공주를 찾는 데 왜 혈안이 되었는지 그 이유를 설명해줘."

"왜냐고? 그 아이의 몸에는 칼란테 여왕의 피가 흐르고 있으니까."

펜은 이렇게 당연한 사실을 설명해야 한다는 데에 조금 놀란 듯 말했다.

"사라진 공주는 왕가의 피가 흐르는 마지막 사람이야. 신트라는 전략적으로도 정치적으로도 상당한 의미가 있지. 자취도 없이 사라져버린 왕위의 계승자라는 건 상당히 불편한 존재야. 누군가의 세력 아래 놓이면 위험한 존재가 될 수도 있지. 예를 들어 닐프가드 아래라든지 말이야."

"내가 기억하기로는 신트라에서 여자는 왕위 계승에서 제외되는데."

"그건 사실이야."

게롤트의 말에 펜도 동의하며 웃음을 지었다.

"하지만 여자는 누군가의 아내가 되고 계승자가 될 남자아이의 모친이될 수 있지. 네 왕국의 정보국들은, 리엔스가 열을 내며 공주를 찾는 걸 알게 된 후, 바로 그것 때문이라고 확신하게 된 거야. 그래서 시릴라 공주가 누군가의 아내가 되고 엄마가 되는 것을 막기로 한 거지. 간단하지만 가장 효과적인 방법으로 말이야."

"하지만 공주는 죽었어. 정보국원들도 그걸 알아내고 추격을 중단했지."

웃음을 띤 펜의 말이 게롤트의 표정에 어떤 변화를 일으키는지를 보고 코드링거가 얼른 끼어들었다.

"일단은 중단했지."

게롤트는 상당한 노력 끝에 평정을 되찾고 냉랭한 어조로 말했다.

"거짓이란 건, 언젠간 밝혀진다는 단점이 있소. 그리고 네 왕국의 정보국은 이 게임의 참가자 중 일부일 뿐이오. 그 정보국원들이 다른 놈들의 계획을 방해하려고 시리를 죽이려 한 거요. 그 다른 놈들은 이런 가짜 정보에 속지 않겠지만. 난 그 아이의 안전을 보장하고자 당신들을 고용했소. 이제 어떻게 할 거요?"

"우리도 계획이 있어."

펜은 동업자인 코드링거의 얼굴을 슬쩍 바라보았지만, 입을 다물라는 눈치는 아니었다.

"우린 조심스럽게, 하지만 상당히 많은 사람들에게 시릴라뿐 아니라 시릴라가 낳게 될 남자 혈통 역시 신트라 왕위에 자격이 없다는 소문을 퍼뜨릴 생각이네."

"신트라에서는 말이야, 모계는 상속권이 없어. 남자 쪽에서만 계승을 할수 있지."

코드링거가 다시 기침 발작과 싸우며 말했다.

"바로 그거야. 좀 전에 게롤트도 그렇게 말했지. 케케묵은 법이야. 그 지독한 칼란테 여왕도 그건 바꾸지 못했어. 애를 썼는데도 말이야."

펜이 동의하며 동업자의 말에 고개를 끄덕였다.

"칼란테 여왕은 그 법을 음모를 통해 없애려고 했었지. 꽤나 불법적인 음모였어. 펜, 설명 좀 해봐."

코드링거가 입술을 손수건으로 닦아내며 확신에 찬 어조로 펜을 재촉했다.

"칼란테는 다고라드 왕과 아달리아 여왕의 외동딸이었지. 부모님이 돌아가신 후, 귀족들이 자신을 새로 왕위에 오를 왕의 부인으로만 생각하는 것에 반항했어. 칼란테는 혼자 나라를 다스리고 싶었으니까. 형식적으로, 그리고 오직 왕조를 유지하기 위해서만 결혼할 생각이었던 거야. 자기 옆에 앉을 사람, 하지만 아무런 의미가 없는 사람과 말이야. 오래된 귀족 가문들은 이를 반대했어. 칼란테는 내전, 아니면 다른 혈통에 왕위를 양보하고 물러나거나, 엡빙의 왕자인 로에그너와 결혼하는 세 가지의 선택이 남았어. 칼란테는 세 번째를 선택했지. 나라를 다스렸지만, 로에그너의 옆에서 다스렸어. 당연히, 한쪽으로 물러나거나 여자들 틈에는 전혀 끼지 않았지. 신트라의 암사자니까. 하지만 형식상 나라를 다스린 건 로에그너였어. 아무도 그를 사자라고 부르진 않았지만 말이야."

펜의 말이 끝나기 무섭게 코드링거가 끼어들며 덧붙였다.

"그리고 칼란테는 임신을 해서 남자아이를 나으려고 엄청나게 노력했어. 하지만 그렇게 되지 않았지. 딸인 파베타를 낳고 그 후 두 번이나 유산을 겪은 뒤, 더 이상 아이를 갖지 못하게 된 거야. 모든 계획이 다 무산된 것이지. 불행한 여자의 운명이여, 엉망이 된 자궁 때문에 원대한 야망이 가로막힌 거지."

코드링거의 말에 게롤트는 얼굴을 찡그렸다.

"듣기 거북할 정도로 세세히 말할 필요는 없소, 코드링거."

"알아. 진실이란 사실 세세한 거야. 왜냐하면 로에그너는 적당히 골반이 큰 젊은 공주들, 특히 조상들까지 따져가며 아이를 잘 낳는 집안의 여자들에게 눈을 돌리기 시작했거든. 칼란테는 발밑의 땅이 꺼지는 느낌이었겠지. 매끼의 식사가, 한 잔의 와인이 죽음을 품고 있을지도 모르니까. 아니면 사냥을 나갔다가 비극적인 사고로 인생이 끝날 수도 있었고. 이때 신트라의 암사자가 선수를 쳤다는 증거는 엄청 많아. 로에그너는 죽었지. 당시 홍역이 크게 돌아 왕의 죽음에 대해 아무도 놀라지 않았지만."

"이제 무슨 말인지 알겠소. 당신들이 슬쩍 퍼뜨리려고 하는 소문이 뭘 바탕으로 하는지. 시리가 남편을 죽인 여자, 즉 독살자의 핏줄이라는 건가?"

게롤트는 평정을 가장하며 말했다.

"사실을 부정할 건 없어, 게롤트. 펜, 얘기를 계속해봐."

펜은 여전히 친절하고 다정한 웃음을 지어 보이고는 말을 이었다.

"칼란테는 목숨을 보전했지만, 왕위에서는 점점 더 멀어졌지. 로에그너의 죽음 이후 권력은 완벽하게 여왕의 것이 되었지만. 귀족들은 다시 한 번 법과 전통을 어겼다고 반대했지. 신트라의 왕위에는 왕이 오르는 것이지 여왕이 오르는 건 아니니까. 그래서 어린 파베타 공주가 아이를 가질 수 있게 되는 즉시, 새로 왕이 될 누군가에게 시집을 보내도록 되어 있었어. 아이를 낳지 못하는 칼란테 여왕이 또다시 결혼을 한다는 건 말이 안 되니까. 신트라의 암사자는 이런 상황을 이해했고, 여왕이면서 동시에 엄마 역할 정도를 기대하고 있었지. 사실 일이 안 좋게 풀리면 파베타의 남편이 될 사람이 장모를 권력에서 완전히 몰아낼 수도 있는 일이었어."

"여기서 또 세세한 이야기로 들어가겠네."

코드링거가 경고하듯 말했다.

"칼란테는 파베타의 혼사를 지연시켰어. 파베타가 열 살 때 추진되었던 첫 결혼 시도를 무산시키고, 열세 살 때의 두 번째 결혼도 방해했지. 이를 간파한 귀족들은 파베타의 열다섯 번째 생일이 처녀로는 마지막 생일이라고 선언했어. 칼란테도 동의할 수밖에 없었지. 하지만 이미 칼란테는 방법을 마련해두고 있었어. 파베타는 너무 오랫동안 처녀였던 거야. 그래서 결국은 참지 못하고 첫 번째 만난 작자, 하필이면 괴물이 되는 마법에 걸린 놈과 일이 벌어진 거야. 게다가 어떤 초자연적인 조화가 있었다고도 해. 전설 같은 것인지, 마법인지, 약속인지…… 의외성의 법칙이라던가? 그렇지, 게롤트? 그 후 무슨 일이 일어났는지는 자네도 기억하고 있겠지. 칼란테는 신트라로 위쳐를 초빙했는데, 그 위쳐는 문제를 더욱더 크게 만들고 말았지. 자신이 조종당하는 줄도 모르고 그 고슴도치 괴물을 마법에서 풀어주는 바람에 그자와 파베타의 결혼을 가능하게 해준 거야. 동시에 위쳐는 칼란테 여왕이 왕위를 유지할 수 있도록 해준 거지. 파베타가 마법에서 풀려난 괴물과 결혼한 것이 귀족들에겐 너무 큰 충격이라, 암사자가 갑작스럽게 아이스트 튀샤흐와 결혼한다는데도 찬성해버린 거야. 스켈리게의 부족장이라고 하니 고슴도치 괴물 놈팡이보다는 나아 보였거든. 이렇게 칼란테는 결국 신트라를 지배하게 되었지. 아이스트는 섬사람들이 모두 그렇듯, 무슨 일이든 반대를 하기에는 칼란테를 깊이 존경하고 있었고 왕 노릇은 하고 싶어 하지도 않았어. 권력은 완전히 칼란테의 것이었지. 칼란테는 각종 처방과 영약을 복용하면서 남편을 밤이고 낮이고 침대로 끌어들였어. 죽을 때까지 자기가 나라를 다스릴 심산이었지. 공주의 어머니이자 여왕으로 그 다음에는 왕의 어머니로. 하지만 이미 말했듯, 야심은 컸지만……."

　"이미 말했잖소. 되풀이할 필요는 없어."

"하지만 괴상한 고슴도치 괴물의 부인인 파베타 공주는, 이미 결혼식 날 수상하게 헐거운 드레스를 입고 있었어. 칼란테는 포기하고 계획을 바꿨지. 만약 내 아들을 왕좌에 앉힐 수 없다면 내 딸 파베타의 아들을 앉히자, 이렇게 말이야. 하지만 파베타는 딸을 낳았어. 이게 저주야, 뭐야? 하지만 파베타 공주는 아이를 더 낳을 수 있었어. 내 말은, 가능성은 있었다는 거지. 결국 불가능했지만. 왜냐하면 알 수 없는 사고가 발생했으니까. 파베타와 그 괴상한 고슴도치가 수수께끼의 해상 사고를 당해 목숨을 잃은 거야."

"너무 비약하는 거 아니오, 코드링거?"

"난 상황을 설명하려는 것뿐이야. 파베타의 죽음 후 칼란테는 절망했지만, 절망의 시간은 짧았어. 이제 마지막 희망은 손녀였지. 파베타의 딸, 시릴라 공주, 시리. 왕궁 안을 새끼 악마처럼 뛰노는 아이. 어떤 사람들, 특히 노인네들에게는 그야말로 소중했어. 왜냐하면 칼란테의 어린 시절 모습과 똑같았으니까. 하지만 다른 이들에게는…… 변종일 뿐이었지. 고슴도치 괴물의 딸. 게다가 어떤 위쳐가 시릴라 공주에 대한 자신의 권리를 주장하기까지 했어. 그래서 이제 우리는 사건의 중심에 다다른 거야. 칼란테의 소중한 손녀, 다음 왕위의 계승자로 정해진 아이, 마치 칼란테가 다시 태어난 것처럼, 암사자의 핏줄에서 나온 새끼 사자. 하지만 당시에도 이미 왕위에 오를 수 없다는 의견들이 있었어. 시릴라는 잘못 태어난 아이야. 파베타 공주의 결혼 자체가 잘못된 혼인이라는 거지. 파베타가 혈통도 알 수 없는 열등한 종자와 관계를 가져서 태어난 아이니까."

"교묘하군, 코드링거. 하지만 그렇지 않소. 시리의 아버지 혈통은 전혀 열등하지 않으니까. 그는 왕자였소."

"그게 무슨 말이야? 그건 몰랐어. 어떤 왕국이지?"

"남쪽 나라인데. 메츠트…… 그래, 메츠트야."

"흥미롭군. 메츠트는 닐프가드의 국경 지역이었는데. 지금은 메틴나 지역에 속하고."

코드링거가 중얼거리자 펜이 끼어들었다.

"하지만 분명 왕국이지. 왕이 있어."

"에미르 바 엠레이스가 다스리지."

코드링거가 펜의 말을 자르고는 이야기를 이었다.

"메츠트의 왕위는 에미르 황제의 뜻과 결정에 따른 거야. 얘기가 나왔으니 말인데, 에미르가 누구를 왕 자리에 앉혔는지 확인해봐. 난 기억이 안 나는데."

"찾아볼게."

펜은 안락의자의 바퀴를 밀어 삐걱거리며 책장 쪽으로 옮겨가 두꺼운 두루마리 문서를 꺼내 하나씩 바닥에 던지며 살펴보았다.

"흠, 여기 있군. 메츠트 왕국. 문장은 빨강, 파랑 네 조각 바탕에 은 물고기와 왕관 모양이 교차……."

"펜, 문장 따위는 집어치우고. 왕, 누가 거기 왕이냐고."

"호에트. 공명정대 왕이라는 이름이 붙었대. 선거를 통해……."

"닐프가드 에미르의 선거겠지."

코드링거가 차갑게 말했다.

"9년 전이라는데."

"그럼 그 사람은 아니야."

코드링거가 재빨리 셈을 했다.

"그 사람 말고, 그 전의 왕은 누구였지?"

"잠깐만, 여기 있다. 아케스파르크. 사망……."

"폐렴, 폐에 구멍이 뚫려 죽었겠지. 에미르 또는 공명정대인지 뭔지 하는 놈의 칼잡이가 던진 칼을 맞고."

코드링거는 또 한 번 자기 이론을 펼쳤다.

"게롤트, 이 아케스파르크라는 이름을 아나? 그 고슴도치 괴물의 아비되는 놈인가?"

"그렇소."

게롤트는 잠시 생각하다가 대답했다.

"아케스파르크. 기억이 나는군. 듀니가 자기 아버지를 그렇게 불렀소."

"듀니?"

"이름이 듀니였소. 그 아케스파르크의 아들이자 왕자……."

"아니."

펜이 두루마리에서 눈을 떼지 못한 채 말했다.

"여기 모든 이름이 적혀 있어. 법률상의 아들들, 오름, 고름, 토름, 호름, 곤잘레스. 법률상의 딸들, 알리아, 발리아, 니나, 파울리나, 말비나, 아르겐티나……."

"아까 닐프가드와 공명정대 왕 호에트에 대한 근거 없는 공격을 취소하겠어."

코드링거가 심각한 어조로 말했다.

"이 아케스파르크란 자는 살해당한 게 아니야. 한마디로 정력이 쇠해 죽은 거라고. 법률상이 아닌 자식도 당연히 있는 거지, 펜?"

"있어, 상당히 많이. 하지만 듀니라는 이름은 없어."

"있을 거라고 생각하지 않았어. 게롤트, 자네 친구인 고슴도치는 왕자가 아니었다고. 아니, 정력왕 아케스파르크가 실제로 어딘가에서 씨를 뿌렸다 해도, 왕자 호칭을 받기에는 닐프가드뿐 아니라 오름, 고름, 곤잘레스 등등 순서가 너무 길어. 법률적인 면으로도 파베타 공주의 결혼은 잘못된 거라고."

"그래서 그 잘못된 결혼으로 낳은 시리는 왕위에 오를 권리가 없다는 거요?"

"바로 그거지."

펜은 삐걱거리는 바퀴의자를 밀며 독서대로 다가가 커다란 머리를 들고 말했다.

"그런 주장이지. 그냥 주장일 뿐이야. 게롤트, 자네는 우리가 시릴라 공주의 왕위 계승을 위해서나, 그 왕위를 빼앗기 위해서 싸우는 게 아니라는 걸 기억해야 해. 이 소문을 퍼뜨리면, 신트라를 되찾는데 그 아이가 쓸모없다는 결론이 나와야 하는 거라고. 이 시도가 성공하면, 그 이야기에 대해 생각하게 되고, 의문을 제기하게 될 거야. 그렇게 되면 아이는 이 정치 체스판에서 더 이상 중요한 존재가 아닌 게 되지. 그렇고 그런 미미한 존재. 그러면……."

"살려두겠지." 코드링거가 무심하게 말했다.

"법률적인 면에서 당신들의 주장에 힘은 있는 거요?"

게롤트의 물음에 펜은 코드링거를 바라보고는, 다시 게롤트를 바라보았다.

"큰 힘이 있는 건 아니야. 시릴라는 어쨌거나 칼란테의 혈통이야. 좀 흐려졌다 뿐이지. 보통 상황이라면 왕권에서 멀어졌을 테지만, 지금 상황은 정상이 아니니까. 암사자의 혈통은 정치적 의미가 있지."

"혈통…… 고대 혈통의 아이라는 건 무슨 뜻이오, 코드링거?"

게롤트는 이마를 닦았다.

"나도 모르겠는데. 누군가 시릴라 공주 얘기를 하면서 그런 표현을 쓰던가?"

"그렇소."

"누구?"

"누군가는 중요하지 않아. 그게 무슨 뜻이오?"

"루네드 에프 헨 이케르."

펜이 독서대에서 멀어지며 말했다.

"직역하면 그건 아이가 아니고 고대 혈통의 딸이네. 흠, 고대 혈통······ 그런 말을 들어본 적이 있는데. 정확히 기억나진 않지만 아마도 엘프 속담 같은 걸 거야. 이틀린의 예언 중 어떤 버전에서, '고대'라는 표현이 있었던 것 같아. 엔 헨 이케르, '고대 엘프들의 피'라는 말이 나오지. 하지만 우리한 테 그 예언의 전문은 없어. 엘프들에게 물어봐야 해."

"그건 놔둬. 문제를 너무 확대하지는 말자고, 펜. 지금 꼬리를 잡은 까마 귀가 너무 여러 마리야. 속담도, 비밀도 너무 많다고. 일단은 여기까지. 자, 일 열심히 하고. 게롤트, 이제 사무실로 돌아가세."

코드링거가 냉랭한 목소리로 말했다.

"너무 적다, 이거요?"

게롤트는 코드링거가 사무실 책상 맞은편에 앉자마자 확인을 위해 물었다.

"보수가 너무 적다는 말이 하고 싶은 건지 물었소."

코드링거는 책상에서 별 모양을 한 물건을 꺼내 손가락 사이로 돌렸다.

"너무 적지, 게롤트. 엘프의 속담을 파헤치는 건 나로선 너무 큰 부담인데다가 시간과 자원 낭비야. 일단 엘프들에게 가야 하는데, 왜냐하면 엘프들 말고는 그 기록들을 아무도 이해하지 못하거든. 엘프들의 고문서는 보통 망할 놈의 상징이거나, 아크로스틱*이거나 아예 암호로 된 것도 많아. 옛 언어 자체가 보통은 다른 의미를 숨기고 있는 것들이 많고, 그걸 글로 쓴 건 정말이지 열 배는 더 복잡해진다고. 엘프들은 자기들의 속담을 파헤치는 자들을 절대 도와주려고 하지 않아. 거기다 요즘처럼 숲에서 다람쥐들과 피 흘리는 전투가 벌어지고 학살이 자행될 때, 이들한테 가까이 가는 건 위험하다고. 두 배는 위험하지. 엘프들은 나를 인간 첩자로 볼 테고, 사람들은 날 배신자라고 고발할지도 모르지."

"얼마면 되겠소, 코드링거?"

코드링거는 잠시 침묵하며 끊임없이 금속으로 된 별을 손에서 굴리고 있었다. 그러더니 마침내 입을 열었다.

"10퍼센트."

"무슨 10퍼센트?"

"위쳐 양반, 날 놀리지 말라고. 이제 일은 심각해졌어. 점점 더 이게 무슨 일인지 모르겠는데, 도대체 무슨 일인지 모를 땐 말이지, 그건 확실히 돈 문제야. 그럴 때는 정해진 보수를 받는 것보다 퍼센티지로 받는 게 낫지. 이 일로 얻게 될 자네 소득의 10퍼센트를 나에게 줘. 이미 준 건 제하고. 그럼 이제 계약서를 작성해볼까?"

"아니. 당신에게 손해를 끼칠 생각은 없소. 0의 10퍼센트는 0이라고, 코드링거. 난 여기서 얻을 게 전혀 없으니까."

---

* 아크로스틱(Akrostych): 각 행의 첫 글자를 연결하면 특정한 어구가 되도록 쓴 시나 글.

"다시 말하건대, 날 놀리지 마. 자네가 돈 때문이 아닌데 일하고 있다는 걸 내가 어떻게 믿으라고. 이 뒤에 무언가가 숨겨……."

"당신이 믿건 말건 내가 상관할 바는 아니지만, 계약서는 못 써. 지불할 퍼센티지도 없고. 모은 정보에 대한 대가를 정하는 게 나을 거요."

"자네가 아니었다면, 아마 날 속이려 든다고 문 밖으로 쫓아냈을걸. 하지만 자네 같은 구시대의 위쳐에겐 이상하게도 이런 고귀하고도 사심 없는 마음이 어울리는군. 딱 자네 스타일이야. 병적으로 구시대적이라고. 공짜로 죽음을 무릅쓰다니 말이야."

코드링거는 기침을 하며 말했다.

"시간 낭비하지 맙시다. 얼마요, 코드링거?"

"이번에도 똑같아. 합치면 500."

게롤트는 고개를 저었다.

"미안하지만 나한텐 그만한 돈이 없소. 일단 지금은 없어."

"우리가 처음 안면을 텄을 때 내가 했던 제안을 다시 하지."

금속으로 만들어진 별을 손으로 가지고 놀며 코드링거는 천천히 말했다.

"내 일을 좀 해. 그럼 돈이 생길 거야. 정보도 얻고, 다른 호사도 누릴 수 있을 만한 돈이지."

"싫소."

"왜?"

"이해를 못할 텐데."

"이번에는 내 마음이 아니라 직업적 자존심에 상처를 주는군. 난 말이지, 보통 모든 걸 다 이해한다고. 우리 직업에는 나쁜 놈들이 기본이야. 하지만 자네는 아직도 옛것을 좋아하는군."

코드링거의 말에 게롤트는 웃었다.

"바로 그거야."

코드링거는 다시 기침을 하며 입술을 닦고, 손수건을 바라보고는 노란빛이 감도는 녹색 눈을 들었다.

"독서대 위에 있는 남자 마법사들과 여자 마법사들의 명단 봤나? 리엔스를 배후에서 조종했을지도 모르는 마법사들 말이야."

"봤소."

"정확하게 확인하기 전에는 명단을 주지 않겠네. 그러니 섣불리 짐작하지는 마. 단델라이온이나 필리파 에일하트는 아마 누가 리엔스 뒤에 있는지 알겠지만, 자네에게는 말하지 않았다고 했지. 필리파가 별것도 아닌 자를 감추고 있진 않을 거야. 그러니 그 리엔스라는 놈 뒤에는 상당히 중요한 인물이 있는 거라고."

게롤트는 아무 말도 하지 않았다.

"조심하게, 게롤트. 자네는 중대한 위험에 처해 있어. 누군가 자네와 게임을 하고 있는 거라고. 자네가 어떻게 움직일지 정확히 알고 있고, 그걸 조종하고 있어. 자만하지도, 자신하지도 말게. 지금 자네와 게임을 하는 자는 스트리가도, 늑대인간도 아니야. 미슐레 형제들도 아니라고. 심지어 리엔스도 아니야. 고대 혈통의 아이라고, 젠장. 신트라의 왕위에, 마법사들에, 왕들에, 닐프가드도 부족해서 엘프까지…… 게롤트, 이 게임은 이제 관두고 그냥 거기서 나와. 아무도 예상치 못한 일을 하면서 계획을 어그러뜨려야 해. 이 미친 관계를 끊어야 한다고. 아무도 자네를 시릴라와 연관시킬 수 없도록 말이야. 시릴라는 예니퍼에게 맡기고, 자네는 케어 모헨으로 돌아가서 코빼기도 보이지 마. 산속에 틀어박혀 있으라고. 난 엘프들의 필사본을 천천히, 서두르지 않고 정확히 찾아볼 테니까. 고대 혈통의 아이에 대해 내가 정보를 알게 될 때까지, 그리고 연관된 마법사의 이름을 알게 될 때까지 자네는 돈을 모아놓고, 우리는 교환을 하는 거야."

"난 기다릴 수가 없소. 아이는 지금 위험하다고."

"그건 사실이야. 하지만 내가 아는 건, 다른 이들이 자네를 그 아이에게로 가는 길의 방해물로 생각한다는 거야. 무조건 치워버려야만 하는 방해물. 그러니 위험에 빠진 건 자네라고. 일단 자네부터 해치우고, 그 다음에 아이를 없앨 거야."

"아니면 내가 이 게임을 그만두고 물러나 케어 모헨에 처박혀 있을 때, 아이를 없애겠지. 코드링거, 이런 조언을 듣기엔 내가 당신에게 낸 돈이 너무 많은데."

코드링거는 손가락 사이에서 금속 별을 돌렸다.

"자네가 나에게 낸 돈에 대해서는 이미 이전부터 활발히 작업을 진행하던 중이었네."

코드링거는 기침을 참으며 말했다.

"조금 전 자네에게 한 내 조언은 그냥 한 말이 아니라 깊이 생각한 거야. 케어 모헨에 들어가 틀어박혀. 그러는 동안, 시릴라를 찾던 자들은 시릴라를 찾아내는 거지."

게롤트는 눈을 껌뻑거리고는 코웃음을 쳤지만, 코드링거의 표정은 변함이 없었다.

"내가 무슨 말을 하는 건지 알겠나?"

코드링거는 게롤트의 눈빛과 웃음을 참아내며 말을 이었다.

"시릴라를 찾는 놈들이 시릴라를 찾아내서 자기들이 하고 싶은 대로 하는 거야. 그러는 동안 그 아이와 당신은 안전해지는 거지.”

“무슨 말인지 알아듣게 설명해주면 좋겠는데. 될 수 있으면 빨리.”

“내가 어떤 여자애를 발견했어. 신트라의 귀족 출신인데, 전쟁고아지. 난민 수용소를 전전하다가 지금은 팔뚝으로 옷감을 재고 자르는 일을 하지. 브뤼헤의 옷 만드는 사람이 데리고 있거든. 딱히 특징이 될 만한 점도 없어. 한 가지만 빼고. 신트라의 새끼 사자를 그린 초상화와 상당히 비슷하게 생겼다는 것. 초상화를 보고 싶나?”

“아니, 코드링거. 보고 싶지 않소. 그리고 그런 해결책은 찬성할 수 없어.”

코드링거는 두 눈을 껌뻑였다.

“게롤트, 도대체 자네 기준이 뭔가? 시리를 살려주고 싶다면…… 내 생각에 자네는 지금 무언가를 경멸할 만한 여유가 없어. 아니, 내 말에 어폐가 있군. 지금은 경멸 같은 호사를 누릴 때가 아니라고. 지금은 모든 것을 개의치 않는 시간이라고, 위쳐 친구. 그 무엇도 재지 않고, 셈하지 않고, 아무것도 가리지 않는 모욕의 시간이지. 거기에 적응해야 해. 내가 제안하는 건, 아주 단순한 대안이야. 누군가 살기 위해서 다른 누군가가 죽는 거지. 자네가 사랑하는 이는 살아. 그 대신 자네가 모르고, 한 번도 본 적이 없는 다른 이가 죽는 거지.”

“그런 건 무시할 수 있다는 건가?”

게롤트가 그의 말을 가로챘다.

“그런 걸 전부 무시한 대신, 내 자신을 모욕하며 내가 사랑하는 것을 지킨다라…… 아니, 코드링거. 그 아이는 그냥 내버려두시오. 팔뚝으로 옷감이나 재면서 살게 놔두라고. 그 초상화는 없애버리고. 태워버리시오. 그리고 좀 전에 서랍 속에 집어넣은, 내가 피땀 흘려 번 250크라운에 대해서는 뭘

가 다른 걸 달라고. 정보를 말이오. 예니퍼와 시리가 엘란더를 떠났어. 그 사실은 당신도 알고 있겠지. 어디로 향하는지도 당신은 알고 있을 거요. 확실히 당신이 알고 있거나, 누군가 그 뒤를 쫓고 있거나 그런 거겠지?"

코드링거는 손가락으로 탁자를 두드리며 기침을 하고는 말했다.

"조심하라는 경고는 전혀 아랑곳없이, 늑대는 사냥을 계속하고 싶어 한다라…… 사실은 그 사냥이 자신을 향한다는 것을 모르는 채, 진짜 사냥꾼들이 만든 사냥터로 곧장 들어가겠다는 거로군."

"뻔한 얘기는 하지 말고, 구체적으로 말하는 게 좋을 거요."

"뭐, 그게 소원이라면. 사실 예니퍼가 7월 초, 타네드 섬의 가스탕으로 소집된 전체 마법사 회의에 가리라는 사실을 짐작하는 건 어렵지 않아. 하지만 예니퍼는 현명하게 계속해서 움직이고 있고 마법을 쓰지 않고 있기 때문에, 그 위치를 파악하는 건 어렵지. 일주일 전에 아직 엘란더에 있었으니까, 내 계산으로 사나흘 후에는 고스 벨렌에 도착할 거야. 거기서 타네드는 금방이지. 일단 고스 벨렌으로 가려면 앙코르의 마을을 지나가야 해. 지금 당장 출발한다면, 예니퍼를 뒤쫓는 자들을 붙들 수도 있을 거야. 그 뒤를 쫓는 자들이 있지."

"왕의 정보국원들은 아니었으면 좋겠군."

게롤트는 사나운 표정으로 웃어 보였다.

"아니, 정보국원들은 아니야. 하지만 리엔스도 아니지. 리엔스는 자네보다 똑똑해서 미슐레 형제와의 난리 이후 어딘가로 깊숙이 숨어버렸고 거기서 코빼기도 내놓지 않고 있거든. 예니퍼 뒤를 따르는 건 세 명의 용병들이야."

코드링거가 만지작거리는 금속 별을 보며 말했다.

"당신이 아는 놈들이겠지?"

"다 알지. 그래서 내가 이렇게 제안을 할게. 걔들은 놔둬. 앙코르로 가지 말고. 그러는 동안 난 내 정보와 인맥을 활용하겠네. 그 용병들을 다시 매수해서 계약을 뒤집는 거지. 다른 말로 하자면, 그들이 리엔스를 쫓도록 만드는 거야. 만약 안 된다면……."

코드링거는 갑자기 말을 끊더니 재빨리 손을 내뻗었다. 그러자 금속 별이 휙 소리를 내며 날아가 코드링거 아버지의 초상화 머리 부분에 정확히 꽂혔다. 금속 별은 캔버스 천을 찢고 벽에 깊숙이 박혔다.

"어때, 솜씨가 나쁘지 않지?"

코드링거는 활짝 웃었다.

"오리온이라고 하는데, 바다 건너온 물건이지. 한 달 전부터 연습하고 있는데 명중률이 꽤 괜찮아. 언젠가 쓸 일이 있겠지. 서른 발짝 안쪽이면 확실한 죽음의 무기가 되는데, 소매나 모자에도 숨길 수 있다고. 작년부터 닐프가드의 정보국원들이 소지하고 있어. 하하, 만약 리엔스가 정말 닐프가드를 위해 일한다면, 관자놀이에 오리온이 박힌 채 발견되기라도 하는 날엔 꽤나 웃길 거야. 어떻게 생각하나?"

"별생각 없소. 그건 당신 문제지. 250크라운은 당신 서랍 속에 있고."

"그렇지."

코드링거는 고개를 끄덕였다.

"그러니까 자네의 말은, 내 마음대로 해도 된다는 걸로 해석하겠네. 잠시 침묵의 시간을, 게롤트. 리엔스의 죽음 앞에 1분간 애도하자고. 도대체 왜 얼굴을 찌푸리는 거지? 죽음이라는 장대한 사건에 대해 존경심도 없는 건가?"

"있소. 상당한 존경심이 있지. 죽음에 대해 비아냥거리는 말을 가만히 들고 있기 힘들 만큼. 자기 자신의 죽음에 대해서 생각해본 적은 있소, 코드링거?"

코드링거는 심하게 기침을 하더니, 입을 가렸던 손수건을 오랫동안 바라보았다. 그러고는 눈을 들어 낮은 목소리로 말했다.

"당연하지. 생각하고말고. 그것도 아주 열심히 말이야. 하지만 내가 그러건 말건, 자네와는 전혀 상관없는 일 아닌가. 앙코르로 갈 건가?"

"갈 거요."

"랄프 블런든, 교수라고 불리는 자지. 헤이모 칸토르, 키 작은 약사, 이런 이름 들어봤나?"

"아니."

"세 놈 다 칼에 능해. 미슐레 형제들보다 낫지. 그러니 확실하고, 멀리서도 던질 수 있는 무기를 택해. 예를 들어 이런 닐프가드의 오리온 같은 거 말이야. 뭐, 원한다면 몇 개 팔 수도 있어. 나한테 많이 있거든."

"필요 없소. 비실용적인 무기요. 날아가면서 소리를 내니까."

"오리온은 심리적인 효과가 있어. 적을 공포로 마비시키지."

"그럴 수도 있겠지. 하지만 미리 경고하는 셈이 될 수도 있소. 나라면 날아오기 전에 몸을 피할 테니까."

"던진다는 걸 알면, 당연히 그렇겠지. 자네가 어지간한 화살이나 석궁 앞에서는 몸을 피할 수 있다는 걸 알아. 하지만 뒤에서 날아온다면……."

"뒤에서도."

"말도 안 돼."

"내기를 해보는 게 어떻소? 내가 당신 아버지 초상화 쪽으로 얼굴을 향하고 있을 테니, 그 오리온을 던져보시오. 날 맞추면 이기는 거고, 못 맞추면

지는 거지. 만약 지면 엘프들의 고문서를 해석하는 거요. 고대 혈통의 아이가 무슨 뜻인지 알아내라고. 당장, 외상으로.”

“만약 이기면?”

“똑같소. 그걸 알아내서 예니퍼에게 알려주면 돈은 예니퍼가 낼 테니까. 손해 볼 건 없지.”

코드링거는 서랍을 열더니 또 다른 오리온을 꺼냈다.

“내가 내기를 거절할 줄 알았겠지.”

코드링거가 묻지도 않고 확신에 차 말하자 게롤트는 차갑게 웃으며 대꾸했다.

“아니, 받아들이리라 생각했소.”

“자넨 무모해. 잊었나? 난 양심의 가책 따위는 없다고.”

“아니, 잊지 않았소. 모욕의 시간이 도래하고, 당신은 시대정신과 함께 앞서가는 사람이니까. 구시대적이고 어리석다는 그 말을 가슴에 새기고, 이번엔 나도 이 시대에 맞게 도전해보는 거요. 그럼 내기에 응하는 거요?”

“물론이지.”

코드링거는 금속 별 한 귀퉁이를 잡고 자리에서 일어났다.

“난 항상 호기심이 이성을 앞섰어. 아무 이유 없는 자비의 마음은 기본이고. 돌아서.”

게롤트도 자리에서 일어나 벽을 보고 돌아섰다. 그리고 구멍이 뻥뻥 뚫린 초상화와 그 안에 박혀 있는 오리온을 바라본 후, 눈을 감았다.

금속 별은 휙 소리를 내며 날아와 액자 바로 옆 벽면에 그대로 박혔다.

“젠장! 자넨 미쳤어! 그렇게 가만히 서 있으면 어쩌겠다는 거야?”

코드링거가 소리를 지르자 게롤트는 돌아서서 웃음을 지었다. 서늘한 미소였다.

"뭐가 문제지? 애초에 빗맞힐 생각으로 던지는 소리를 다 들었는데."

여관은 텅 비어 있었다. 구석의 긴 의자 위에 눈이 쑥 들어간 젊은 여자가 앉아 있었다. 부끄러운 듯 옆으로 앉아, 아이에게 모유 수유를 하고 있었다. 남편으로 보이는, 어깨가 떡 벌어진 농부가 벽에 등을 기댄 채 옆에서 졸고 있었다. 벽난로 뒤의 어둠 속에는 누군가 한 명 더 앉아 있었는데, 방이 컴컴해서 아플가트에게는 잘 보이지 않았다.

여관 주인은 고개를 들고 아플가트의 복장과 에이단의 문장이 새겨진 배지를 보고 바로 얼굴이 어두워졌다. 자신을 맞이하는 이런 분위기에 아플가트는 익숙해져 있었다. 왕의 파발꾼은 어떤 도시에서나 시골에서나, 어떤 여관을 막론하고 운송 수단인 새 말을 제공받아야 할 권리가 있었다. 거절을 했다가는 큰일이 날 것이었다. 물론 파발꾼은 자기가 지금까지 탔던 말과 수령증을 주고 새 말을 가져간다. 이 두 가지를 함께 가지고 가면, 주인은 지역 관리에게서 배상금을 받을 수 있었다. 하지만 꼭 그렇게 되는 것만은 아닌 터라 파발꾼은 두려움과 걱정 어린 시선에 익숙해져야 했다. 저 파발꾼은 말을 바꿔달라고 할까 아니면 그냥 넘어갈까? 우리 황금이를 없었던 셈 쳐야 할까? 망아지 때부터 키운 우리 이쁜이를? 소중히 키운 우리 검둥이를 내달라고 하면 어쩌지?

아플가트는 이미, 자기가 가장 좋아하는 친구 등허리에 안장이 놓인 채 마구간에서 끌려나오는 모습을 보면서 훌쩍거리며 우는 아이들의 모습을 한두 번 본 것이 아니었다. 어른들의 얼굴은 어쩔 수 없는 체념과 분노로 하얗게 질려 있곤 했다.

"새 말은 필요 없소."

아플가트의 퉁명스러운 말에 주인은 안도의 한숨을 내쉬는 것 같았다.

"하지만 밥은 주시오. 여기까지 내처 오느라 배가 고파서. 냄비에 뭐라도 있소?"

"수프가 좀 남았습니다. 얼른 가져다드리죠. 앉으십시오. 주무시고 가십니까? 벌써 어두워져서."

아플가트는 고민했다. 이틀 전, 아는 파발꾼인 한솜을 만나 규칙대로 메시지를 교환했다. 한솜은 데머번드 왕의 전갈과 편지를 가지고 테메리아와 마하캄을 지나 벵거버그로 향하고 있었다. 아플가트는 르다니아의 비지미르 왕에게 전해야 할 전언을 가지고 옥센푸르트와 트레토고르 방향으로 향하고 있었다. 300마일도 넘는 길이었다. 아플가트는 결정을 내렸다.

"먹고 곧장 출발할 거요. 달도 밝고 길도 평탄하니."

"좋을 대로 하시지요."

가져온 수프는 묽은데다가 아무 맛도 없었지만, 아플가트는 그런 소소한 데 신경 쓰지 않았다. 집에서는 부인이 해주는 맛있는 식사를 즐겼지만, 길에 나서면 닥치는 대로 먹었다. 아플가트는 천천히 후루룩거리며, 말고삐를 쥐느라 굳은 손으로 서툴게 숟가락질을 했다.

벽난로 옆에서 졸던 고양이가 갑자기 고개를 들더니 쉭 하는 소리를 냈다.

"왕의 파발꾼이라고?"

아플가트는 순간 움찔했다. 질문을 던진 건 어둠 속에 앉아 있던 사람이었는데, 어느새 아플가트 옆에 서 있었다. 우유처럼 하얀 머리를 가죽 머리띠로 고정한 남자는, 은색 장식이 붙은 검은 상의에 장화를 신고 있었다. 오른쪽 어깨 위에는 등 뒤로 멘 칼의 둥근 머리 부분이 빛나고 있었다.

"어느 길로 가나?"

"왕의 뜻이 보내는 길로."

아플가트는 차갑게 대답했다. 비슷한 질문에는 언제나 이렇게 대답했다.

하얀 머리의 남자는 잠시 침묵하며 아플가트를 살피듯 바라보았다. 비정상적으로 창백한 얼굴과 기묘하게 어두운 빛의 눈을 하고 있었다.

"왕의 뜻."

남자는 낮게 중얼거리더니 긁는 듯한, 불쾌한 목소리로 말했다.

"왕의 뜻은 분명 서두르라고 했겠지? 갈 길이 급하시겠군."

"그게 당신과 무슨 상관이오? 날 재촉하는 당신은 누구요?"

"난 아무것도 아니지."

하얀 머리의 남자는 기분 나쁜 미소를 지었다.

"그리고 당신을 재촉하지도 않았고. 하지만 내가 당신 처지라면 여기서 최대한 빨리 떠나겠어. 당신에게 나쁜 일이 생기는 건 바라지 않으니까."

이런 말에도 아플가트는 항상 사용하는 답변이 있었다. 짧고 퉁명스런 대답이었다. 그리 공격적이지 않으면서도 차분하지만, 왕의 파발꾼은 누구를 위해 일하는지, 파발꾼을 건드리는 자에겐 어떤 일이 생기는지를 상기시켜주는 답변이었다. 하지만 하얀 머리의 남자와 그의 목소리에는 아플가트가 평상시 사용하는 답변을 내뱉지 못하게 하는 무언가가 있었다.

"말을 쉬게 해야 하오. 한두 시간 정도라도."

"알겠소."

머리가 하얀 남자는 고개를 들었다. 마치 주변의 소리들을 엿듣고 있는 것 같았다. 아플가트도 귀를 쫑긋 세웠지만, 귀뚜라미 소리만 들려올 뿐이었다.

"그럼 쉬시오. 하지만 마당으로는 나오지 마시오. 무슨 일이 있어도."

하얀 머리의 남자는 가슴을 가로지르도록 맨 칼의 끈을 조정했다.

아플가트는 질문을 삼갔다. 본능적으로, 그렇게 하는 게 나을 것 같다는 생각이 들었다. 아플가트는 수프 접시 위로 고개를 숙이고는, 수프 안에 들어 있는 얼마 안 되는 건더기를 건져 먹기 시작했다. 다시 고개를 들었을 때, 하얀 머리의 남자는 이미 방 안에 없었다.

잠시 후, 마당에서는 말의 울음소리가 들리더니 요란한 말발굽 소리가 울려 퍼졌다.

여관으로 세 남자가 들어왔다. 그 모습을 보고 여관 주인은 재빨리 술잔을 닦기 시작했다. 아기를 데리고 있던 여자는 졸고 있는 남편 옆에 붙어 남편을 흔들어 깨웠다. 아플가트 역시 허리띠와 단검이 놓인 스툴을 자기 쪽으로 조금 끌어당겼다.

남자들은 여관 식당으로 들어와 재빠른 눈길로 손님들을 살펴보았다. 그리고 천천히, 박차와 무기를 절렁거리며 걸음을 옮겼다.

"어서 오십시오. 뭘 드릴까요?"

여관 주인은 목소리를 가다듬으며 물었다.

"보드카."

키가 작고 다부진 체격에, 원숭이처럼 팔이 긴 남자가 말했다. 남자는 제리칸제의 긴 칼 두 개를 등 위에 교차해서 메고 있었다.

"마시겠나, 교수님?"

"기꺼이. 아무것도 섞지 않은 진짜 술이라면 말이야."

두 번째 남자는 매부리코 위에 걸쳐진 금테 안경을 고쳐 쓰며 말했다.

여관 주인은 술을 따랐다. 아플가트는 주인의 손이 조금 떨리고 있는 것을 보았다. 남자들은 주방 벽에 등을 기대고 서서 흙으로 빚은 잔 속의 술을 천천히 마셨다.

"주인 양반, 최근 여기 고스 벨렌 쪽으로 서둘러 가는 여자 둘을 본 적이 있나?"

금테 안경을 낀 남자가 물었다.

"그쪽으로 가는 사람들이야 많죠."

여관 주인이 무뚝뚝하게 대꾸했다.

"수배 중인 여자들이야. 못 봤을 리 없어. 한 여자는 머리가 까맣고 눈에 띄게 외모가 좋아. 검은 말을 타고 다니지. 다른 여자는 더 어리고 머리는 밝은 잿빛에 눈은 초록색이야. 회색 얼룩이 있는 암말을 탔고. 여기 왔나?"

안경 낀 남자가 느릿느릿 말했다.

"아니, 안 왔소."

아플가트가 주인이 답하기 전에 끼어들었다. 그 순간 그는 등골이 서늘해지는 것을 느꼈다.

잿빛 깃털의 위험. 뜨거운 모래……

"파발꾼?"

남자의 물음에 아플가트는 고개를 끄덕였다.

"어디에서 어디로 가나?"

"왕의 뜻이 보내는 길로."

"내가 물어본 그 여자들을 혹시 오는 길에 마주치지 않았나?"

"본 적 없소."

"너무 빨리 부정하는군."

키가 크고 막대기처럼 마른 세 번째 남자가 날카로운 목소리로 언성을 높였다. 남자의 검은 머리카락이 마치 기름을 발라놓은 것처럼 번들거렸다.

"딱히 기억해내려고 애쓰는 것 같지도 않고."

"놔둬, 헤이모."

안경 낀 남자가 손을 내저었다.

"왕의 파발꾼이라고. 괜한 문제 일으키지 말자고. 주인장, 이 지역의 이름은 뭐요?"

"앙코르."

"여기서 고스 벨렌까지는 몇 마일이나 되나?"

"몇 마일인지는 재본 적 없어요. 하지만 사흘 정도……."

"말로?"

"마차로요."

그때 체격이 다부진 작은 사내가 갑자기 몸을 펴며 활짝 열린 문을 통해 마당 쪽을 바라보다가 낮은 목소리로 말했다.

"교수, 여기 좀 봐. 저놈은 뭐지? 설마……."

안경 낀 남자 역시 마당을 바라보더니 미간을 찡그리며 빠른 어조로 대꾸했다.

"맞아. 바로 저자야. 우리가 운이 좋군."

"안으로 들어올 때까지 기다릴까?"

"안 들어올 거야. 우리 말들을 봤으니까."

"우리를 아나?"

"조용히 해, 약사. 지금 무슨 말을 하고 있는 것 같은데?"

"너희들이 선택해라."

갑자기 마당에서 조금 쉰 듯한, 하지만 명확한 목소리가 들려왔다. 아플가트는 그 목소리의 주인이 누구인지 알 수 있었다.

"한 명이 나와서 누가 너희를 고용했는지 말해라. 그러면 아무 문제없이 이곳에서 나갈 수 있을 것이다. 아니면 세 명 다 한꺼번에 나오든지. 기다리겠다."

"저 자식, 다 알고 있어. 어쩌지?"

검은 머리 남자의 말에 안경 낀 남자는 천천히 주방 탁자에 잔을 내려놓았다.

"돈 받은 일을 해야지."

안경 낀 남자는 손바닥에 침을 뱉고는 검을 집어 들었다. 나머지 둘 역시 칼집에서 칼을 꺼냈다. 여관 주인은 비명이라도 지르려는 듯 입을 벌렸다가 안경 낀 남자의 차가운 푸른 눈빛에 질려 입을 다물었다.

"모두들 꼼짝 말고 앉아 있어. 아무 소리 말고. 헤이모, 시작되면 저자 뒤편으로 공격해 들어가. 자, 움직여."

안경 낀 남자의 말이 끝나자마자 그들은 곧장 밖으로 나갔다. 곧이어 기합 소리, 쿵쿵거리는 발걸음 소리, 무기들이 부딪치는 소리, 그리고 비명. 머리끝이 쭈뼛 서는 비명 소리가 들려왔다.

여관 주인의 얼굴은 하얗게 질리고, 눈이 쑥 들어간 여자는 낮은 비명 소리를 지르며 양팔로 아기를 가슴에 꼭 껴안았다. 벽난로 위에 있던 고양이는 바닥으로 뛰어내려 몸을 활처럼 휘고는 꼬리털을 솔처럼 뻣뻣이 세웠다. 아플가트는 재빨리 의자를 들고 구석으로 피했다. 무릎 위에 단도를 올려뒀지만 칼집에서 단도를 꺼내지는 않았다.

밖에서는 또다시 마룻바닥을 울리는 발소리와 검들이 부딪치는 소리가 들려왔다.

"네가⋯⋯!"

그때 누군가 새된 비명을 질렀다. 욕으로 끝나긴 했지만 비명 속에는 분노보다 절망이 더 많았다.

검들이 부딪치는 날카로운 소리에 이어 공기를 찢는 듯한 외침 소리가 들렸다. 쿵쿵거리는 소리는 마치 거대한 곡식 자루가 마룻바닥에 떨어지는 소리 같았다. 마구간에서는 말발굽 소리와 겁에 질린 말들이 울부짖는 소리가 들려왔다.

곧이어 마룻바닥이 울릴 만큼 쿵쿵거리는 소리가 들렸다. 빠르게 걷는 육중한 발소리였다. 아기와 함께 있던 여자는 남편을 껴안았고, 여관 주인은 벽에 바싹 등을 붙였다. 아플가트는 단검을 꺼냈지만, 식탁 상판 아래에 감추고 있었다. 발소리의 주인은 여관으로 향하고 있었고, 이제 곧 여관 안으로 들어올 것이 명백했다. 하지만 문 앞에 닿기 직전 날카로운 칼 소리가 났다.

발소리의 주인은 비명을 지르며 쓰러질 듯이 여관 안으로 들어왔다. 문턱 위로 엎어질 것 같았지만, 느린 걸음으로 흔들흔들 몇 걸음을 더 내딛고는 방 한가운데에서 쿵 소리를 내며 쓰러졌다. 마룻바닥 틈새에 쌓여 있던 먼지들이 날아올랐다. 얼굴을 바닥으로 한 채 쓰러진 남자는 더 이상 움직이지 못했다. 푸른빛의 크리스털로 만들어진 안경은 툭 소리를 내며 마룻바닥으로 떨어졌고 유리는 산산조각이 났다. 이미 움직이지 않는 몸 아래에서는 번들거리는 검붉은 피 웅덩이가 커지고 있었다.

아무도 움직이지 않았다. 비명도 지르지 않았다.

여관 안으로 하얀 머리의 남자가 들어왔다.

남자는 손에 들고 있던 칼을 능숙하게 등 뒤의 칼집에 꽂았다. 계산대 쪽으로 다가오는 동안, 남자는 바닥에 쓰러져 있는 시체에 눈길 한 번 주지 않았다. 여관 주인은 몸을 움츠렸다.

"나쁜 사람들이오."

쉰 목소리로 하얀 머리의 남자가 말했다.

"나쁜 사람들이 죽은 거요. 경관들이 곧 오겠지. 저자들의 목에는 현상금이 걸려 있을 수도 있소. 그 돈은 적당한 곳에 쓰도록 해야겠지."

여관 주인이 열심히 고개를 끄덕이자 하얀 머리의 남자는 다음 말을 덧붙였다.

"혹은 이런 경우도 생길 수 있소. 이자들의 죽음에 대해 그들의 동료나 친구들이 물어올 수도 있지. 그러면, 늑대에게 잡아먹혔다고 하시오. 하얀 늑대에게. 그리고 주변을 잘 둘러보라고 전하시오. 어느 날 주위를 둘러보면, 하얀 늑대가 기다리고 있을 거라고."

사흘 후 아플가트가 트레토고르 성문에 다다랐을 때는 이미 자정이 한참 지나 있었다. 해자 밑에서 시간을 지체하며 고함을 지를 수밖에 없었던 아플가트는 화가 나 있었다. 경비병들이 쿨쿨 자고 있다가 도개교를 내려주는 것을 꾸물거렸던 탓이다. 아플가트는 경비병들에게 뼛속 깊이, 삼대에 이르기까지 있는 대로 욕을 해댔다. 그러고 나서는 잠에서 깬 경비병 대장이 경비병들의 증조할머니, 할머니, 어머니에 대해 빈틈없이 욕을 해대는 것을 만족스럽게 엿들었다. 물론 이 밤중에 비지미르 왕에게 간다는 건 있을 수 없는 일이었다. 그래서 아플가트는 다음날 아침 종이 울릴 때까지 잘 생각이었다. 하지만 그건 착각이었다. 잠자리를 안내받기는커녕, 지체 없이 그를 망루로 데려갔던 것이다. 하지만 그곳에서 그를 기다리는 것은 왕이 아닌, 덩치가 매우 큰 거구의 사람이었다. 아플가트는 그가 누구인지 알고 있었다. 르다니아 왕 비지미르의 신임을 받는 딕스트라였다. 그리고 아플가트는 딕스트라가 왕에게만 전달하도록 되어 있는 전갈을 건네받을 수 있는 권한이 있다는 것도 알고 있었다. 아플가트는 딕스트라에게 서신을 건넸다.

"구두 전갈도 있나?"

"있습니다."

"말해봐."

"데머번드가 비지미르에게."

아플가트는 눈을 감고 암송을 시작했다.

"첫째. 7월 상현달이 뜨고 둘째 날 변장한 이들은 준비가 된다. 폴테스트가 우리를 배신하지 않도록 살필 것. 둘째. 똑똑한 척하는 놈들의 타네드 회합에 나는 불참할 것이고 당신도 가지 말라. 셋째. 새끼 사자는 죽었다."

딕스트라는 얼굴을 살짝 찡그리며 손가락으로 탁자를 두드리고는 입을 열었다.

"여기 데머번드 왕에게 가는 서신이 있다. 그리고 구두 전갈은…… 자, 귀를 기울여 정확히 기억하도록 해라. 데머번드 왕에게 한 단어 한 단어 모두 전달해야 한다. 왕에게만, 다른 누구에게도 안 된다. 아무에게도, 알겠나?"

"알겠습니다."

"전갈은 이렇다. 비지미르가 데머번드에게. 변장한 이들을 중단시켜라. 누군가 배신했다. 불꽃이 돌 앙그라에 군대를 집합시켜 핑계거리만 기다리고 있다. 읊어봐."

아플가트는 구두 전갈을 빠짐없이 암송했다.

"좋아. 동이 트기 전에 곧바로 출발해라."

딕스트라는 고개를 끄덕였다.

"나리, 저는 닷새 내내 길에서 달렸습니다."

아플가트는 엉덩이를 문질렀다.

"오전까지만이라도 눈을 붙일 수 있을까요? 허락해주시겠습니까?"

"너의 왕 데머번드가 지금 밤잠을 자리라고 생각하나? 내가 밤에 잠을 잘 것 같은가? 그런 질문을 감히 던진 것만 해도 입을 찢어 마땅하다. 음식은 줄 테니 지푸라기 위에 몸을 좀 뉘어라. 그리고 해뜨기 전에 출발한다. 순종 말을 내주라고 일렀으니 바람처럼 날아갈 수 있을 것이다. 얼굴 찡그리지 말고. 비지미르 왕이 인색하다고 말하지 않도록 여기 감사의 표시를 주머니에 담았다."

"감사합니다."

"폰타르 근처의 숲에 이르면 조심해라. 다람쥐들이 목격되었으니까. 그 주변은 평상시에도 산적들이 설치는 곳이다."

"아, 알고 있습니다. 사실 사흘 전에……."

"무슨 일이 있었나?"

아플가트는 앙코르에서의 사건을 재빨리 이야기했다. 딕스트라는 거대한 양팔을 가슴에 교차시킨 채 그의 이야기를 유심히 들었다.

"교수라……."

딕스트라는 생각에 잠긴 채 중얼거렸다.

"헤이모 칸토르와 키 작은 약사로군. 위쳐에게 당했어. 고스 벨렌으로 가는 길에 앙코르에서, 그러니까 타네드, 그 다음엔 가스탕…… 그런데 새끼 사자가 죽었다고?"

"무슨 말씀이십니까?"

"아무것도 아니다."

딕스트라는 고개를 들었다.

"최소한 너에겐 아무것도 아니지. 쉬어. 동이 트기 전에 떠나라."

아플가트는 차려진 음식을 먹고 잠시 드러누웠다. 너무 피곤해서 눈을 감을 수도 없었다. 동이 트기도 한참 전에 아플가트는 이미 성문을 나서고 있었다. 순종 말은 정말 빨랐지만 고집이 셌다. 아플가트는 그런 말들을 좋아하지 않았다.

왼쪽 어깨뼈와 척추 사이 어딘가가 참을 수 없이 간지러웠다. 마구간에 누웠을 때 분명 벼룩이 문 것이 틀림없었다. 하지만 긁을 수도 없었다.

순종 말이 히히힝 소리를 냈다. 아플가트는 말을 박차로 걷어차고 속도를 냈다. 서둘러야 했다.

"가레안."

카이르브레는 길을 바라보고 있던 나뭇가지에서 몸을 뻗으며 쌕쌕 소리를 냈다.

"엔 드호인 아엔 에발 아 스트라에데!"

토루비엘은 재빨리 땅에서 몸을 일으키고 칼을 허리춤에 찼다. 그러고는 옆에서 쓰러진 나무둥치에 기대어 자고 있던 예빈의 허벅지를 신발 끝으로 걷어찼다. 엘프는 잠에서 깨어나 씩씩거렸다. 짚고 있던 뜨거운 모래에 손을 덴 것이었다.

"케 수에스?"

"길에 말 탄 사람이 있어."

"한 명이라고, 카이르브레?"

예빈은 활과 화살통을 집어 들며 물었다.

"그래, 한 명. 가까이 오고 있어."

"해치우자. 드호인 하나가 줄 테니까."

"그만둬!"

토루비엘이 예빈의 소매를 잡았다.

"뭐하러 그래? 우린 정찰을 하고 부대로 돌아가기로 했잖아. 길거리의 민간인을 죽이겠다고? 자유를 위한 투쟁이 그런 거야?"

"바로 그거야. 저리 비켜."

"만약 길에 시체가 널브러져 있으면, 지나가는 정찰대가 경보를 울릴 거야. 군대가 우리를 쫓아오게 될 거라고. 그럼 강을 막고, 건너다닐 때 문제가 생길지도 몰라!"

"이 길에는 다니는 사람이 별로 없어. 시체를 발견하기 전에 우린 이미 멀리 가 있을 거야."

"저 말 탄 사람은 이미 멀리 갔어. 떠들지 말고 먼저 쐈어야지. 이제는 활이 닿지 않을걸. 200걸음도 더 떨어져 있어."

나무 위에서 카이르브레가 말했다.

"내 60파운드짜리 활로도? 30인치 화살로도? 그리고 200걸음은 아니야. 150걸음 정도라고. 미레, 케 스파르 에인레."

예빈은 활을 어루만졌다.

"예빈, 놔둬."

"타에스 엡, 토루비엘."

엘프는 다람쥐꼬리가 달린 모자가 방해되지 않도록 돌려쓰고는 재빨리 귀까지 활을 팽팽하게 당긴 후 정확히 겨냥해서 시위를 놓았다.

파발꾼은 화살 소리를 듣지 못했다. '묶음' 화살이었다. 길고 좁은 잿빛 깃털이 달린, 뒤쪽에 홈이 파여 있는 화살이었다. 면도날처럼 날카로운 삼각형의 화살촉은 가속을 더해 날아와 파발꾼의 왼쪽 어깨뼈와 척추 사이에 꽂혔다. 잘 다듬어진 화살촉은 나사처럼 빙글빙글 돌며 몸속을 파고들어 근육을 파괴하고 핏줄을 자르고 뼈를 조각내었다. 파발꾼은 말의 목덜미로 엎어졌고 양털이 가득 든 자루처럼 힘없이 굴러떨어졌다.

길의 모래는 뜨거웠고 화상을 입힐 만큼 태양에 달궈져 있었다. 하지만 파발꾼은 이미 뜨거움조차 느끼지 못했다. 아플가트는 즉사했다.

내가 그 아이를 알았다고 하는 건 과장일 것이다. 위쳐와 여자 마법사 외에는 사실, 아무도 그 아이를 알지 못했다. 내가 그 아이를 처음 보았을 때에는, 나에게 큰 인상을 남기지도 못했다. 우리가 만나게 된 상당히 희한한 배경에도 불구하고 말이다. 그 여자아이 뒤를 따르는 죽음의 바람을 첫 만남에서부터 느꼈다고 주장하는 이들도 나는 알고 있다. 하지만 나에게 그 아이는 보통 아이처럼 보였다. 결코 보통 아이가 아니라는 것을 잘 알고 있었는데도 말이다. 그래서 나는 그 아이에게서 무언가 특별한 것을 느끼고 발견하고 탐지해내려고 매우 노력했다. 하지만 아무것도 알아차리지 못했고 느끼지도 못했다. 앞으로의 비극적인 사건들의 예고나, 신호나, 예감이 될 그 어떤 것도 말이다. 그 사건들은 그 아이가 원인이었다. 그리고 그 아이가 일으킨 것이기도 했다.

단델라이온, 〈시의 반세기〉

제 2 장

갈림길 바로 옆, 숲이 끝나는 자리에 아홉 개의 기둥이 박혀 있었다. 기둥 꼭대기에는 모두 마차 바퀴가 평평하게 매달려 있었다. 바퀴 위에는 까마귀들이 몰려들어 마차 바큇살 사이에 매달린 무언가를 헤치며 뜯어먹고 있었다. 기둥의 높이와 수많은 새들 덕분에 바퀴에 늘어져 있는 것들이 무엇인지는 짐작만 할 뿐이었으나, 그것은 분명 시체들이었다. 다른 것일 리 없었다.

시리는 고개를 돌리고 구역질을 느끼며 코를 찡그렸다. 쌓여 있는 시체들의 어지러운 악취와 함께 기둥 쪽에서 불어오는 바람이 길 위에 가득했다.

"최고의 장식이군."

예니퍼는 안장에서 몸을 굽히고는 땅에 침을 뱉었다. 시리에게 그렇게 침을 뱉어서는 안 된다고 얼마 전 엄하게 이른 것을 완전히 잊은 상태였다.

"화려한데다가 냄새까지 나고. 그런데 왜 하필이면 여기일까요? 아무것도 없는 곳에? 저런 건 보통 도시의 성벽 근처에 놓는데. 그렇지 않나요?"

"저건 다람쥐들이에요, 아가씨."

예니퍼와 시리가 갈림길에서 따라잡은 상인 중 한 명이, 짐이 가득 실린 마차를 끌고 있는 얼룩무늬 말을 멈추고는 말했다.

"엘프들이죠. 저기, 저 기둥에 말이에요. 일부러 기둥들을 숲에 세운 거예요. 다른 다람쥐들에 대한 경고죠."

예니퍼는 상인을 바라보았다.

"그럼, 스코이아텔을 산 채로 데려와서……."

"엘프들은 보통 산 채로 잡히지 않아요."

상인이 예니퍼의 말을 끊었다.

"설령 군인들이 잡는다고 하더라도, 도시로 데려가죠. 왜냐하면 그곳에 인간이 아닌 종족들이 살고 있거든요. 광장에서 모두들 보라고 하는 거죠. 그래야 다람쥐 떼에 합류할 마음이 싹 사라질 테니까요. 혹은 전쟁터에서 엘프를 죽이면, 그 시체를 갈림길로 날라 와 이렇게 기둥에 매달죠. 가끔은 아주 멀리서 날라 오기도 해요, 이미 썩은 냄새를 풍기는……."

상인의 말을 듣고 있던 예니퍼가 시리를 보며 내뱉듯 말했다.

"생각해봐. 우리에게는 시체를 사용하는 모든 마법이 금지되어 있어. 죽음과 망자에 대한 존중 때문이지. 망자는 존중과 평화, 그리고 의식과 제례가 동반된 장례로 대접받아야 해."

"뭐라고요?"

상인이 제대로 듣지 못한 듯 고개를 갸웃거리며 물었다.

"아무것도 아니에요. 여기서 빨리 떠나자, 시리. 여기서 멀어진다면 어디라도 좋을 것 같구나. 몸 전체가 악취에 잠겨버린 것 같아."

"저도요, 후…… 그럼 전속력으로 달려도 될까요?"

상인의 마차를 앞지르며 시리가 말했다.

"좋아, 시리! 하지만 서두르자고 했지, 전속력으로 달리자고는 안 했어!"

예니퍼와 시리 앞에, 벽으로 둘러싸이고 각진 지붕들이 빛나는 뾰족한 탑들이 가득한 도시가 모습을 드러냈다. 도시 뒤편으로는 아침 햇살을 받아 초록빛으로 빛나는 푸른 바다가 이곳저곳에 하얀 돛을 품은 채 반짝이고 있었다. 시리는 모래 언덕 끝에 말을 멈추고는 안장에서 몸을 일으켜 바닷바람과 냄새를 한껏 들이마셨다.

"고스 벨렌. 드디어 왔네. 길로 다시 돌아가자."

예니퍼가 달려와 시리 옆에 서며 말했다.

길에서는 우마차들과 봇짐과 나뭇짐을 이고 가는 사람들을 지나치며 다시 가볍게 달리기 시작했다. 모두를 앞지르고 또다시 둘만 남자 예니퍼는 속도를 줄이고 손짓으로 시리를 세웠다.

"더 가까이 와, 더 가까이. 고삐를 잡고 내 말을 몰아봐. 양손이 다 필요하거든."

"뭘 하실 건데요?"

"고삐를 잡으라고 말했을 텐데."

예니퍼는 가죽 주머니에서 은 거울을 꺼내 먼지를 닦고는, 조그만 소리로 주문을 외웠다. 은 거울이 손바닥에서 빠져나오더니 공중으로 떠올라 정확히 예니퍼의 얼굴 앞에서 멈추었다. 시리는 그 모습을 지켜보며 감탄사를 내뱉고는 마른 입술을 핥았다.

예니퍼는 가죽 주머니에서 빗을 꺼내, 베레모를 벗고 잠시 동안 머리를 빗기 시작했다. 시리는 잠자코 지켜봤다. 예니퍼가 머리를 빗을 때는 방해를 해서도, 정신을 산란하게 해서도 안 된다는 것을 알고 있었다. 언뜻 보기에는 대충 풀어헤친 듯한 예니퍼의 곱슬곱슬 풍성한 웨이브는 그림 같았고, 긴 시간 공들인 노력의 결과였으며 상당한 정성을 필요로 했다.

그녀는 다시 가죽 주머니를 뒤졌다. 그러고는 귀에 다이아몬드 귀걸이를 달고, 양쪽 손목에 팔찌를 찼다. 그런 다음 블라우스 단추를 풀어 목과 옵시디안 장식이 붙은 검은 벨벳 목걸이를 드러냈다.

시리는 참다가 드디어 입을 열었다.

"이제야 알았어요! 이제 도시로 갈 거니까 예쁘게 보이고 싶으신 거죠? 제 말이 맞죠?"

"맞아."

"그럼 나는요?"

"너는 뭐?"

"저도 예쁘게 보이고 싶어요. 머리라도 빗을래요."

"베레모 써. 아까 썼던 그 자리에. 그리고 머리카락은 그 안으로 집어넣고."

예니퍼는 말 옆에 떠 있는 거울에서 눈을 떼지 않은 채 엄하게 말했다.

시리는 화를 내며 씩씩거렸지만 시키는 대로 했다. 이미 오래전 예니퍼의 목소리 색깔과 톤을 구별하는 법을 배웠다. 언제 얘기를 더 해도 되는지 혹은 말아야 하는지 알고 있었다.

예니퍼는 이마에 웨이브를 만들고 가죽 주머니에서 작은 초록색 유리병을 꺼냈다. 그러고는 조금 부드러워진 목소리로 말했다.

"시리, 우리는 몰래 여행을 하는 거야. 그리고 여행은 아직 끝나지 않았고. 그래서 베레모 속에 머리카락을 숨겨야 해. 도시의 모든 성문에는 드나드는 사람들을 정확히 관찰하라고 돈을 받는 사람들이 있어. 알았지?"

"글쎄요. 선생님은 너무 예뻐서, 성문에서 지켜보는 사람들 눈이 다 튀어

나오겠어요! 그게 무슨 몰래 하는 여행이에요?"

시리가 건방지게 대답하며 예니퍼의 말고삐를 잡아당기자 예니퍼는 웃음을 지었다.

"우리가 가는 이 도시는, 바로 고스 벨렌이야. 난 고스 벨렌에서는 몰래 다닐 필요가 없어. 오히려 사실을 말하면 그 반대야. 너와는 얘기가 달라. 누구도 너를 기억해서는 안 돼."

"입을 헤벌린 채 선생님을 쳐다보는 사람들이 나까지 보게 된다고요!"

예니퍼는 라일락과 구스베리 냄새가 나는 병의 뚜껑을 열었다. 두 번째 손가락을 병에 넣고는 무언가를 묻힌 후 눈 밑에 조금 발랐다.

"글쎄다. 너에게 누가 주의를 기울일지는 모르겠구나."

예니퍼는 수수께끼 같은 미소를 띤 채 대꾸했다.

다리 앞으로는 말 탄 사람들과 마차의 긴 줄이 늘어서 있었고 성문 앞에는 검문을 기다리는 여행자들로 붐볐다. 시리는 오랫동안 기다릴 생각에 한숨을 내쉬며 화를 내고 있었다. 하지만 예니퍼는 안장에 앉은 채 몸을 꼿꼿이 하고서, 여행자들의 머리 위를 바라보며 말을 몰았다. 여행자들은 얼른 한쪽으로 비켜서며 자리를 만들고 존경의 표시로 몸을 굽혀 보였다. 갑옷을 입은 보초 역시 예니퍼를 곧바로 알아보고는 자리를 비키지 않거나 꾸물거리는 사람들을 막대기로 치며 길을 내주었다.

"이쪽입니다, 이쪽이에요, 부인."

보초 중 한 명이 예니퍼를 바라보며 얼굴이 빨개진 채 외쳤다.

"이쪽으로 오시면 됩니다! 비켜! 비키라고, 이놈들아!"

급히 소환당한 보초 대장이 불만에 가득 찬 표정으로 초소에서 나오더니, 예니퍼의 얼굴을 보자마자 얼굴을 붉히며 입을 벌린 채 몸을 깊숙이 굽혀 절을 했다.

"고스 벨렌에서 황공하게 맞이하겠습니다, 선생님."

보초 대장은 웅얼거리며 예니퍼에게서 시선을 떼지 못한 채 말을 이었다.

"시키시는 일이라면 뭐든지…… 제가 할 수 있는 일이라면 뭐든지 말씀만 하십시오. 호위병을 붙여드릴까요? 안내인은 어떻습니까? 누구 부르실 분이라도?"

예니퍼는 말 위에서 허리를 꼿꼿이 한 채 보초 대장을 내려다보았다.

"필요 없습니다. 이곳에서는 잠시 머물 거예요. 타네드로 갑니다."

"물론 그러시겠지요."

보초 대장은 이쪽 발에서 저쪽 발로 몸의 중심을 옮겼다. 여전히 예니퍼의 얼굴에서 시선을 떼지 못한 채로. 다른 보초병들도 모두 마찬가지였다. 시리는 자랑스럽게 몸을 쭉 펴고 주위를 둘러보았지만, 자기를 바라보는 사람은 아무도 없었다. 마치 그 자리에 없는 사람처럼 느껴졌다.

"물론 그러시겠죠."

보초 대장은 되풀이해서 말했다.

"타네드로, 네, 그러시겠지요. 대회의에. 네, 알겠습니다. 그럼 가는 길……."

"감사합니다."

예니퍼는 보초 대장의 말 따위에는 전혀 관심이 없었다. 시리는 아무 말 없이 예니퍼의 뒤를 따랐다. 보초병들은 지나가는 예니퍼에게 공손히 절을 하고 있었지만, 시리를 쳐다보는 사람은 없었다.

"이름조차 물어보지 않았어요. 어디에서 왔는지도요! 그 사람들에게 마법을 거셨나요?"

시리는 예니퍼를 부지런히 따라가며 진흙 바닥에 난 바퀴 자국 사이로 조심스럽게 말을 몰면서 물었다.

"그 사람들에게 마법을 건 게 아니야. 나에게 마법을 걸었지."

예니퍼는 달리던 말을 멈추고 몸을 돌렸다. 시리는 감탄사를 내뱉었다. 예니퍼의 눈은 보랏빛 광채로 반짝이고 있었고 얼굴의 아름다움은 눈이 부실 지경이었다. 도발적이고 위험한, 초자연적인 아름다움이었다.

"아, 초록색 병! 그 병에 들어 있는 게 뭔가요?"

시리는 곧 알아채고는 눈을 반짝이며 물었다.

"글래머리. 특별한 날 쓰는 묘약, 아니 크림이지. 시리, 그렇게 길 위의 흙탕물을 밟고 가야만 하니?"

"말발굽을 씻으려고요."

"한 달 동안 비가 오지 않았어. 그건 하수와 말 오줌이야, 물이 아니라고."

"아, 네. 그런데 왜 그 묘약을 썼는지 말해주세요. 그렇게 했어야 하는 이유가⋯⋯."

"여긴 고스 벨렌이야. 이 도시는 마법사들 덕분에 융성했다고 말할 수 있지. 더 정확히 말하면, 여자 마법사들 덕분에. 그리고 난 내가 누군지 소개하고 싶지도, 증명하고 싶지도 않았어. 보자마자 내가 누구인지 확실히 알아보길 원한 거지. 저 빨간 집 옆에서 왼쪽으로 꺾어. 이제 내려, 시리, 말 멈추고. 그러다 애라도 치일라."

"여긴 왜 온 거예요?"

"이미 말했잖니."

시리는 콧김을 내뿜고는 입술을 꾹 다문 채 말을 세게 걷어찼다. 그 바람에 놀란 시리의 말은 그 옆을 지나던 마차와 부딪힐 뻔했다. 마부는 자리에서 일어나 시리에게 마부들이 쓰는 모든 욕을 쏟아부으려 하다가, 예니퍼를 보고는 얼른 다시 자리에 앉아 자신의 나막신 상태를 면밀히 분석하기 시작했다.

"한 번만 더 그런 식으로 반항하면, 화낼 거다. 넌 지금 염소 새끼처럼 행동하고 있어. 계속 그렇게 창피하게 굴 거니?"

"날 학교에 넣어버리려는 거죠? 난 싫다고요!"

"조용히. 사람들이 쳐다보잖아."

"선생님을 보는 거지, 날 보는 게 아니잖아요! 난 학교에 가기 싫다고요! 나랑 항상 같이 있겠다고 약속해놓고, 지금 날 남겨두고 가려는 거잖아요! 나만 혼자! 난 혼자 있고 싶지 않다고요!"

"혼자 있는 게 아니야. 학교에는 네 또래의 여자아이들이 많아. 친구들이 많이 생길 거고……."

"친구 싫어요. 난 선생님이랑 그리고…… 그렇게 생각했는데……."

예니퍼는 몸을 돌려 물었다.

"무슨 생각을 했는데?"

"우리가 게롤트에게 가는 줄 알았어요. 오는 내내 무슨 생각을 했는지 내가 다 알아요. 그리고 왜 밤에 한숨을 쉬시는지도……."

시리는 도전하듯 고개를 쳐들었다.

"됐어. 그만하렴."

예니퍼는 단단히 화가 난 듯 매서운 눈으로 시리를 쏘아보자 시리는 말갈기에 얼굴을 묻고 말았다.

"네가 도를 넘는구나. 네가 나에게 대들 수 있는 시간은 이미 지나버렸어. 그건 네 스스로의 의지에 의한 것이었어. 이젠 내게 복종해야 해. 내가 시키는 대로 해야 하는 거야, 알겠니?"

시리는 고개를 끄덕였다.

"내가 너에게 시키는 것들은 너를 위한 최선이야, 항상. 그렇기 때문에 넌 내 말을 들어야 하고 내가 시키는 일을 해야 해. 알겠니? 말을 멈춰. 이제 다 왔구나."

"여기가 그 학교예요? 이건……!"

시리는 건물의 화려한 외관을 보며 감탄사를 내뱉었다.

"입 다물고 내려. 그리고 똑바로 행동하렴. 여긴 학교가 아니야. 학교는 아레투자에 있지, 고스 벨렌에 있지 않다고. 여긴 은행이야."

"은행에 왜 왔어요?"

"생각 좀 해. 내리라고 말했잖아. 물구덩이에 말고! 말은 놔두고. 하인은 이럴 때 쓰라고 있는 거야. 장갑은 벗어야지. 승마 장갑을 끼고 은행에 들어가는 거 아니야. 날 봐. 베레모 고쳐 쓰고, 옷깃은 똑바로 해. 몸은 펴고. 손을 어떻게 해야 할지 모르는 거니? 그럼 아무것도 하지 마!"

시리는 한숨을 쉬었다.

건물의 정문에서 쏟아져 나와 몸을 굽혀 인사하고 시중을 드는 하인들은 드워프들이었다. 시리는 흥미롭게 그들을 바라보았다. 모두들 키가 작고, 체격이 단단하고 수염이 나 있었지만, 시리의 친구 야르펜 지그린이나 그의 '애들'과는 전혀 달랐다. 하인들은 모두들 비슷해 보였고, 같은 제복을 입고 있었으며 눈에 띄지 않았다. 그리고 다른 이들에게 복종하고 있었다. 그것이야말로 야르펜과 그의 '애들'에게는 조금도 해당되지 않는 점이었다.

둘은 안으로 들어갔다. 마법의 묘약은 아직도 효과를 발휘하고 있어서, 예니퍼의 등장은 곧장 엄청난 반향을 불러일으켰다. 모두들 뛰고, 절을 하고, 과한 인사말과 함께, 무엇이든지 도와드리겠다고 아우성이었다. 이 난리는 믿을 수 없게 뚱뚱하고 위엄 있게 차려입은 흰 수염의 드워프가 등장하자 간신히 중단되었다.

"존경하는 예니퍼!"

드워프는 단단한 목에서 흰 수염 아래까지 늘어진 황금 사슬을 찔렁거리며 큰 소리로 인사를 건넸다.

"이렇게 반가울 데가! 이런 영광이! 자, 집무실로 들어와요! 그리고 너희들, 멍하니 서서 쳐다보지 말고, 일을 하라고! 어서 주판 앞으로 가지 못해! 윌플리, 카스텔 드 뇌프 한 병을 집무실로 바로 가져와! 빈티지는…… 몇 년산인지 알지? 어서 서둘러! 자, 이쪽으로, 예니퍼. 당신을 다시 보다니 정말 기쁘군요. 맙소사, 여전히 숨이 멎을 정도로 아름다우시군요!"

"당신도 아주 좋아 보이시는군요, 몰나르 지안카르디."

예니퍼는 웃어 보였다.

"물론이죠. 자, 이쪽으로. 집무실로 들어오세요. 아이쿠, 아니죠. 여성분들이 먼저! 예니퍼, 들어가는 길은 기억하시겠죠?"

집무실은 약간 어두웠지만 상쾌하고 시원했다. 공기 중에는 시리가 장의 탑에서 기억하던 냄새가 떠돌고 있었다. 잉크와 양피지, 참나무 가구들에 쌓인 먼지, 태피스트리와 오래된 책의 냄새였다.

"여기 앉으시죠."

은행가인 지안카르디는 자신의 책상 앞으로 예니퍼를 위해 무거운 안락의자를 끌어당겨 주며 시리를 흥미롭다는 듯 바라보았다.

"흠……."

"아이에게 읽을 만한 책 한 권 주세요, 지안카르디."

그 눈길을 눈치챈 예니퍼가 말했다.

"얘가 책을 좋아하거든요. 책 한 권 주면 저기 책상 구석에 앉아서 우릴 방해하지 않을 거예요. 그렇지, 시리?"

시리는 대답하지 않았다.

"책이라, 흠……."

지안카르디는 집무실 안을 서성이며 걱정스럽게 말했다.

"아이가 읽을 만한 책이 뭐가 있지? 오, 수출입 결산법? 아니, 이건 아니고. 항만 관세법? 이것도 아니고. 신용대출과 상환? 이것도 아니지. 아, 이 책은 어디서 났지? 황당하군. 하지만 이게 좋겠어. 자, 받아라, 아이야."

책에는 '피지올로구스'라는 제목이 적혀 있었고 아주 오래된 책인지 너덜너덜했다. 시리는 조심스럽게 표지를 펼쳐 몇 페이지를 넘겨보았다. 곧장 흥미가 생겼는데, 수수께끼의 괴물들과 짐승들을 다루고 있었고, 그림이 아주 많은 책이었다. 시리는 잠시 동안 책과 여자 마법사와 드워프 은행가 사이의 대화에 정신을 집중하려 애썼다.

"나에게 온 편지 같은 게 있나요, 지안카르디?"

"아니오. 새 편지는 하나도 안 왔어요. 몇 달 전에 온 마지막 편지들은, 우리가 정한 방법으로 전했고."

지안카르디는 예니퍼와 자신의 잔에 포도주를 따랐다.

"그 편지들은 잘 받았어요. 고마워요. 그리고 혹시, 누군가 그 편지에 흥미를 갖진 않았나요?"

"여기서는 아니에요."

몰나르 지안카르디는 웃어 보였다.

"하지만 추측의 방향은 맞군요. 비발디 가문의 은행이 비밀스럽게 나에게 얘기하길, 그 편지들을 추적하려는 시도가 있었다고 하더군요. 벤거버그에 있는 비발디 은행의 지점에서도 역시나 당신의 개인 구좌에서 행적을 알아내려는 시도가 있었다고 하고요. 직원 중 하나가 배신을 하고, 해서는 안 될 행동을 한 거죠."

지안카르디는 잠시 말을 멈추고는 빽빽한 눈썹 아래로 예니퍼를 바라보았다. 시리는 귀를 쫑긋 세웠다. 예니퍼는 옵시디안 별 목걸이를 만지작거리며 아무 말이 없었다.

지안카르디는 목소리를 낮추며 말을 이었다.

"비발디 가문은 이 사건을 더 이상 알아보길 원치 않거나, 캐보질 못하는 것 같아요. 매수당해 배신한 직원은 술에 취한 채로 해자에 빠져 익사했죠. 불운한 사고였어요. 안타까운 일이에요. 너무 빨리, 너무 서둘러서……."

"그다지 안타깝지도, 불쌍하지도 않군요."

예니퍼가 입술을 깨물었다.

"내 편지와 통장에 누가 관심을 가졌을지는 알고 있어요. 비발디 은행에서 조사를 진행했더라도 별다른 것은 없었을 거예요."

"그렇게 생각한다면……."

지안카르디는 수염을 만지작거렸다.

"타네드로 가는 길이시죠? 그 마법사 대회의에 참석하러 말입니다."

"그렇죠."

"이 세상의 운명을 정하러?"

"과장은 하지 말아요."

"여러 가지 소문이 돌고 있어요. 그리고 여러 가지 일들이 일어나고 있죠."

지안카르디가 건조하게 말했다.

"비밀이 아니라면 말씀해주시죠. 무슨 일들인데요?"

"작년부터 세금 정책에 이상한 움직임이 있어요. 물론 당신은 별 관심이 없겠지만……."

지안카르디는 수염을 쓰다듬으며 말했다.

"말해보세요."

"인두세와 군대의 동절기 유지비가 두 배로 올랐어요. 이 세금들은 군이 직접 징수하는 세금이죠. 모든 상인들과 사업자들은 왕의 세관에 '10분의 1 그로쉬'를 내야 하는데, 이건 수입이 손익분기점을 넘을 때마다 1그로쉬를 내게 되는 세법이에요. 그런데 문제는, 드워프들과 소인족들, 엘프와 하플링들은 그 세금뿐 아니라 더 많아진 인두세와 재산세를 내요. 만약 상업이나 생산 활동에 종사하고 있다면, 인간이 아닌 종은 10분의 1을 또 강제로 납부해야 하는 거죠. 이런 식으로 수입의 60퍼센트가 넘는 세금을 세관에 납부하고 있어요. 내 은행은 모든 지점을 합쳐, 각각의 네 왕국에 600그쥐브나*가 넘는 돈을 내고 있어요. 당신이 이해하기 쉽게 말하자면, 이 액수는 굉장히 부유한 공작이나 백작이 자기 영지에 대해 내는 세금의 세 배가 넘는 액수지요."

"그럼 오직 인간만이 그 부과적인 세금을 안 내고 있다는 말씀이신가요?"

---

* 그쥐브나(Grzywna): 옛 폴란드, 체코, 러시아에서 쓰던 화폐 단위이자 도량형 단위.

"그런 셈이죠. 군대의 동절기 유지비와 인두세만 내죠."

예니퍼는 고개를 끄덕였다.

"그렇다면 드워프를 비롯한 인간이 아닌 종족들이 숲 속에서 일어나는 스코이아텔과의 전투 비용을 대는 거군요. 그럴 거라는 예상은 했어요. 하지만 이 세금 문제가 타네드의 마법사 대회의와 무슨 관계가 있죠?"

"당신들의 대회의가 끝나면, 언제나 무슨 일이 일어나요. 난 사실 이번엔, 그 반대가 되길 빌고 있어요. 당신들의 대회의 덕분에 앞으로 어떤 일이 일어나지 않기를 말이에요. 그러면 전 아주 행복할 겁니다. 예를 들어 납득하기 어려운 물가 상승이 좀 막아진다면 말이죠."

"알아듣기 쉽게 말해줘요."

지안카르디는 안락의자에 몸을 기대고는 배 위에 늘어진 수염을 손가락으로 꼬았다.

"난 이 업종에서 긴 시간 종사해왔어요. 어떤 특정 물건의 가격 상승과 어떤 특정 사실을 서로 연관시킬 수 있을 정도로 오래 말이죠. 그런데 최근에는 보석 가격이 치솟았어요. 그 수요가 아주 많아요."

"현금을 보석으로 바꾼다…… 환율이나 동전의 가치 때문에 손해를 보지 않기 위해서겠죠?"

"그렇죠. 보석은 또한 중요한 장점이 있어요. 몇 온스의 다이아몬드는 50 그쥐브나의 가치가 있는데, 그걸 동전으로 들고 다니려면 25파운드가 넘고 몇 자루나 되죠. 옷 속에 다이아몬드가 든 주머니를 넣고 다닌다면, 동전 자루를 등에 진 것보다 훨씬 빨리 도망칠 수 있어요. 한 손으로는 마누라를 잡고, 다른 손으로는 누군가를 해치울 수도 있죠."

시리는 소리 죽여 코웃음을 쳤지만, 예니퍼가 알아채고는 시리를 무섭게 노려보았다.

"벌써 피난을 준비하는 사람들이 있다는 거군요. 어디로 떠나는지 궁금하네요."

예니퍼는 고개를 들고 물었다.

"가장 좋다고들 하는 곳은 먼 북쪽이에요. 헹포라, 코비어, 포비스, 일단 멀다는 점과 두 번째는 중립국이라는 점, 닐프가드와 관계가 좋은 곳들이죠."

"그렇군요."

예니퍼의 얼굴에서 쓰디쓴 미소가 가시지 않았다.

"그럼 다이아몬드를 호주머니에 넣고, 마누라 손을 잡고 북쪽으로…… 너무 이른 건 아닌가요? 그럼 그것 말고는 또 어떤 게 가격이 오르고 있죠, 지안카르디?"

"배요."

"네?"

"배."

지안카르디는 '배'라는 대답을 되풀이하고는 말을 이었다.

"강변의 모든 배 기술자들이 지금 배를 건조하고 있어요. 폴테스트 군대의 대장들이 주문을 했거든요. 이들은 계속해서 주문을 넣고 값을 잘 쳐주고 있어요. 예니퍼, 만약 당신도 노는 자금이 있다면 배에 투자하세요. 수익이 아주 좋아요. 나무껍질과 갈대로 배를 만들어서 말이죠, 일급의 소나무 목재로 만들었다고 영수증을 제출하고, 군대 대장들과 이익을 반으로 나누면……."

"지안카르디, 농담하지 마세요. 무슨 말인지 설명이나 계속하시죠."

"이 배들은……."

지안카르디는 천장을 바라보며 내키지 않은 듯 말했다.

"모두 남쪽으로 가는 배예요. 소든과 브뤼헤로, 야루가로 말이에요. 하지만 제가 알기론 이 배들은 강가에서 고기를 잡는 배들이 아니에요. 오른쪽 강변 숲 속에 숨겨두고 있죠. 군대는 이 배들에 올라타고 내리는 걸 몇 시간 동안이나 연습해요. 일단은 육지에서요."

예니퍼는 입술을 깨물었다.

"하지만 사람들은 왜 그렇게 북쪽으로 올라가는 거죠? 야루가는 남쪽이잖아요."

"그럴 만한 이유가 있죠."

지안카르디는 시리를 흘끗 쳐다본 후 말했다.

"조금 전에 얘기했던 이 배들이 물 위로 떠올랐다는 소식이 들리면 에미르 바 엠레이스 황제는 좋아하지 않을 테니까요. 그랬다간 에미르 황제를 자극하게 될 거라고, 닐프가드와 국경에서 멀리 떨어지면 떨어질수록 좋다고 말하고 있어요. 적어도 추수 때까지는 말이죠. 추수가 지나면, 안도의 한숨을 내쉬겠죠. 만약 무언가가 일어날 거라면, 그건 추수 전에 일어날 거예요."

"그때는 곡식들이 창고에 있겠죠."

"그렇죠. 말들을 마구간에서만 먹이는 건 쉬운 일이 아니고, 곡식 창고가 가득 찬 요새들은 오랫동안 버틸 수 있으니까요. 올해 날씨는 농부들에게 좋은 편이었고, 수확량도 좋을 거예요. 그렇죠, 날씨가 상당히 좋았으니까요. 해는 내리쬐고, 적당히 비도 내리고…… 돌 앙그라의 야루가는 수위가 아주 낮아요. 건너기가 쉽지요. 양쪽에서 말이에요."

"왜 돌 앙그라죠?"

지안카르디는 수염을 쓰다듬고는 예니퍼를 뚫어질 듯 날카로운 시선으로 바라보았다.

"당신을 믿어도 되겠죠?"

"언제나 그랬듯이. 지안카르디, 변한 건 하나도 없어요."

"돌 앙그라의 지리적 특성을 생각해보세요. 리리아와 에이단, 두 나라는 테메리아와 연맹 관계에요. 배를 사들이고 있는 테메리아의 폴테스트 왕이 직접 그 배를 쓸 거라고는 생각하지 않겠지요?"

"네, 당신 말이 맞아요. 정보 감사해요, 지안카르디. 당신 말이 맞을지도 모르죠. 우리가 세계의 운명이나, 세계 안에서 살고 있는 사람들의 운명에 잘못된 영향을 끼치게 될지도 몰라요."

예니퍼는 천천히 대답했다.

"인간뿐만 아니라 드워프들도 기억해주세요. 그리고 드워프들의 은행도."

지안카르디는 씁쓸하게 웃으며 말했다.

"노력하죠. 그건 그렇고, 은행 말이 나왔으니 말인데……."

"말씀해보시죠, 예니퍼."

"써야 할 돈이 있어요, 지안카르디. 하지만 비발디 가문의 은행에서 인출하게 되면, 누군가 또 익사를 할 테니……."

"예니퍼."

지안카르디가 그녀의 말을 잘랐다.

"우리 은행에서 당신은 무제한 대출을 받을 수 있어요. 벤거버그에서의 학살은 먼 옛날의 일이 아니죠. 당신은 잊었을지 몰라도, 나는 잊지 않고 있어요. 지안카르디 가문의 누구도 절대 잊지 않을 겁니다. 얼마가 필요하죠?"

"1500테메리아 오렌을 엘란더의 치안파넬리 지점으로 멜리텔레 신전을 위해 보내주세요."

"알겠습니다. 좋은 거래군요. 신전에 보내는 돈은 비과세죠. 또 필요한 것이라도?"

"요즘 아레투자의 학교 1년 등록금은 얼마죠?"

시리는 귀를 쫑긋 세웠다.

"1200노비그라드 크라운입니다. 새로 입학하는 학생에게는 입학금 200 크라운이 더 붙죠."

"이런, 비싸졌군요."

"요즘은 모든 게 값이 올랐어요. 그래도 신입생에게 아레투자에서의 대접은 정말 후하죠. 여왕처럼 사니까요. 그 덕에 도시 절반이 먹고 살고 있어요. 재단사나, 구두쟁이, 사탕가게나 다른 가게들……."

"알겠어요. 그럼 학교 계좌로 2000크라운도 넣어주세요. 무기명으로요. 입학금과 등록금이라고만 써주세요, 신입생용으로."

지안카르디는 펜을 내려놓고 시리를 보고는 알겠다는 웃음을 지어 보였다. 시리는 책을 넘기는 척하며 열심히 듣고 있었다.

"당부하실 일들은 이게 다인가요, 예니퍼?"

"그리고 제가 사용할 현금으로 300노비그라드 크라운을 인출해주세요. 타네드에 가려면 드레스가 세 벌은 필요하니까요."

"당신이 왜 현금이 필요합니까? 은행수표를 발행해드리죠. 500크라운으로요. 수입 직물들 가격도 엄청나게 올랐고, 당신이 면이나 마로 옷을 해 입을 것도 아닐 테니. 당신이나 아레투자의 신입생에게 만약 필요한 것이 있으시다면, 제 가게들과 조합도 열려 있어요."

"감사합니다. 이자는 몇 퍼센트로 할까요?"

지안카르디는 고개를 들었다.

"예니퍼, 당신은 지안카르디 가문에 이자는 이미 선불로 지급한 거예요. 벤거버그의 대학살 때 말이죠. 이런 얘기는 이제 하지 맙시다."

"빚을 지는 건 좋아하지 않아요, 지안카르디."

"저 역시 싫습니다. 하지만 전 상인이고, 사업을 하는 드워프죠. 의무라는 게 무엇인지 정도는 알고 있어요. 그 대가도 알죠. 다시 한 번 말하지만, 이런 얘기는 하지 말도록 해요. 요청하신 사항은 이미 승인됐다고 생각하시면 됩니다. 요청하지 않으신 사항 역시 말이죠."

예니퍼가 눈썹을 치켜세우자 지안카르디는 나직이 웃었다.

"당신과 가까운 한 위쳐가 최근에 도리안을 방문했죠. 거기서 고리대금업자에게 100크라운을 빌렸다는 정보가 입수되었어요. 그 고리대금업자는 내 소속이죠. 그 빚은 감해주겠어요, 예니퍼."

예니퍼는 미간을 찡그리며 시리를 흘끗 쳐다보았다. 그리고 차갑게 말했다.

"지안카르디, 경첩이 망가진 문에 손가락은 끼우는 게 아니에요. 일단, 그 위쳐가 나를 아직도 가깝게 생각하는지 의문이고, 만약 빚이 탕감되었다는 걸 알게 된다면 날 증오하게 될 거예요. 그를 잘 알잖아요. 자존심이 엄청 세다고요. 도리안에는 언제 왔던 건가요?"

"한 열흘 전이요. 그 후에는 늪지대에서 목격되었어요. 내가 들은 바로는 농장주들의 부탁을 받아 하이룬덤으로 갔다고 해요. 뭐, 없애야 할 괴물이 있는 거겠지요."

"괴물을 해치우는 일은 수고에 비해 돈을 너무 조금 줘요."

예니퍼의 목소리는 조금 변해 있었다.

"괴물한테 입은 상처의 치료비 정도라고요, 보통은요. 저를 위해 정말 무슨 일을 해주고 싶으시다면, 이렇게 해주세요. 하이룬덤의 농장주들에게 연락을 해서 상금을 올려주세요. 먹고 살 돈이라도 챙길 수 있게."

"언제나처럼 당부하신 대로 하지요. 하지만 그러다 그게 발각되면요?"

지안카르디가 짓궂게 웃으며 물었다.

예니퍼는 이제, 피지올로구스 책을 보는 척도 하지 않은 채 대놓고 둘의 대화를 듣고 있는 시리에게 시선을 고정했다.

"그걸, 누구한테 들어서 알게 되겠어요?"

예니퍼는 여전히 시리에게 시선을 고정한 채 천천히 말했다. 시리는 예니퍼의 눈을 피하며 은근슬쩍 고개를 숙였다. 지안카르디가 의미심장한 웃음을 짓더니 수염을 쓰다듬었다.

"타네드로 가기 전에 하이룬덤 쪽으로 가시나요? 물론, 우연히 말이죠."

"아니요, 안 가요. 이제 이 이야기는 그만해요, 지안카르디."

예니퍼는 지안카르디의 눈길을 피하며 대꾸했다.

지안카르디는 다시 한 번 수염을 쓰다듬더니 시리를 바라보았다. 시리는 고개를 떨군 채 헛기침을 하며 의자에서 몸을 꼬았다. 지안카르디가 말했다.

"그래요, 이야기 주제를 바꿔야겠군요. 그런데 당신이 돌보는 저 아이는 저 책이 재미없는 모양이군요. 아니면 우리 대화가 재미없던가. 그런데 지금 할 얘기는 더 지루한 얘긴데…… 이 세상의 운명, 이 세상에 살고 있는 드워프들의 운명, 그들 은행의 운명, 이런 건 앞으로 아레투자의 졸업생이 될 어린 소녀들에겐 지루한 얘기겠죠. 예니퍼, 아이를 당신 품에서 잠시 놓아줘요. 시내 구경도 좀 하게……."

"오, 네!" 시리가 외쳤다.

그 제안이 몹시 못마땅한 예니퍼는 반대하려고 입을 열려는 순간, 갑자기 마음을 바꾸었다. 시리가 보기에 확실치는 않았지만, 예니퍼의 마음이 갑자기 변한 것은 지안카르디가 작은 목소리로 중얼거리며 덧붙인 말 때문인 것 같았다.

"아이가 고색창연한 도시 고스 벨렌의 아름다움을 볼 수 있게 해주어야지요."

지안카르디가 활짝 웃으며 덧붙였다.

"아레투자에 가기 전에 조금이라도 자유를 누리게 말입니다. 그러는 동안 우리는 여기서 좀 개인적인 얘기도 나누고. 아니, 어린 아가씨가 혼자서 다니도록 하라는 건 아니에요. 여기가 안전한 도시인 건 맞지만, 동행하고 돌봐줄 누군가를 붙여주죠. 우리 은행의 젊은 행원 중 한 명을……."

"지안카르디, 죄송하지만 안전한 도시라 해도 요즘 세상에 드워프와 동행한다는 것이……."

예니퍼가 지안카르디의 말이 채 끝나기도 전에 거절하자, 지안카르디는 얼굴을 붉히며 단호하게 말했다.

"아니, 그런 생각은 하지도 않았어요. 드워프와 동행시킬 생각은 아니었죠. 지금 내가 말하는 행원은, 뼛속 깊이 인간이며 존경받는 상인의 아들입니다. 아니, 내가 은행에 드워프들만 채용했을 거라고 생각한 겁니까? 거기, 윌플리! 파비오를 당장 데려오게!"

예니퍼는 시리에게 다가가 몸을 살짝 굽히며 말했다.

"내가 창피해할 만한 바보 같은 짓을 해서는 안 된다. 그리고 행원 앞에서는 말을 삼가야 해. 약속해. 행동과 말을 조심하겠다고. 고개만 끄덕이지 말고. 약속은 제대로 된 목소리로 하는 거야."

"약속할게요, 예니퍼 선생님."

"해를 잘 보고, 반드시 정오에는 돌아와. 만약…… 아니, 누군가 널 알아볼 거라는 생각은 안 해. 하지만 누군가 널 지나치게 쳐다보고 있는 듯한 느낌이 들면……."

예니퍼는 호주머니에 손을 넣더니, 모래시계 모양을 깎아 넣은 작은 녹옥수*를 꺼냈다.

"주머니에 넣어둬. 잃어버리지 말고. 필요할 때에는…… 주문은 외우고 있지? 하지만 조심스럽게 해야 해. 이걸 가동시키면 큰 파장이 생기고, 파동을 일으키니까. 만약 네 주위에 마법을 간파하는 자가 있다면, 모습이 사라지기는커녕 더 눈에 띌 거야. 아, 그리고 혹시 사고 싶은 게 생기면 이걸로 사렴."

"예니퍼 선생님, 감사합니다."

시리는 녹옥수와 동전을 주머니에 넣고, 집무실로 달려오는 남자아이를 흥미롭게 바라보았다. 남자아이는 주근깨가 난 얼굴에, 곱슬곱슬한 밤색 머리가 은행원의 회색 제복 목깃 위로 자연스럽게 내려와 있었다.

"파비오 작스랍니다."

지안카르디가 소년을 소개하자 소년은 예의 바르게 머리를 숙여 인사했다.

"파비오, 이분은 예니퍼 씨다. 우리 은행의 존경받는 고객이시지. 그리고 이분이 데리고 있는 이 어린 아가씨가 우리 도시를 구경하고 싶어 하신다.

---

* 녹옥수: 니켈을 포함하는 석영. 밝은 녹황색 또는 짙은 녹색의 준보석.

이분을 모시고 안내자 역할과 보호자 역할을 수행하도록."

소년은 다시 한 번 몸은 굽혀 인사했다. 이번에는 시리 쪽을 향해서였다.

"시리, 일어나."

예니퍼의 차가운 어투에 시리는 의아해하며 자리에서 일어났다. 이럴 때는 자신이 일어날 필요가 없다는 예의범절을 알고 있었기 때문이었다. 하지만 시리는 예니퍼가 왜 일어나라고 했는지 곧 알 수 있었다. 시리와 동갑내기 정도로 보이는 파비오는, 시리보다 머리 하나가 작았기 때문이었다.

"지안카르디, 누가 누구를 보호하는 거죠? 그 역할에는 조금 더 체격이 있는 분이 적합할 것 같은데요?"

예니퍼의 말에 소년의 얼굴이 빨개지더니, 어쩌면 좋겠냐는 듯한 눈길로 은행장을 바라보았다. 지안카르디는 허락하듯 고개를 끄덕였다. 소년은 다시 몸을 굽혀 인사를 했다.

"존경하는 부인."

소년은 상황에 전혀 개의치 않는 듯 매끄럽게 입을 열었다.

"저는 체격이 크지는 않지만, 이 임무를 맡기셔도 됩니다. 저는 이 도시의 내부와 성곽, 주변 곳곳을 잘 알고 있어요. 힘이 닿는 한 최선을 다해 아가씨를 모시겠습니다. 그리고 파비오 작스의 아들, 파비오 작스 주니어인 제가 최선을 다하는 일이라면…… 저보다 키가 큰 누구보다도 잘해냅니다."

예니퍼는 소년을 잠시 동안 바라보더니 지안카르디 쪽으로 몸을 돌렸다.

"축하할 일이군요, 지안카르디. 당신은 직원을 고를 줄 아시는군요. 훗날 이 젊은이 덕분에 좋은 일이 많겠어요. 제대로 된 금속은 때리면 청명한 소리를 내죠. 시리, 너를 파비오 씨의 아들, 파비오 군에게 안심하고 맡길 수 있겠구나. 파비오 군은 믿을 수 있는, 제대로 된 남자분이야."

소년은 갈색 머리의 모근까지 빨개졌다. 시리도 덩달아 자기 얼굴이 빨개지는 것을 느꼈다.

"파비오."

지안카르디는 작은 상자를 열더니 그 안에서 쩔렁거리는 내용물을 꺼냈다.

"여기 반 노블이랑 3그로쉬가 있다. 어린 아가씨가 원하는 것이 있다면 사용하도록 해. 만약 그럴 일이 없게 되면 그대로 가져오너라. 자, 이제 가 보도록."

"12시까지야, 시리. 조금이라도 늦어서는 안 된다."

예니퍼가 다시 한 번 주의를 주었다.

"네, 알고 있어요."

시리와 파비오가 계단을 달려 내려와 분주한 거리로 나서자마자 소년이 말했다.

"내 이름은 파비오야. 네 이름은 시리지?"

"응."

"고스 벨렌에서 뭘 보고 싶니, 시리? 중심가? 황금 상인들의 골목? 항구? 아니면 시장이나 장터?"

"전부 다."

소년은 걱정스러운 얼굴을 했다.

"흠, 정오까지밖에 시간이 없는데…… 그럼 시장으로 가는 게 제일 낫겠다. 오늘은 장이 서는 날이라서 재미있는 것들이 많이 나올 거야! 시장에 가기 전에 만(灣) 전체와 유명한 타네드 섬이 보이는 성벽 위로 올라가자, 어때?"

"가자!"

거리에는 마차들이 덜그럭거리며 굴러가고, 말과 소들이 지나가고, 통 만드는 사람들은 술통을 굴리고 있었다. 거리는 온통 소란스러운 소리와 움 직임으로 가득했다. 시리는 분주함과 혼란스러운 거리 풍경에 정신이 멍해 진 나머지, 나무로 된 데크에서 발을 헛디뎌 복숭아뼈까지 진흙과 오물에 빠지고 말았다. 파비오가 팔을 잡으려고 했지만 시리는 몸을 뺐다.

"혼자 걸을 줄 안다고!"

"그래, 알았어. 그럼 이리로 가자. 여기가 바로 이 도시의 중심 거리야. 카 르도라고 하고 양쪽으로 난 두 대문을 잇는 길이지. 주 대문과 바다로 향하 는 문이야. 이쪽은 시청으로 가는 길이고. 황금 닭이 있는 저 탑 보여? 저게 시청이야. 저기 색깔이 들어간 간판이 있는 곳은 '풀어진 코르셋'이라는 술 집인데, 저긴…… 흠, 저긴 가지 말자. 자, 이쪽으로. 그래, 수산 시장을 통 과해서 지름길로 가면 돼. 길 이름은 구불텅 길이야."

둘은 골목을 돌아 집들 사이에 난 작은 광장 앞으로 나왔다. 광장은 생선 냄새로 가득한 좌판과 통으로 붐비고 있었다. 활발하고도 요란한 흥정 소 리, 상인들도 사는 사람들도 머리 위로 날아다니는 갈매기를 쫓아내려 애쓰 고 있었다. 담장 아래에는 생선에 전혀 관심이 없는 척하는 고양이들이 앉 아 있었다.

"너희 선생님은 무섭더라."

갑자기 파비오가 좌판 사이를 지나가며 말했다.

"그렇지."

"가까운 친척은 아니지? 그건 확실해 보였어."

"왜? 어떻게 알았는데?"

"엄청 아름다우시잖아."

파비오는 소년 특유의 무심하고 솔직한 태도로 말했다.

시리는 용수철처럼 몸을 획 돌렸지만, 파비오의 주근깨와 작은 키에 대해 뾰족한 소리를 하기도 전에, 시리를 이끌고 마차와 가판대를 통과하며 이 작은 광장 위에 있는 망루 이름은 도둑 전망대이고, 이 망루에 쓰인 돌은 바다 밑바닥에서 끌어올린 것이며 그 아래 자라고 있는 나무들은 플랜틴* 나무라고 말해주었다.

"넌 말수가 정말 적구나, 시리."

파비오는 설명을 하다 말고 갑자기 말했다.

"내가?"

시리는 놀라는 척했다.

"그럴 리가. 난 그냥 네가 설명하는 걸 열심히 듣고 있었을 뿐이야. 설명을 아주 재미있게 하니까. 안 그래도 묻고 싶은 게 있는데……."

"물어봐."

"여기서…… 아레투자까지는 멀어?"

"아니, 아주 가까워! 왜냐하면 아레투자는 사실 도시가 아니거든. 성벽으로 올라가자, 보여줄게. 자, 저기 계단이 있다."

벽은 높았고 계단은 가팔랐다. 파비오는 땀을 흘리며 헉헉거렸는데, 그럴 만도 한 것이 쉬지 않고 이야기를 하고 있었기 때문이었다. 덕분에 시리는 고스 벨렌을 둘러싸고 있는 이 성벽이 세운 지 얼마 되지 않았고, 엘프들이 세운 이 도시보다는 훨씬 최근의 것이며 35피트라는 것도 알게 되었다. 그리고 이 성벽은 포곽 성벽으로, 구운 벽돌이 아닌 잘라낸 돌을 쌓아올려

---

* 플랜틴(Plantain): 바나나의 일종. 주로 요리용으로 쓰인다.

만들어졌다는 것과 이렇게 쌓은 성벽은 육중한 기둥으로 들이받을 때 잘 버틴다는 사실도 알게 되었다.

성벽 꼭대기에 이르자 싱그러운 바닷바람이 그들을 맞았다. 꽉 찬 도시의 답답함에 질린 시리는 반갑게 공기를 들이마셨다. 성벽 끝에 팔꿈치를 대고서 멀리 색색의 돛들이 흩뿌려진 항구를 바라보았다.

"저게 뭐야, 파비오?"

"타네드 섬이야."

섬은 아주 가깝게 보였다. 그리고 섬처럼 보이지 않았다. 마치 바다 밑바닥에 박힌 거대한 돌기둥처럼, 지그재그로 난 계단과 발코니가 있는, 나선형으로 휘돌아 올라가는 거대한 성탑인 지구라트처럼 보였다. 발코니는 정원과 관목으로 가꾸어져 있어 초록빛이 가득했고, 그 초록빛 사이로는 바위 위의 제비 집처럼 흰색의 뾰족한 탑들과 그림 같은 돔들이 중정으로 둘러싸인 건물 꼭대기를 장식하고 있었다. 짓고 세우고 쌓아올렸다기보다 마치 바닷속으로 파고든 것처럼 보였다.

"저건 다 엘프들이 세운 거야. 엘프들이 마법을 써서 세운 거라고도 해. 하지만 기억할 수도 없는 오랜 옛날부터 타네드는 마법사들의 소유였어. 저기 반짝이는 돔들이 있는 꼭대기 부근에 가스탕 궁이 있어. 바로 저기서 며칠 후에 마법사들의 대회의가 열려. 저기 맨 꼭대기에 총안이 있는, 홀로 높이 솟아 있는 탑이 바로 토르 라라, 갈매기의 탑이야."

"저기는 육지에서 곧장 건너갈 수 있어? 가까운데."

"건너갈 수 있어. 만과 섬을 잇는 다리가 있거든. 여기선 나무에 가려져서 안 보여. 저기 산 밑에 빨간 지붕들 보여? 록시아 궁이야. 저곳에서 다리가 시작돼. 록시아를 통해서만 위쪽 발코니로 갈 수 있어."

"그럼 저 예쁜 중정이랑 작은 다리가 있는 곳은? 저기, 정원들이 있는 곳은 어떤 곳이야? 어떻게 저 바위 위에서 무너지지 않는 거지? 저건 뭐야?"

"저기가 바로 네가 물어봤던 아레투자야. 저곳에 여자 마법사들의 학교가 있지."

"아하, 그러니까 저기가…… 파비오?"

"응?"

"저 학교에 다니는 여자 마법사 아이들을 본 적 있어? 아레투자에서?"

그러자 파비오는 화들짝 놀라며 시리를 바라보았다.

"무슨 소리야! 그 애들을 본 사람은 없어! 걔들은 저 섬을 빠져나와 도시로 나와선 안 돼. 그리고 학교 안으로는 아무도 들어갈 수 없고. 경관 심지어 성주도 못 들어가. 만약 여자 마법사들에게 무슨 볼일이 있으면 록시아까지만 갈 수 있어. 저기 가장 낮은 곳까지만."

"나도 그렇게 생각했어."

시리는 아레투자의 반짝이는 지붕들을 응시한 채 고개를 끄덕였다.

"학교가 아니라 감옥이야. 섬에, 바위 위에, 깎아지른 듯한 절벽에, 저긴 감옥이라고."

"조금 그렇긴 하지."

파비오는 잠시 생각한 후 동의했다.

"저기서는 빠져나오기가 힘들지. 하지만 감옥은 아니야. 견습 마법사들은 어린 아가씨들이잖아. 그러니 조심해야지."

"뭘?"

"뭐, 뭐…… 알잖아."

파비오는 말을 더듬었다.

"모르겠는데."

"그러니까, 난…… 아, 하지만 저 학생들을 억지로 가두는 건 아니야. 본인들이 원해서……."

"뭐 당연히 그렇겠지. 저 감옥에 있길 원했으니 저곳에 있는 거겠지. 만약 원하지 않으면, 저 안에 넣지 않을 테고. 사실 별거 아니지. 정확한 시점을 고르면 돼. 저기에 들어가기 전에. 안 그랬다간 늦어버릴 테니까."

시리는 짓궂게 웃으며 대꾸했다.

"어떻게? 도망치겠다는 거야? 어디로?"

"불쌍한 저 애들은 어디 갈 곳도 없을 거야. 파비오, 하이룬덤이라는 도시는 어디야?"

파비오는 놀란 듯 시리를 바라보았다.

"하이룬덤은 도시가 아니야. 거긴 거대한 농장이지. 그곳에는 과수원과 밭들이 있어서 근처 모든 도시에 야채와 과일을 공급해. 양어장도 있어서 잉어랑 다른 물고기도 기르고……."

"여기서 하이룬덤까지는 얼마나 멀어? 어느 쪽으로 가면 되지? 보여줘."

"왜 그걸 알려고 하는데?"

"가르쳐줘."

"저기 서쪽으로 뻗은 길 보이지? 저기 마차들이 있는 곳. 바로 저 길이 하이룬덤으로 가는 길이야. 한 15마일 정도 될 거야. 숲길로만."

"15마일…… 좋은 말만 있으면 그리 멀진 않겠네. 고마워, 파비오."

"왜 고맙다고 하는 거지?"

"아무것도 아냐. 이제 시장으로 안내해줘. 간다고 했잖아."

"그래, 가자."

시리는 고스 벨렌의 장터처럼 소란스러운 곳은 처음이었다. 조금 전에 지나온 요란한 수산 시장도 이 장터에 비하면 조용한 신전 같았다. 광장은 정말 컸지만, 그 안으로 들어간다는 건 상상할 수도 없었다. 하지만 파비오는 시리의 손을 잡아끌며 엄청난 인파를 꿋꿋이 뚫고 들어갔다. 시리는 머리가 빙빙 도는 것만 같았다.

상인들은 목청껏 외치고 있었고, 물건을 사는 사람들은 더 크게 소리를 지르고 있었다. 군중 속에서 길을 잃어버린 아이들은 빽빽 소리를 지르며 울고 있었다. 소들은 음매 하고 울고, 양들은 매 울고, 새들은 꽉꽉거리며 난리였다. 드워프 장인들은 망치로 금속판을 때리고 있었고, 뭔가 마시려고 일을 중단할 때면 험악한 욕을 해댔다. 시장 이곳저곳에서 피리 소리와 바이올린 소리, 심벌즈 소리가 들려왔다. 떠돌이 악사들과 음악가들이 연주를 하고 있었던 것이다. 게다가 보이지는 않았지만 누군가 계속해서 트럼펫 같은 것을 불고 있었다. 음악가는 틀림없이 아니었다.

시리는 귀청을 찢는 듯한 비명을 지르며 달리는 돼지를 피하다 닭장에 넘어지고 말았다. 중심을 잃은 시리는 부드럽고 앵앵 소리를 내는 무언가를 밟고 말았다. 깜짝 놀라 펄쩍 뛰어오른 시리는 거친 털이 가득한 옆구리로 사람들을 밀어내는, 크고 위협적이며 지독한 냄새를 풍기는 낯선 동물의 발에 밟힐 뻔했다.

"저게 뭐야, 파비오?"

시리는 겨우 중심을 잡고 신음 소리를 냈다.

"낙타야. 겁내지 마."

"겁 안 내! 무슨 겁을 낸다고!"

시리는 흥미로운 듯 주위를 둘러보았다. 구경하는 사람들 앞에서 즉석으로 염소 가죽 물통을 만드는 소인들의 작업도 구경하고, 하프엘프들이 좌판에 내놓은 아름다운 인형들도 감탄하며 구경했다. 우울한 표정의 퉁명스러운 땅속 요정이 내놓은 공작석과 벽옥으로 만든 장식품도 볼 수 있었고, 무기 공방에서 내놓은 칼을 구경하기도 했다. 버드나무 가지로 바구니를 짜는 여자아이를 보고는, 일하는 건 정말 못할 짓이라고 생각했다.

트럼펫 소리가 드디어 멈추었다. 누군가가 연주자를 해치운 모양이었다.

"이 맛있는 냄새는 뭐야?"

"도넛이야. 하나 먹고 싶지 않니?"

파비오가 돈주머니를 흔들어 보였다.

"두 개 먹고 싶은데."

상인은 도넛 세 개를 내어주더니 동전을 받아 네 개의 구리 동전을 내놓으며 하나는 반으로 갈랐다. 시리는 동전을 반으로 가르는 모습을 지켜보며 허겁지겁 첫 번째 도넛을 삼켰다. 두 번째 도넛을 먹으며 시리가 물었다.

"저기에서, 반 자른 동전만도 못하다는 말이 나온 거야?"

"맞아. 그로쉬가 가장 작은 단위니까. 네가 온 곳에서는 반 자른 동전은 안 쓰니?"

파비오도 도넛을 삼키며 물었다.

"안 써. 내가 살던 동네에서는 황금 두카트를 써. 동전은 자를 필요도 없었고."

시리는 손가락을 빨며 대답했다.

"왜?"

"왜냐하면 세 번째 도넛을 먹을 거니까."

자두 잼이 들어 있는 도넛은 묘약 같은 효과를 냈다. 시리는 기분이 나아졌고 사람들로 가득한 광장도 더 이상 두렵지 않았다. 심지어 기운이 나고 즐거워졌다. 파비오가 이끄는 것도 이제 거절한 채, 시리가 파비오를 끌고 서 사람이 가장 많은 곳으로 들어가고 있었다.

누군가 통을 세워놓고 연단을 만들어 그 위에 올라가 소리를 지르고 있었다. 소리치고 있는 사람은 나이가 많은 뚱뚱한 남자였다. 머리를 빡빡 깎고 빨간 망토를 걸친 모습에서 남자가 떠돌이 사제라는 것을 알아챘다. 엘란더의 멜리텔레 신전에도 떠돌이 사제들이 방문하고는 했다. 네네케 엄마는 언제나 이들에게 쓰는 말이 있었다. "저 광신적인 바보들."

"이 세상에 법은 단 하나입니다!"

뚱뚱한 사제가 외쳤다.

"신의 법이죠! 이 모든 자연이, 땅이, 그리고 그 땅 위에 사는 모든 것들이 그 법을 따릅니다! 그러나 마법과 주문은 이 법을 거스르는 행위지요! 마법사들은 저주받았습니다. 이제 분노의 날이, 그들의 사악한 섬에 하늘의 불이 떨어질 날이 가까워졌습니다! 저 이교도들이 모여 계략을 짜고 있는 록시아와 아레투자, 가스탕의 벽은 무너지고…….."

"그리고 젠장, 다시 세우겠지."

회반죽이 묻은 옷을 입고 시리 옆에 서 있던 미장이가 중얼거렸다.

"신을 두려워하는, 선한 사람들이여! 당신들에게 말하노니, 마법사를 믿지 마십시오! 마법사들에게 아무것도 부탁하지 마시고, 조언을 구하지도 마십시오! 그들의 아름다운 모습과 번드르르한 말솜씨에 현혹되지 마십시오! 여러분께 말씀드리건대, 마법사들은 겉모습만 아름다운 빛바랜 무덤과 같습니다! 속은 진흙과 가루가 된 뼈로 가득 차 있습니다!"

"저 사람 좀 봐요. 말을 아주 잘하는군요. 마법사들을 싫어하니 아무 말이나 다 하나 봐요."

바구니에 당근을 가득 든 젊은 아가씨의 말에 미장이가 고개를 끄덕였다.

"그렇겠지. 저 꼴 좀 봐. 머리는 계란처럼 반질반질 벗겨졌고, 배는 무릎까지 늘어져 있어. 하지만 마법사들은 매력적이지. 뚱뚱하지도 않고 머리가 빠지지도 않으니까. 게다가 여자 마법사들은, 어휴……."

"바로 악마가 그런 아름다움을 주는 거야!"

허리에 구두공 망치를 매단 키 작은 남자가 소리쳤다.

"멍청한 구두공 같으니. 만약 아레투자의 아가씨들이 아니었다면, 당신은 벌써 옛날에 거지꼴이 되었을걸! 그분들 덕분에 너도 먹고 살잖아!"

파비오는 시리의 소매를 잡아끌며 또다시 광장 한가운데 모여 있는 군중 주위를 돌았다. 북소리가 높아지고 있었고 조용히 하라는 고함도 들려왔다. 사람들은 조용히 할 기미가 전혀 없었고, 나무로 만든 연단에 올라가 있는 한 남자 역시 조금도 개의치 않았다. 그는 제대로 훈련된 사람으로, 목소리를 어떻게 써야 사람들에게 잘 전달되는지 알고 있었다. 그는 양피지 두루마리를 펼치며 외쳤다.

"잘 들어보십시오! 소인족인 후고 안스바흐가 어떻게 법의 손에서 풀려났는지! 그는 스스로를 다람쥐라 칭하고 있는 나쁜 엘프들을 자기 집에 머물게 하고 먹을 것을 주었습니다. 또한 드워프인 대장장이 유스틴 잉그바르는, 그 다람쥐들에게 화살촉을 만들어주었죠. 그래서 성주님은 둘에게 수배령을 내렸고, 잡는 자에게는 상금이 있습니다. 현금으로 50크라운이죠. 만약 이들을 숨겨주거나 음식을 제공하는 자에게는, 이들과 공범으로 간주하고 똑같은 벌을 내릴 것입니다. 만약 촌락이나 마을에서 붙잡힐 경우에, 마을 전체가 벌금을……."

"하지만 도대체 누가 소인족을 숨겨준단 말이오! 자기들 농장에나 가라지! 만약 잡히면, 모두 다 지하 감옥에 처넣어버려요!"

"목을 매달아 죽여! 무슨 감옥이야!"

공문을 전달하던 사람은 성주와 마을 위원회에서 내린 다른 공고를 읽었고 시리는 더 이상 흥미를 가지지 않았다. 군중들 사이에서 막 빠져나가려는데, 누군가 시리의 엉덩이에 손을 얹는 것을 느꼈다. 절대로 우연일 리가 없는, 뻔뻔스럽고 능숙한 손놀림이었다.

사람들이 너무 많아 몸을 돌릴 수 없었지만, 시리는 케어 모헨에서 움직이기 힘든 장소에서 움직이는 법을 배운 바 있었다. 시리는 근처 사람들에게 약간 소란을 일으키며 몸을 휙 돌렸다. 시리 뒤에 서 있던 머리를 빡빡 깎은 젊은 사제가 음흉하게 웃고 있었다. 많이 지어본 웃음이었다. 웃음은 마치 '그래, 그래서 이제 어쩌려고? 예쁘게 얼굴이 빨개지는 것 말고 뭘 더 할 수 있겠어?'라고 말하는 것 같았다.

예니퍼 제자의 엉덩이를 만진 적은 없었을 테니까.

"손 치워, 이 대머리야! 그 더러운 손으로 네 엉덩이나 만져, 이 빛바랜 비석아!"

시리는 잔뜩 화난 얼굴로 고함을 쳤다.

사람들이 너무 많아 사제가 몸을 피할 수 없다는 사실을 이용해 시리는 남자를 걷어차려고 했다. 하지만 파비오가 시리를 남자와 사건 발생 장소로부터 멀리 떼어냈다. 시리가 화가 나서 몸을 부들부들 떨고 있는 것을 본 파비오는, 설탕을 묻힌 튀김 과자를 이용해 겨우 진정시켰다. 시리는 튀김 과자를 보자마자 사건을 바로 잊어버렸다.

두 아이는 죄인을 묶어두는 말뚝이 잘 보이는 좌판 옆에 서 있었는데, 말뚝에는 아무도 묶여 있지 않았고 화환으로 장식한 앵무새처럼 차려입은 방랑 악사들의 자리가 되어 있었다. 악사들은 바이올린과 북과 피리로 요란하게 연주를 하고 있었다. 하트 모양의 금속 장식이 달린 옷을 입은 검은 머리의 젊은 여자가 탬버린을 흔들고 노래를 부르며 구두를 신은 작은 발을 쿵쿵 구르며 춤을 추고 있었다.

"여자 마녀가 산길을 가다 뱀에게 물렸네, 뱀에게 물렸네, 뱀들은 다 죽었는데, 여자 마녀는 살아 있네, 살아 있네!"

말뚝 근처에 몰려든 사람들은 터질 듯 웃어대며 박자에 맞춰 박수를 치고 있었다. 튀김 과자를 파는 여자는 다음 반죽을 기름에 집어넣었다. 파비오는 손가락을 핥으며 시리의 소매를 잡아끌었다.

좌판은 엄청나게 많았고 맛있는 것들 천지였다. 둘은 크림이 든 과자를 먹고, 그 다음엔 훈제 뱀장어를 나누어 먹은 후, 입가심을 하려고 뭔지 알 수 없는 것을 막대에 꽂은 튀김을 먹었다. 그러고 나서는 양배추 절임을 파는 통 옆에 서서 많이 사려고 맛을 보는 척했다. 잔뜩 맛을 본 후 사지 않자, 상인은 화를 내며 둘에게 똥강아지들이라고 소리쳤다.

둘은 구경을 계속했다. 남은 돈으로 파비오는 베르가못 배 한 바구니를 샀다. 시리는 하늘을 올려다보았지만, 아직 열두 시가 되지 않았다고 판단했다.

"파비오? 저기 성벽 아래에 보이는 천막이랑 가건물은 뭐야?"

"각종 유흥 장소야. 보고 싶니?"

"응."

첫 번째 천막 앞에는 흥분한 채 웅성거리며 서 있는 남자들로 가득했다. 안쪽에서는 플롯 소리가 흘러나왔다.

"검은 피부의 라일라가……."

시리는 걸려 있는 천에 휘갈겨 쓴 글씨를 겨우 읽었다.

"춤을 추며 육체의 모든 비밀을 공개합니다? 바보 같아! 무슨 비밀이……."

"가자, 저쪽으로."

파비오가 얼굴을 약간 붉히며 서둘렀다.

"저쪽 좀 봐. 재미있겠는걸. 점쟁이가 미래를 맞춰준대. 2그로쉬가 아직 있는데, 그럼……."

"돈 낭비야. 2그로쉬에 미래를 맞춰준다고? 미래를 내다보려면 예언자가 되어야 해. 예언을 한다는 건 엄청난 거야. 여자 마법사들 중에서도 백 명 중 한 명이 그런 능력……."

시리가 반대하자 파비오가 끼어들었다.

"우리 큰 누나한테 어떤 점쟁이가 곧 결혼한다고 했는데, 정말 그렇게 됐어. 시리, 얼굴 찌푸리지 말고 우리도 재미삼아 해보자."

"난 결혼 안 할 거야. 그리고 점 보는 것도 싫어. 여긴 너무 덥고 저 천막은 향내가 진동해. 난 안 들어갈래. 들어가고 싶으면 너 혼자 가. 난 기다릴게. 하지만 네가 점은 봐서 뭐하게? 뭘 알고 싶은데?"

"글쎄…… 제일 알고 싶은 건 이곳을 떠날 수 있을까, 하는 거야. 난 여행을 하고 싶어. 이 모든 세상을……."

파비오는 말을 더듬으며 속마음을 이야기했다.

그렇게 될 거야. 시리는 갑작스러운 두통과 함께 거세게 밀려오는 생각에 휩싸였다. 너는 거대한 하얀 돛이 달린 범선을 타고 여행할 거야. 아무도 보지 못했던 나라에 닿겠지. 파비오 작스. 탐험가…… 대륙으로부터 가장 먼 곶(串)의 이름은 네 이름을 따서 붙여지겠지, 아직은 이름이 없는 그곳이. 쉰네 살, 부인과 아들과 세 명의 딸을 두었어. 집에서도, 가까운 이들과도 멀리 떨어진 곳에서 죽음을 맞을 거야. 지금은 이름도 없는 그 병으로……

"시리, 왜 그래?"

시리는 얼굴을 손바닥으로 닦았다. 얼음처럼 차가운 호수 밑바닥에서 갑자기 수면 위로 나온 듯한 느낌이 들었다.

"아무것도 아니야. 머리가 갑자기 아파서…… 너무 더워서 그런가봐. 천막의 향내 때문에 그런 것 같기도…… ."

시리는 주위를 둘러보며 중얼거렸다.

"아까 그 양배추 절임 때문일 거야. 쓸데없이 우리가 너무 많이 먹었어. 나도 배 속이 부글부글하는데."

파비오가 걱정스러운 듯 말했다.

"난 괜찮아!"

시리는 기분이 나아졌고 고개를 들었다. 좀 전에 바람처럼 머릿속으로 불어왔던 생각은 바람처럼 사라져 기억 속에서 지워져버린 것이다.

"이리 와, 파비오. 다른 데로 가자."

"배 먹을래?"

"당연하지."

성벽 아래에서는 다 큰 아이들이 돈 내기를 하며 팽이를 돌리고 있었다. 촘촘하게 줄로 감싼 팽이는 채찍과 비슷하게 생긴 막대기로 때려 바닥에 분필로 그린 동그라미 안에서 뱅글뱅글 돌고 있었다. 시리는 스켈리게에서 팽이치기로 대부분의 남자아이들을 이겼고, 멜리텔레의 신전에서도 수련 소녀들을 모두 이긴 바 있었다. 그래서 이번에도 팽이치기에 껴서 저 남자아이들의 동전을 모조리 따버릴까 하고 생각하는 찰나, 갑자기 함성 소리가 들려왔다.

천막과 가건물들이 들어서 있는 곳 맨 끝에는 성벽과 돌계단 쪽으로 붙어 있었는데, 사람 키만 한 장대들에 천을 붙여 만든 이상한 반원형의 담이 쳐져 있었다. 두 장대 사이에는 입구가 있었는데 그 앞에는 얼굴에 수두 자국이 있는 키가 큰 남자가 누빔 조끼를 입고, 줄무늬 바지를 항해용 신발 위에 늘어뜨렸다. 그 앞에는 사람들이 몰려 있는 것이 보였다. 사람들은 동전 몇 개를 이 남자에게 건네고는 천 안쪽으로 사라졌다. 곰보는 커다란 자루에 돈을 집어넣고 자루를 흔들어 쩔렁쩔렁 소리를 내며 쉰 목소리로 외치고 있었다.

"이리들 오세요, 여러분! 이리로! 신들이 창조한 가장 끔찍한 괴물을 두 눈으로 직접 확인하세요! 위험과 공포! 살아 있는 바실리스크, 제리카니아 사막의 독 괴물, 악마의 현현, 굶주린 식인 동물! 지금까지 이런 괴물은 본 적이 없으실 겁니다! 지금 갓 잡아 바다를 건너 실어왔습니다! 와서 직접 보세요! 살아 있는, 공포의 바실리스크를 두 눈으로! 지금까지도 앞으로도 절대로 오지 않을 기회! 마지막 기회입니다! 3그로쉬만 내세요! 아이들을 데리고 있는 부인들은 2그로쉬!"

"바실리스크? 살아 있는 바실리스크라고? 난 꼭 봐야겠어. 지금까지는 그림으로밖에 못 봤단 말이야. 가자, 파비오."

시리가 배에 달려드는 말벌들을 쫓으며 말했다.

"이제 돈이 없는데……."

"나한테 있어. 네 것도 내줄게. 자, 가자."

"6그로쉬다."

곰보는 손에 놓인 동전을 바라보았다.

"한 사람 앞에 3그로쉬야. 아이를 데리고 있는 여자만 할인."

시리는 들고 있던 배로 파비오를 가리켰다.

"얘는 애잖아요. 그리고 난 여자예요."

"아이를 안고 있는 부인만 할인이야!"

곰보가 소리를 질렀다.

"2그로쉬 더 내세요, 똑똑한 아가씨. 없으면 꺼지고 다른 사람들에게 자리를 비켜줘! 서두르세요, 여러분! 이제 단 세 자리 남았습니다!"

천막 안의 사람들은 나무로 된 원형 무대를 둘러싼 채 몰려 있었다. 무대 위에는 담요로 덮인, 나무와 쇠로 만들어진 우리가 있었다. 곰보는 나머지 관객을 채워 넣고 무대 위로 올라가서는 장대로 담요를 걷어내었다. 썩은 고기 냄새와 파충류의 비린내가 풍겨왔다. 구경꾼들이 웅성거리며 뒤로 조금 물러서자 곰보가 말했다.

"분별력 있는 행동이군요, 여러분! 너무 가까이 다가가지 마십시오, 위험하니까요!"

언뜻 봐도 너무 좁은 우리 안에는 검은 비늘이 온통 나 있는 파충류 괴물이 몸을 말고 누워 있었다. 곰보가 우리를 막대기로 치자, 파충류는 몸을 움직이더니 비늘로 우리의 철창을 긁으며 긴 목을 뽑고는 날카로운 하얀 원뿔 모양의 이빨을 드러내고 무섭게 씩씩거렸다. 사람들은 숨을 크게 들이마셨다. 상인처럼 보이는 여자가 안고 있는 털이 복슬복슬한 강아지 한 마리가 날카롭게 짖어댔다.

"여러분, 똑똑히 보십시오! 그리고 이 나라에 이런 괴물이 살고 있지 않다는 걸 다행으로 생각하세요! 이 무서운 바실리스크는 제리카니아에서 온 것입니다. 가까이 가지 마세요, 가까이 가지 마세요! 비록 우리에 갇혀 있다고 해도, 숨으로 독을 뿜을 수 있습니다!"

시리와 파비오는 둥글게 늘어선 사람들을 밀치며 앞으로 나갔다. 곰보는 마치 파수꾼의 창처럼 장대에 기댄 채 목소리를 높였다.

"바실리스크는 세상에서 가장 무서운 독을 가진 괴물입니다. 이 세상 모든 독사들의 왕! 바실리스크가 더 많았다간 이 세상은 없어져버리고 말았을 겁니다! 이 괴물이 이렇게 드물다는 건 천만다행이죠. 왜냐하면 이 괴물은 수탉이 낳은 알에서 나오니까요. 다들 아시다시피, 수탉은 알을 못 낳지요. 알을 낳는 수탉은 암탉처럼 다른 수탉에게 엉덩이를 대준 놈들뿐이죠!"

구경꾼들은 곰보의 농담에 와르르 웃음을 터뜨렸다. 웃지 않는 사람은 시리뿐이었다. 시리는 주의 깊게 괴물을 관찰하고 있었다. 괴물은 시끄러운 소리에 몸을 말고는 우리 철창에 몸을 부딪치고 이로 갉아대며, 상처 난 날개를 좁아터진 우리 안에서 펴보려고 애를 쓰고 있었다.

곰보는 이야기를 계속했다.

"그런 수탉이 나은 알을, 백한 마리의 뱀이 품어야 합니다! 바로 거기서 바실리스크가 나오는 거죠."

"이건 바실리스크가 아니에요."

시리는 배를 씹으며 말했다. 곰보는 말을 하다 말고 시리를 잠시 노려보고는 말을 이었다.

"그래서 바실리스크가 알에서 깨어나면, 둥지의 모든 독사들을 먹어치우고 그들의 독을 흡수하죠. 그런데도 아무렇지 않아요. 그렇게 독으로 가득차게 되면, 이빨뿐만 아니라 숨만으로도 상대를 죽일 수 있게 되는 거죠! 만약 말 탄 기사가 창으로 바실리스크를 찌르게 되면, 창을 통해 그 독이 전달되어 기사는 말과 함께 그 자리에서 죽고 말아요!"

"그건 말도 안 되는 거짓말이에요."

시리가 씨를 뱉어내며 말했다. 그러자 곰보는 더더욱 목소리를 높였다.

"이건 정말입니다! 기사도 말도 죽는다니까요!"

"참 그렇겠다!"

"조용히 해, 아가씨! 방해하지 말고! 우리는 구경도 하고 얘기도 듣고 싶다고!"

개를 데려온 여자 상인이 소리쳤다.

"시리, 그만해."

파비오가 시리를 옆으로 밀며 속삭였다. 시리는 파비오에게 콧방귀를 뀌고는 배를 꺼내려고 바구니에 손을 넣었다.

곰보는 구경꾼들의 웅성거림이 커지자 다시 한 번 목소리를 높였다.

"어떤 동물이라도 바실리스크의 씩씩거리는 소리를 들으면 꼼짝없이 도망가죠. 심지어 용도, 아니 용이 다 뭡니까, 악어도 도망친다고요. 악어는 아주 끔찍한 동물이죠, 보신 분들은 아실 거예요. 하지만 바실리스크를 무서워하지 않는 단 하나의 동물이 있으니, 그건 바로 담비에요. 담비는 들판에서 이 괴물을 보면, 근처 숲으로 전속력을 다해 달려가 자기들만 아는 어떤 약초를 찾아내어 먹지요. 그러면 바실리스크의 독은 이제 담비에겐 소용없게 되고, 바실리스크를 물어 죽일 수도 있다, 그 말씀입니다!"

시리는 웃음을 터뜨리고는 입술을 쭉 빼며 점잖지 못하게 이상한 소리를 냈다.

"야, 잘난 척하는 꼬마! 마음에 들지 않으면 나가라고! 여기서 얘기를 들거나 바실리스크를 보고 있을 필요는 없어!"

곰보는 참지 못하고 소리를 질렀다.

"저건 바실리스크가 아니라니까요."

"그래? 그럼 뭔가요? 똑똑한 아가씨?"

"와이번이에요."

시리는 배 꼭지를 던지고 손가락을 빨면서 말했다.

"그냥 와이번이에요. 아직 어리고, 배가 고프고 더러운 와이번. 그저 와이번일 뿐이라고요. 고대어로는 비베르나."

"오, 맙소사! 이런 학식이 높으신 아가씨를 봤나! 당장 입 닥치지 않으면, 내가……!"

곰보가 소리를 꽥 질렀다.

"이봐요."

그때 누군가가 입을 열었다. 기사 수련 중인 듯 문장 표시가 없는 재킷을 입었고, 벨벳 베레모를 쓴 금발의 젊은 남자였다. 남자는 살구색 드레스를 입은, 창백하고 섬세한 외모의 아가씨 손을 잡고 있었다.

"진정해요, 동물 잡는 양반. 어린 아가씨를 위협하면 내 칼로 가만두지 않겠어. 그리고 어쩐지 사기꾼 냄새가 난다고!"

"사기꾼이라니 무슨 말씀인가요, 젊은 기사 양반? 저 코흘리개…… 아니, 제 말씀은 저 태생이 고귀한 아가씨가 뭔가 착각을 하셨다는 거죠. 저건 바실리스크가 맞습니다."

곰보의 목소리가 쪼그라들었다.

"저건 와이번이에요." 시리는 아무렇지 않은 듯 되풀이했다.

"저게 어떻게 와이번이야? 바실리스크라고! 얼마나 끔찍한지, 얼마나 씩씩대는지, 지금 우리를 물어뜯는 저 모습을 봐! 저 이빨을! 내가 말하지만 저 이빨은 마치……."

"와이번처럼 생겼죠." 시리가 비아냥거리며 말을 끊었다.

곰보는 바실리스크의 눈처럼 시리를 무섭게 노려보며 말했다.

"그렇게 내 말을 못 믿겠거든, 가까이 와보라고! 이리 와봐, 와서 독을 쐬라고! 그리고 모두들 보세요! 독에 중독되어 쓰러지는 모습을 다 같이 보게 될 테니까! 자, 가까이 와보라고!"

"기꺼이."

시리는 파비오의 손을 뿌리치고 앞으로 나섰다.

"이건 용납하지 못하겠소! 그건 안 됩니다, 아름다운 아가씨! 너무 위험한 행동이에요."

금발 머리의 견습 기사가 살구색 드레스를 입은 아가씨를 팽개치고 시리의 앞을 막아섰다.

지금까지 누구도 자신을 그렇게 불러준 적이 없었던 시리는 빨개진 얼굴로 젊은 기사를 쳐다보고는 어린 서기 장에게 수없이 해봤던 대로 속눈썹을 깜빡거렸다.

"조금도 위험하지 않을 거예요, 고귀한 기사님."

예니퍼가 언제나 경고하며 바보와 치즈에 대한 이야기를 되풀이했음에도 불구하고, 시리는 유혹하듯 웃어 보였다.

"저에겐 아무 일도 없을 거예요. 독이 든 숨결이라는 건 그냥 지어낸 이야기니까요."

"하지만 저는 당신 옆에 있겠습니다. 지켜드리고 보호해드리고자…… 허락하시겠습니까?"

젊은 견습 기사는 칼자루에 손을 얹었다.

"허락할게요."

시리는 살구색 드레스를 입은 여자의 분노에 찬 표정이 왜 이렇게 고소하게 느껴지는지 알 수 없었다.

"이 아가씨를 지키고 보호하는 사람은 나예요. 나도 같이 갈 거예요!"

느닷없이 파비오가 고개를 꼿꼿이 들고는 도전적으로 기사 수련생을 바라보았다.

시리는 한껏 기분이 부풀어 올라 코를 쳐들었다.

"품위를 유지해주세요. 밀지 말고요. 우리가 다 같이 가도 자리는 있어요."

시리가 목 뒤에 닿는 두 남자의 콧김을 느끼며 우리로 다가서자, 둥글게 늘어선 구경꾼들의 웅성거림이 더 커졌다. 괴물은 화가 났는지 씩씩거리며 몸을 움직였고, 파충류의 냄새가 진동했다. 파비오가 크게 숨을 들이마셨지만 시리는 물러나지 않았다. 시리는 더 가까이 다가가 우리를 만질 수 있을 만큼 손을 내밀었다. 괴물은 철창에 몸을 부딪치며 이빨로 우리를 물어뜯으려고 했다. 구경꾼들은 겁을 먹은 듯 움찔거렸고 누군가는 소리를 질렀다.

"자, 그래서 어떤가요? 제가 죽었나요? 저 괴물의 독이 나를 중독시켰나요? 저게 바실리스크라면 난……."

시리가 돌아서서 자랑스럽게 손을 올리며 외치는 순간, 기사 수련생과 파비오의 얼굴이 갑자기 하얗게 질리는 걸 보고 멈칫했다. 그리고 휙 고개를 돌려, 화가 난 괴물의 몸부림 때문에 우리의 철창에서 느슨해지고 녹슨 못이 빠져나오는 것을 보았다.

"도망쳐요! 우리가 부서지려고 해요!"

시리는 있는 힘껏 소리쳤다.

구경꾼들은 비명을 지르며 입구 쪽으로 몰려나갔다. 어떤 사람들은 천막의 천을 찢으려고 했지만, 천에 다른 사람들과 함께 감겨 바닥에 쓰러지면서 난리법석이 났다. 견습 기사는 시리가 풀쩍 뛰려고 하는 그 순간 시리의 어깨를 잡는 바람에 서로 부딪히면서 파비오까지 함께 쓰러져버렸다. 여자 상인의 복슬복슬한 강아지는 짖기 시작했고 곰보는 거칠게 욕을 내뱉었으며 혼란에 빠진 살구색 드레스의 아가씨는 새된 비명을 질렀다.

우리의 철창은 소리를 내며 부서졌고 와이번은 밖으로 빠져나왔다. 곰보는 무대에서 뛰어내려 막대로 괴물을 막으려고 했지만, 괴물은 단 한 번에 곰보를 쳐서 넘어뜨렸다. 그러고는 몸을 굽히더니 가시가 잔뜩 박힌 꼬리로 수두 자국이 가득했던 뺨을 내리쳐서 피투성이 곤죽으로 만들었다. 와이번은 씩씩거리며 다친 날개를 펴고는 무대에서 날아올라 쓰러져 있는 시리와 파비오, 견습 기사에게 덤벼들었다. 살구색 드레스의 아가씨는 기절한 채 쓰러져버렸다. 시리는 뛰어오르려고 했지만, 상황이 여의치 않았다.

이들을 구해준 것은 털이 복슬복슬한 강아지였다. 강아지는 여섯 폭 치마에 걸려 넘어진 여자 상인의 손에서 빠져나와 날카롭게 짖어대며 괴물에게 달려들었다. 와이번은 목표물을 바꾸고 씩씩거리며 날아오르더니 강아지를 발톱으로 내리치고는 마치 뱀처럼 빠른 속도로 몸을 말아 강아지의 목에 이빨을 박았다. 강아지는 애처롭게 비명을 질렀다.

견습 기사는 무릎으로 일어나 왼쪽을 더듬었지만, 이미 칼은 없어지고 난 후였다. 시리가 더 빨랐기 때문이었다. 시리는 번개처럼 칼집에서 칼을 꺼내고 몸을 돌렸다. 날아오른 와이번의 이빨에는 강아지의 잘린 머리가 매달려 있었다.

케어 모헨에서 배운 모든 동작이 마치 본능처럼 시리를 움직이게 했다. 시리는 흥분한 와이번의 배를 정확히 찌르고 몸을 피하기 위해 빙그르르 돌아섰다. 시리를 향해 덤벼들던 와이번은 모래 위에 피를 뿜으며 쓰러졌다. 시리는 요동치는 꼬리를 가뿐하게 피한 후, 그 위로 뛰어 올라가 정확하고 자신 있게 괴물의 목을 내리쳤다. 시리는 다시 한 번 뛰어올라 반사적으로 몸을 피하다가 재빨리 자세를 잡고, 이번에는 등뼈를 공격했다. 와이번은 몸을 비틀더니 더 이상 움직이지 않았다. 뱀 같은 꼬리가 잠시 꿈틀거리며, 모래 먼지를 일으키고 있을 뿐이었다.

시리는 견습 기사의 손에 피투성이가 된 칼을 얼른 쥐어주었다.

"이제 안전해요! 괴물은 죽었어요! 이 용감한 기사님이 괴물을 죽였어요!"

시리는 아직도 천막 천에 엉킨 채 도망치려는 구경꾼들에게 외쳤다.

갑자기 시리는 목이 죄어들며 배 속이 요동치는 느낌과 함께 눈앞이 캄캄해졌다. 무언가 엄청난 힘이 시리를 치는 바람에 입을 제대로 다물 수조차 없었다. 시리는 정신을 차리지 못하고 옆을 바라보았다. 시리를 친 것은 다름 아닌 땅바닥이었다.

"시리…… 어떻게 된 거야? 맙소사, 얼굴이 시체처럼 창백해졌어."

옆에서 무릎을 꿇은 채 파비오가 속삭였다.

"넌 어떻고." 시리가 중얼거렸다.

사람들이 주변으로 몰려들었다. 어떤 사람들은 와이번의 몸뚱이를 막대기와 장대로 찔러보고 있었고, 곰보 남자에게 붕대를 감아주는 사람도 있었다. 어떤 사람들은 이런 상황에서도 침착하고 용감하게 괴물을 죽여 큰 사고를 막은 영웅적인 기사를 칭찬하고 있었다. 견습 기사는 기절한 살구색 드레스의 아가씨를 깨우며, 피로 범벅이 된 자신의 칼을 멍하니 바라보고 있었다.

"나의 영웅…… 나를 구해주셨군요! 내 사랑!"

아가씨는 정신이 들자 기사의 목에 팔을 둘렀다.

"파비오, 나 좀 일어나게 도와줘. 그리고 여기서 나가자, 빨리."

시리는 사람들을 뚫고 들어오는 파수병들을 보고 작은 목소리로 말했다.

"불쌍한 아이들 같으니…… 큰일 날 뻔했어. 저 젊은 기사분이 아니었으면 너희 엄마들이 얼마나 슬펐겠니!"

머리 수건을 쓴 성의 주민이 시리와 파비오를 보며 말했다.

"저 젊은 기사가 누구 밑에서 수련하는지 좀 알아보세요!"

가죽 앞치마를 두른 장인이 외쳤다.

"기사의 허리띠와 박차를 받아 마땅해요!"

"그리고 저 곰보 사내는 광장 기둥에 묶어 흠씬 때려줘야 합니다! 저런 괴물을 성안으로 들여오다니!"

"물이요! 빨리! 아가씨가 또 기절했어요!"

"우리 불쌍한 무슈카!"

여자 상인이 복슬복슬했던 강아지의 사체 위에 몸을 굽히며 울부짖었다.

"우리 불쌍한 강아지! 이봐요! 괴물을 자극한 그 정신 나간 여자애를 잡아요! 어딨죠? 잡으라고요! 곰보 사내가 아니라 그 여자애가 이 난리를 일으킨 거라고요!"

파수병들은 군중들의 도움을 받아 사람들 사이를 뚫고 간신히 들어와 주위를 둘러보고 있었다. 시리는 머리가 빙빙 도는 것을 겨우 참아냈다.

"파비오, 우리 흩어지자. 좀 있다가 우리가 왔던 그 길에서 만나. 먼저 가.

그리고 누군가 널 잡아서 나에 대해 물으면 날 본 적도 없고, 네가 누군지도 모른다고 대답해."

"하지만 시리……."

"어서 가!"

시리는 예니퍼가 준 녹옥수 부적을 주먹에 쥐고는 주문을 외웠다. 마법은 바로 작동했고, 이미 시리 쪽으로 향하고 있던 파수병들이 당황하며 걸음을 멈췄다.

"이게 뭐지? 여자애 어디 갔어? 조금 전까지 분명 여기 있었는데……."

한 파수병이 시리가 있던 자리를 바라보며 말했다.

"저기, 저기!"

다른 한 명이 반대편을 가리키며 말했다.

시리는 서둘러 그곳을 나왔다. 아직도 아드레날린의 분출과 주문을 실행한 탓에 정신이 없는 상태였다. 녹옥수 부적의 효과는 분명했다. 아무도 시리를 보지 못했고, 누구도 시리에게 주의를 기울이지 않았다. 정말로 보이지 않았던 것이다. 그래서 군중들 사이로 빠져나올 때까지 시리는 수없이 밀쳐지고 발을 밟히고 걷어차였다. 마차에서 상자들을 던질 때 맞지 않은 것이 천만다행이었다. 쇠스랑에 눈이 찔릴 뻔하기도 했다. 마법은 좋은 점과 나쁜 점이 있었다. 효과가 있는 만큼 단점도 있었던 것이다.

마법이 오래가지는 않았다. 주문을 완벽히 다루고 그 효과를 연장시킬 수 있는 능력이 시리에게는 없었다. 다행히 마법은, 시리가 사람들 사이에서 벗어나 기다리고 있는 파비오를 만날 때쯤 때맞춰 사라졌다.

"아이쿠…… 시리, 왔구나. 걱정했어."

"걱정을 왜 해? 가자, 빨리. 정오가 이미 지났어. 돌아가야 해."

"네가 그 괴물을 해치우는 걸 봤어. 정말 빠르게 움직였다고! 그런 건 어디서 배웠어?"

파비오는 존경 어린 눈빛으로 시리를 바라보았다.

"뭘? 와이번은 수련 기사가 죽인 거야."

"그건 사실이 아냐. 내가 봤는데……."

"넌 아무것도 못 본 거야! 파비오, 부탁이야. 아무에게도 말하지 마. 아무에게도. 특히 예니퍼 선생님께는 절대로 안 돼. 아아, 만약 선생님이 아시게 된다면……."

시리는 입을 닫았다. 그러고는 뒤쪽의 광장을 가리키며 말했다.

"그 사람들 말이 맞아. 내가 와이번을 자극한 거야. 이게 다 나 때문에……."

"너 때문이 아니야."

파비오가 단호하게 말했다.

"우리가 헐거워진데다가 엉터리로 만들어졌어. 그 우리는 언제라도 부서질 수 있었다고. 한 시간 뒤나, 내일이나, 모레나…… 차라리 지금 부서진 게 나아. 네가 모두를 구할 수 있었으니까."

"견습 기사가 구한 거라니까!"

시리가 언성을 높였다.

"견습 기사가! 제발 머릿속에 그렇게 넣어놔! 만약 네가 날 배신한다면, 내가 널…… 끔찍한 걸로 만들어버리고 말 거야! 난 마법을 할 줄 알아! 내가 널……."

"거기, 이제 그만 즐길 때가 된 것 같은데!"

갑자기 등 뒤에서 목소리가 들려왔다. 시리와 파비오가 놀라 돌아보니 두 명의 낯선 여자가 뒤에 서 있었다. 그중 한 여자는 검고 반들반들한 머릿결에, 두 눈은 빛났고 입술은 얇고 단정했다. 어깨에는 겨울잠쥐의 털이 붙은 보랏빛의 짧은 망토를 두르고 있었다.

"수련생, 왜 학교가 아니고 여기 있는 거지?"

여자는 차갑고 울림이 좋은 목소리로 물으며 시리를 뚫어질 듯 바라보았다.

"잠깐만요, 티사이아."

또 한 명의 여자는 좀 더 젊어 보였고, 금발 머리에 키가 크고 가슴이 파인 드레스를 입고 있었다.

"저 애는 모르는 애인데. 우리 수련생이⋯⋯."

"아니, 맞아. 너희 학생 맞다니까, 리타. 너도 애들을 다 아는 건 아니잖아. 이번에 기숙사를 옮기면서 혼란한 틈을 타 록시아에서 빠져나온 애들 중 하나야. 이제 자백하는 게 좋을 텐데. 자, 수련생, 어서 솔직히 말해."

검은 머리의 여자가 금발 머리의 말을 자르며 시리를 추궁했다.

"뭘 솔직히 말하라는 거예요?" 시리는 얼굴을 찌푸렸다.

검은 머리 여자는 얇은 입술을 깨물며 장갑의 커프스 부분을 고쳤다.

"위장 부적은 누구에게서 훔쳤지? 아니면 누가 줬니?"

"뭐라고요?"

"내 참을성을 시험하지 마라, 수련생. 자, 이름과 반, 그리고 지도교사의 이름을 대, 빨리!"

"도대체 무슨 얘기를 하시는 거예요?"

"지금 바보인 척 꾀를 부리는 거니? 이름! 이름이 뭐냐고!"

시리는 입을 앙다물었고, 눈에서는 초록빛 불길이 일고 있었다.

"안나 잉게보르가 클롭스톡."

시리는 건방지게 주문을 외웠다.

그 순간 검은 머리 여자는 팔을 들었고 시리는 곧장 자기가 큰 잘못을 했다는 걸 깨달았다. 예니퍼는 시리가 오랫동안 조르고 조른 끝에 단 한 번, 마비 마법을 실행한 적이 있었다. 그 느낌은 뭐라고 말할 수 없을 만큼 끔찍했다. 이번에도 그때와 같았다.

파비오는 소리가 들리지 않게 비명을 지르고는 시리 쪽으로 몸을 던졌지만, 금발의 다른 여자가 파비오의 옷깃을 잡고는 떼어놓았다. 파비오는 몸을 버둥거렸지만, 여자의 어깨는 마치 강철로 된 것 같았다. 시리는 몸을 떨수도 없었다. 땅속으로 천천히 몸이 꺼져 들어가는 듯한 기분이 들었다. 검은 머리의 여자가 몸을 굽히더니 시리 앞에 번쩍이는 눈을 들이댔다.

"난 체벌을 찬성하는 입장이 아니야. 하지만 너는 혹독하게 다루어질 필요가 있겠구나. 그건 말을 안 들어서도, 부적을 훔쳐서도, 땡땡이를 쳐서도 아니야. 금지된 복장을 착용하거나, 남자애랑 다니면서 해서는 안 될 말을 해서도 아니야. 넌 대마법사를 못 알아봤다는 이유로 혼나게 될 거다."

검은 머리의 여자는 또다시 장갑의 커프스 부분을 고치며 얼음장같이 차가운 목소리로 말했다.

"안 돼요! 고귀하신 부인! 이 아이를 혼내지 말아주세요. 저는 몰나르 지안카르디 씨의 은행원이에요. 그리고 이 아가씨는……."

파비오의 말이 끝나기도 전에 시리가 소리쳤다.

"조용히 해! 말하지…… 으읍……!"

입을 틀어막는 마법은 빠르고도 잔인했다. 시리는 입속에서 피 맛을 느꼈다.

"그래?"

금발 머리는 파비오의 옷깃을 놓고는 다정한 손길로 구겨진 옷을 펴주며 물었다.

"말해봐. 이 버릇없는 아가씨는 누구지?"

마르가리타 록스 안틸레는 첨벙 소리를 내며 탕에서 빠져나와 이쪽저쪽으로 물을 뿌렸다. 시리는 도저히 보지 않을 수가 없었다. 옷을 벗은 예니퍼의 모습을 여러 번 보았고, 이 세상 누구도 그보다 더 아름다운 몸매를 가진 사람은 없으리라 생각했다. 그건 착각이었다. 마르가리타 록스 안틸레의 나신 앞에서는 대리석으로 된 여신들과 님프들도 질투로 얼굴이 달아오를 지경이리라.

여자 마법사는 찬물이 들어 있는 양동이를 잡고 가슴에 물을 붓고는 고상하지 못한 욕을 내뱉으며 몸을 떨었다. 그러고는 시리에게 고갯짓을 했다.

"거기, 너. 수건 좀 가져다줄래? 그리고 나한테 화 좀 그만 내."

시리는 화가 나서 씩씩거렸다. 파비오가 시리의 정체를 밝히자, 여자 마법사들은 비웃으며 마법의 힘으로 시리를 끌고 다녔다. 지안카르디의 은행에 도착하자 사실은 바로 밝혀졌다. 여자 마법사들은 예니퍼에게 자신들의 행동을 사과했다. 마법사 대회의가 있을 때면, 아레투자의 수련생들이 록시아의 기숙사로 옮겨지게 되는데, 어수선한 틈을 이용해 수련생 몇 명이 타네드에서 사라져 시내로 땡땡이를 치러 나오곤 했던 것이다. 마르가리타 록스 안틸레와 티사이아 드 브리스는 부적의 작용을 감지하고 시리를 도망친 수련생 중 하나로 착각했다.

여자 마법사들은 예니퍼에게 사과했지만, 시리에게 사과할 생각은 없는 듯했다. 예니퍼는 이 얘기를 듣고 시리를 노려보았는데, 시리는 귀가 불타는 것 같은 기분이 들었다. 하지만 가장 불쌍하게 된 것은 파비오였다. 지안카르디가 어찌나 혼을 냈는지, 파비오의 눈에 눈물이 다 맺혔던 것이다. 시리는 파비오가 안됐다는 생각을 했지만, 파비오가 자랑스럽기도 했다. 파비오는 약속을 지켰다. 와이번에 대해서는 입도 뻥긋하지 않았으니까.

예니퍼는 티사이아와 마르가리타와 아주 잘 아는 사이였다. 여자 마법사들은 예니퍼를 고스 벨렌의 가장 비싼 숙소인 '은빛 두루미'로 초대했다. 티사이아도 도시에 도착한 후 이곳에 묵고 있었는데, 무슨 이유에서인지 섬으로 들어가는 걸 미루고 있었다. 마르가리타 록스 안틸레는, 아레투자의 교장이었다. 마르가리타는 선배 여자 마법사의 초대를 받아들여 티사이아와 방을 함께 쓰고 있었다. 숙소는 정말 화려했다. 지하에는 전용 목욕탕이 있었는데 마르가리타와 티사이아는 전용으로 이곳을 빌리며 상상할 수도 없는 금액을 내고 있었다. 당연히 예니퍼와 시리에게도 자신들의 전용 목욕탕을 이용하라고 권유했다. 결국 모두들 탕에 들어앉아서 수증기에 몇 시간 동안 땀을 흘리며, 끊임없이 험담과 소문에 열중하는 상황이 만들어졌다.

시리는 여자 마법사에게 수건을 건넸다. 마르가리타는 시리의 볼을 살짝 꼬집었다. 시리는 얼굴을 잔뜩 찡그린 채 풍덩 소리를 내며 로즈마리 향기를 풍기는 탕으로 뛰어들었다.

"아기 물개처럼 수영을 잘하네."

마르가리타가 웃으며 예니퍼 옆, 나무로 된 일광욕 의자에 몸을 뻗었다.

"나이아드*처럼 날씬하고. 나한테 쟤를 보낸다고, 예나?"

"그러려고 여기까지 데려왔어."

---

* 나이아드(Najada): 고대 신화에 나오는 물의 정령.

"몇 학년으로 받아야 하지? 기본은 알아?"

"알아. 하지만 기초부터 다시 시작하게 해. 그래서 나쁠 건 없으니까."

"잘 생각했어, 예니퍼. 다른 신입생들과 함께 시작하는 게 저 아이한테 더 나을 거야."

티사이아는 수증기로 물방울이 맺힌 대리석 식탁 위의 잔들을 정리하느라 바빴다.

시리는 탕에서 나와 언저리에 앉아 머리카락을 꼬며 다리를 첨벙거리고 있었다. 예니퍼와 마르가리타는 한가하게 이야기를 나누며, 가끔은 찬물에 적신 수건에 얼굴을 닦고 있었다. 티사이아는 얇은 모포를 몸에 두르고서, 이야기에는 참여하지 않은 채 식탁 위를 정리하는 데 열중했다.

"고귀하신 여성분들에게 참으로 죄송한 말씀 올립니다!"

갑자기 머리 위에서 보이지 않는 여관 주인의 목소리가 들려왔다.

"이렇게 방해할 수밖에 없는 무례를 양해해주십시오. 하지만 어떤 장교가 지금 당장 티사이아 드 브리스 님을 만나야 한다고, 시급한 일이라고 합니다!"

마르가리타는 킬킬거리며 예니퍼에게 윙크를 했다. 그러더니 둘은 마치 명령이라도 한 것처럼 허벅지에서 수건을 치우고는 제법 재치 있는 도발적인 포즈를 취했다.

"장교를 들어오시라고 해요! 들어오세요! 들어와도 돼요!"

마르가리타가 웃음을 참으며 말했다.

"완전 애들이군."

티사이아가 한숨을 쉬며 고개를 저었다.

"몸을 가리렴, 시리."

곧이어 장교가 들어왔으나 여자 마법사들의 장난은 불발되고 말았다. 장교는 여자 마법사들의 모습을 보고 당황하지도, 얼굴이 빨개지지도, 입을 벌리지도, 눈이 튀어나오지도 않았다. 장교는 여자였다. 숱이 많은 머리를 땋은, 키가 크고 늘씬한 여자 장교는 허리춤에 칼을 차고 있었다.

"선생님."

장교는 사슬 갑옷을 쩔렁거리며 티사이아를 향해 정중히 허리를 굽히고는 건조하게 말했다.

"분부를 수행했습니다. 이제 부대로 돌아갈 수 있도록 허락해주십시오."

"돌아가세요. 호위와 도움 감사합니다. 조심해서 가세요."

티사이아가 짧게 대답했다.

예니퍼는 일광욕 의자에 앉아 검정색과 황금색, 빨강색으로 된 장교의 어깨 리본을 바라보았다.

"혹시 저희가 만난 적이 있나요?"

여자 장교는 예니퍼를 향해 절도 있게 몸을 굽혀 인사를 한 후, 땀에 젖은 얼굴을 닦았다. 목욕탕은 몹시 더웠고, 장교는 사슬 갑옷에 가죽 망토까지 걸치고 있었다.

"벤거버그에 자주 갑니다, 예니퍼 씨. 제 이름은 라일라입니다."

"그 리본을 보니 데머번드 왕의 특수부대 소속이군요?"

"그렇습니다."

"직위는?"

"대장입니다."

"아주 좋아. 데머번드 군대에서도 드디어 제대로 된 사람들이 장교가 되는군."

마르가리타가 활짝 웃었다.

"이제 물러나도 되겠습니까?"

라일라 대장은 몸을 곧게 펴며 손을 칼집에 얹었다.

"그러세요."

"예나, 목소리에 날이 서 있던데. 저 대장님께 무슨 불만이라도 있어?"

장교가 나간 후, 마르가리타가 의아하다는 듯 물었다.

예니퍼는 자리에서 일어나 식탁 위에서 두 개의 잔을 집어 들었다.

"갈림길에 세워진 기둥 봤어? 분명 봤겠지. 그 썩어가는 시체 냄새도 맡았을 거야. 그 기둥들이 바로 저들의 작품이라고. 저 여자 대장과 특수부대 졸병들. 사디스트들!"

예니퍼가 날카롭게 언성을 높였다.

"이건 전쟁이야, 예니퍼. 저 라일라 대장도 자기 동료들이 산 채로 다람쥐들에게 잡히는 걸 한두 번 본 게 아닐 거야. 나무에 팔이 매달린 채 화살 과녁으로 쓰이지. 눈이 멀고, 거세되고, 다리를 장작불에 태우기도 해. 스코이아텔의 잔인함은 팔카도 저리 가라야."

"특수부대의 방식 역시 팔카의 방법들을 연상시키지. 하지만 그런 얘기가 아니야, 리타. 내가 엘프의 운명을 동정하는 것도 아니고, 나도 전쟁이 뭔지 알아. 그리고 전쟁을 어떻게 승리해야 하는지도 알지. 전쟁은 병사들과 함께, 신념과 희생정신으로 자신의 나라와 가족을 지키려는 병사들과 함께 승리하는 거야. 저 라일라처럼 돈에 고용되어 싸우는, 자신을 희생할 생각은 조금도 없는 용병들과 함께하는 게 아니라고. 저들은 희생이 뭔지도 몰라. 만약 안다고 해도, 그걸 경멸하겠지."

"대장도 희생도 경멸도 다 지옥에나 떨어져버리라고 해. 우리가 무슨 상관이야? 시리, 옷 입고 올라가서 새 술 좀 가져오렴. 오늘은 좀 취하고 싶다."

티사이아는 한숨을 쉬고는 고개를 저었다. 마르가리타는 경고를 받아들이지 않는 것 같았다.

"다행히 저희는 학생이 아니에요, 사랑하는 선생님. 이제 우린 하고 싶은 건 마음대로 해도 되거든요."

마르가리타가 킬킬거렸다.

"미래의 수련생 앞에서도 말이야?"

티사이아가 엄하게 물었다.

"내가 아레투자의 교장이었을 때는……."

"기억해요, 기억하고말고요. 잊으려 해도 잊을 수가 없어요. 가서 가져와라, 시리."

예니퍼가 웃으며 티사이아의 말을 잘랐다.

위층에서 술병을 기다리던 시리는 라일라 대장과 네 명으로 구성된 그녀의 부대를 지켜보았다. 시리는 흥미롭게 이들의 자세와 얼굴 표정, 복장과 무기를 관찰했다. 검은 머리를 땋은 라일라는 여관 주인과 싸우고 있는 중이었다.

"새벽까지 기다릴 수는 없소! 그리고 성문이 닫혔건 말건, 내가 무슨 상관이오! 지금 당장 성 밖으로 나가야 한단 말이오. 여관에는 원래 마구간에 지하 통로가 있는 걸로 알고 있소! 당장 여시오!"

"규칙이……."

"규칙 따위는 상관없소! 티사이아 드 브리스 대마법사의 이름으로 명령하오!"

"알겠습니다, 대장님. 소리는 그만 지르시고요. 문 열어 드리겠습니다."

그 지하 통로는 육중한 걸쇠가 걸린 좁은 통로로, 곧장 성 밖으로 나가도록 되어 있었다. 시리가 하인으로부터 술병을 받아들기도 전에 그녀는 지하 통로가 열리는 것을 보았고, 라일라와 그녀의 부하들은 한밤중에 밖으로 나갔다.

시리는 생각에 잠겼다.

"드디어 왔네."

마르가리타는 시리의 모습을 보고 기뻐하는 건지, 아니면 시리가 들고 온 술병을 보고 기뻐하는 건지 알 수 없었다. 시리는 식탁 위에 술병을 올려놓았다. 티사이아가 올려둔 술병을 바로 고쳐놓는 것으로 보아 잘못 놓은 것이 분명했다. 예니퍼가 술을 따르면서 식탁 위의 배열을 흐트러뜨리자 티사이아는 또다시 식탁을 정리해야만 했다. 시리는 선생님으로서의 티사이아를 상상해보고는 공포에 떨었다.

예니퍼와 마르가리타는 하던 얘기로 되돌아갔다. 두 사람은 술을 조금도 아끼지 않았다. 시리는 아무래도 곧 새 술병을 가지러 가야 할 것 같았다. 시리는 여자 마법사들의 이야기를 엿들으며 생각에 잠겼다.

"아니야, 예나."

마르가리타가 고개를 저었다.

"넌 최근 소식은 모르는구나. 난 라르스와 헤어졌어. 이미 끝났다고. 에라이네 데이레아드. 엘프들이 말하듯 말이야."

"그래서 취하고 싶은 거야?"

"뭐 그런 것도 있지. 슬픔을 숨길 생각은 없어. 4년이나 사귀었잖아. 하지만 헤어질 수밖에 없었어. 그런 밀가루에서 빵은……."

"무엇보다도 라르스는 유부남이었으니까."

티사이아가 잔 속의 흔들리는 황금빛 와인에 시선을 고정한 채 중얼거렸다. 그러자 마르가리타는 어깨를 으쓱이며 대구했다.

"그건 사실, 별 의미는 없었어요. 내가 관심 있는 연령대의 남자들은 모두 유부남이니까요. 그건 내가 어쩔 수 없는 거잖아요. 라르스는 나를 사랑했고, 내 생각에도…… 아, 더 말해서 뭐하겠어. 그는 너무 많은 걸 원했어요. 나의 자유를 위협했고, 난 한 남자와 평생을 같이 할 생각만 해도 머리가 아프다고요. 예나, 난 너에게도 배운 바가 있어. 벤거버그에서 우리가 했던 얘기 기억해? 너의 그 위쳐와 헤어지려고 했을 때 말이야. 내가 그때 그랬잖아. 좀 생각해보라고. 아무 데서나 연인을 만날 수 있는 건 아니라고. 하지만 지금 생각해보니, 네 말이 맞았어. 사랑은 사랑이고, 인생은 인생이야. 사랑은 지나가지만……."

"쟤 얘기 듣지 마, 예니퍼."

티사이아가 차갑게 말을 잘랐다.

"지금은 씁쓸함과 후회가 가득한 거야. 쟤가 왜 아레투자의 파티에 안 가는지 아니? 남자 없이 혼자 가는 게 창피해서라고. 그 남자와 4년 전부터 같이 다니는 걸로 소문이 났었는데 말이지. 그리고 모두들 그 이유로 쟤를 질투했지. 그의 사랑을 소중히 여기지 못해서 결국 그 사랑을 잃고 말았어."

"우리 다른 얘기 좀 해도 될까?"

예니퍼가 자연스럽게 화제를 바꾸려 했지만, 목소리는 조금 변해 있었다.

"시리, 술 좀 따라주렴. 젠장, 술병이 왜 이렇게 작아. 시리, 미안한데 술 좀 더 가져오렴."

"아예 두 병 가져와. 그러면 상으로 우리 옆에 앉히고 한 모금 줄게. 멀리서 그렇게 귀를 쫑긋 세우지 않아도 돼. 자, 여기서 너의 교육이 시작되는 거야. 아레투자로 오기 전에, 바로 여기서 말이야.”

마르가리타가 웃어 보였다.

“교육이라고? 신들이시여!”

티사이아가 참담한 표정으로 천장을 올려다봤다.

“조용히 하세요, 존경하는 티사이아 드 브리스 전 교장 선생님!”

마르가리타는 짐짓 화가 난 듯 젖은 허벅지를 소리가 나게 때렸다.

“이제 제가 학교의 교장이에요! 선생님은 절 졸업 시험에서 낙제시키지 못하셨죠!”

“후회한다.”

“저도 마찬가지에요. 그때 잘렸더라면 저도 자유롭게 살 수 있었을 텐데, 여기 예나처럼. 수련생들 때문에 고생할 일도 없고, 질질 짜는 애들의 코를 닦아줄 필요도 없고, 잘난 척하는 놈들과 경쟁할 필요도 없었을 텐데. 시리, 내 말을 듣고 잘 기억해두렴. 마법사는 언제나 행동하는 거야. 좋은 건지 나쁜 건지 그건 나중에 밝혀지지. 하지만 행동은 해야 해. 인생의 갈기를 붙잡아야 하는 거야. 내가 후회하는 건 말이지, 아가, 아무것도 하지 않았던 것, 결정을 내리지 못하고 망설였던 것들밖에 없어. 행동과 결정은, 간혹 슬픔과 절망을 몰고 온다 해도 후회하지 않게 돼. 저기 앉아 얼굴을 찡그린 채 쉴 새 없이 모든 것을 정리 정돈하는 저 심각한 여성분을 봐. 저분은 대마법사 티사이아 드 브리스지, 수십 명의 여자 마법사를 키워내신 분이야. 그들을 키워내며, 활동하신 거야. 아무것도 하지 않는 것은…….”

“리타, 그만해.”

“티사이아 말 들어. 그만해. 네가 라르스 때문에 슬픈 건 알겠지만 그걸 인생의 교훈으로 삼지는 말아야지. 저 아이는 앞으로 그런 종류의 교육을 받을 시간이 많아. 그리고 그걸 학교에서 배우는 것도 아니고. 시리, 술이나 더 가지고 오렴."

예니퍼는 계속해서 탕 모서리를 바라보며 말했다.

시리는 일어났다. 이미 옷을 차려입은 상태였다. 그리고 망설임 없이 결정했다.

"뭐라고? 어떻게 그런…… 말을 타고 나갔다고?"

예니퍼가 고함을 질렀다.

"명령을 하셨다고요. 말에 안장을 얹으라고……."

여관 주인은 얼굴이 창백해진 채 벽 쪽으로 붙으며 웅얼웅얼 말했다.

"그렇다고 그 아이가 하라는 대로 했단 말인가요? 우리한테 와서 묻지도 않고?"

"선생님, 제가 어떻게 알았겠어요? 선생님들이 시켜서 나가는 거라고 생각했지요. 그런 상상은 전혀……."

"이런 바보 같으니!"

"예니퍼, 진정해. 감정에 휘둘리면 안 돼. 한밤중이라고. 성문 밖을 통과하지 못해."

티사이아가 이마에 손을 얹으며 예니퍼를 진정시켰다.

그러자 여관 주인이 작은 소리로 말했다.

"지하 통로를 열라고 하셔서……."

"그래서 열어줬다고?"

여관 주인은 눈을 내리깐 채 더듬더듬 말을 이었다.

"그 대회의 때문에…… 지금 성 안에는 마법사들이 가득해서…… 사람들은 두려움에 차 있고 누구도 마법사들을 거역하지 못해요. 어떻게 제가 그 말을 거역하겠어요? 선생님들과 똑같이 말했는데, 목소리마저 똑같았다고요. 눈길도…… 그분과 눈도 제대로 마주치지 못했는데, 질문을 하다니요? 마치 선생님들처럼…… 완전 똑같이…… 그리고 펜과 잉크를 가져오라 하셔서…… 편지를 쓰셨어요."

"가져와!"

티사이아가 좀 더 빨랐다. 그녀는 소리 내어 시리의 편지를 읽기 시작했다.

"예니퍼 선생님, 용서해주세요. 저는 하이룬뎀으로 가요. 게롤트가 보고 싶어서요. 제가 학교에 가기 전에, 게롤트를 만나고 싶어요. 제 불복종을 용서해주세요, 하지만 저는 이렇게 해야만 해요. 선생님께 벌을 받게 되리라는 건 알고 있지만, 저는 이후에 결정을 내리지 못하고 망설인 것을 후회하고 싶지 않아요. 만약 제가 후회를 해야 한다면, 행동의 결과에 대해 후회하는 편을 택하겠어요. 저는 여자 마법사예요. 저는 인생의 갈기를 붙잡을 거예요. 돌아올 수 있으면 돌아올게요. 시리."

"그게 다예요?"

"밑에 추신도 있어."

"마르가리타 선생님께, 학교에서 제 코를 닦을 필요는 없다고 전해주세요."

마르가리타는 믿을 수 없다는 듯 고개를 저었고, 예니퍼는 욕설을 내뱉었다. 여관 주인은 얼굴이 빨개진 채 입을 다물지 못했다. 욕이란 욕은 다 들어봤다고 생각했는데 그런 욕들은 난생처음 들었기 때문이었다.

바람은 바다가 있는 방향에서 불어왔다. 구름의 파도가 숲 위에 걸린 달

위로 몰아쳤다. 하이룬덤으로 가는 길은 암흑에 휩싸여 있었다. 전속력으로 달리는 것은 너무 위험했다. 시리는 속도를 줄이고 말을 가볍게 몰았다. 그렇다고 천천히 갈 수는 없었다. 시리는 서두르고 있었다.

멀리서 지평선 위로 다가오는 폭풍우 소리가 들렸고 가끔은 번쩍하는 번개에 나무들의 뾰족뾰족한 가지가 드러났다.

시리는 말을 멈추었다. 갈림길이었다. 갈림길은 쌍둥이처럼 똑같았다.

파비오가 중간에 갈림길이 있다고 왜 말해주지 않았을까? 무슨 상관이야, 난 절대로 길을 잃지 않아. 언제나 어떤 길로 가야 하는지 알고 있어. 그런데 왜 지금은 어느 쪽으로 가야 할지 갈피를 잡을 수 없는 걸까?

거대한 형태가 소리 없이 시리의 머리 위로 드리워졌다. 시리는 심장이 목구멍에서 뛰는 것처럼 느껴졌다. 말이 히힝거리며 오른쪽 길로 달려가려고 했다. 시리는 잠시 말을 붙들었다.

"부엉이일 뿐이야. 그냥 새라고…… 무서워할 것 없어."

시리는 숨을 몰아쉬며 자기 자신과 말을 안심시켰다.

바람은 점점 더 거세어졌고 검은 구름들은 달을 완전히 가렸다. 하지만 저 멀리 나무들 사이로 밝은 빛이 보였다. 시리는 속도를 냈고, 말발굽 아래에서 모래바람이 날렸다.

하지만 곧 멈춰야만 했다. 시리 앞에 절벽과 바다가 나타난 것이다. 그 앞에는 이미 알고 있는 검은 원뿔형의 타네드 섬이 있었다. 시리가 서 있는 곳에서는 가스탕과 록시아, 아레투자의 불빛들이 보이지 않았다. 보이는 것은 외롭게 서 있는, 타네드에서 가장 높은 탑뿐이었다.

토르 라라.

천둥이 치더니 눈이 멀 것 같은 밝은 번개가 구름 낀 하늘과 탑의 꼭대기를 연결시켰다. 토르 라라는 새빨간 눈 같은 창문들을 번들거리며 시리 앞에 서 있었다. 마치 탑의 내부가 금방이라도 활활 불타오를 것 같았다.

토르 라라…… 갈매기의 탑…… 왜 이 이름이 이렇게 무섭게 느껴지는 걸까?

바람이 나무들을 흔들어 가지들이 소리를 냈다. 시리는 눈을 깜빡였다. 먼지와 나뭇잎이 뺨을 때렸다. 시리는 콧김을 내뿜으며 변덕을 부리는 말을 돌렸다. 이제 방향감각을 다시 찾은 듯했다. 타네드 섬은 북쪽이었고, 시리는 서쪽 방향으로 가야 했다. 모랫길이 어둠 속에서 또렷하게 흰색으로 모습을 드러냈다. 시리는 전속력으로 질주했다.

다시 한 번 우르릉 쾅 소리가 나더니 번개의 불빛 속에서 갑자기 한 무리의 기수들을 보았다. 새카맣고 모양이 분명치 않은 형체들이 길 양쪽에 있었다. 시리는 외침 소리를 들었다.

"가르에안!"

시리는 본능적으로 말에 박차를 가하고는 고삐를 꽉 움켜쥔 채 방향을 돌려 질주하기 시작했다. 시리의 뒤로 비명 소리와 휘파람 소리, 말들의 울음 소리, 말발굽 소리가 울려 퍼졌다.

"가르에안! 드오이네!"

질주와 함께 말발굽 소리, 바람 소리, 길옆에 선 자작나무들의 하얀 둥치들이 어둠 속에서 휙휙 지나갔다. 번개가 번쩍거리자 기수 두 명이 시리 앞으로 달려오는 것이 보였다. 한 명은 손을 뻗어 시리의 고삐를 낚아채려고 했다. 모자에는 다람쥐의 꼬리가 달려 있었다. 시리는 발뒤꿈치로 말을 차고는 말의 목을 꼭 잡았다. 속도가 너무 빨라 시리는 한쪽으로 붙어야 했다. 시리 뒤편으로 고함 소리와 휘파람 소리, 요란한 천둥소리가 따라왔다. 어둠 속에서 다시 한 번 번개가 번쩍거렸다.

"스파르레, 에빈!"

달려! 더 빨리 달려! 말아, 더 빨리! 천둥이 치고 번개가 번쩍였다. 길이 여러 갈래로 갈라졌다. 왼쪽으로! 나는 절대로 길을 잃지 않아! 다시 한 번 길이 갈라졌다. 오른쪽으로! 달려야 해, 말아! 더 빨리, 더 빨리!

길은 언덕으로 향하고 있었고 말발굽 아래로는 모래밭이었다. 말은 서두르는데도 불구하고 속도가 느려졌다.

언덕 꼭대기에서 시리는 주위를 둘러보았다. 또다시 번개가 쳐서 길을 밝혀주고 있었다. 길에는 아무도 없었다. 시리는 귀를 쫑긋 세웠지만 바람 소리와 나뭇잎 소리밖에 들리지 않았다. 천둥이 내리쳤다.

여긴 아무도 없어. 다람쥐들…… 그건 그냥 케드웬에서의 기억일 뿐이야. 셰라웨드의 장미…… 그냥 그렇게 생각되었을 뿐이야. 여긴 아무도 없어. 아무도 나를 따라오지 않아…….

시리에게 바람이 휘몰아쳤다. 바람은 땅에서 불어. 그런데 지금은 오른쪽 뺨에 바람이…….

나는 길을 잃은 거야.

번개. 번개가 치자 바다의 수면이 번쩍하고 빛나고, 바다를 배경으로 원뿔형의 검은 타네드 섬이 또다시 모습을 드러냈다. 그리고 토르 라라. 갈매기의 탑. 자석처럼 끌어당기는 탑…… 하지만 나는 저 탑으로는 가지 않을 거야. 나는 하이룬덤으로 갈 거니까. 게롤트를 꼭 만나야만 하니까.

다시 한 번 번쩍하고 번개가 쳤다.

시리와 벼랑 사이에 검은 말이 서 있었다. 그리고 그 말을 타고 있는 것은 맹금류의 깃털을 투구에 장식한 기사였다. 깃털은 갑자기 날갯짓을 시작하더니, 날아오르기 시작했다.

신트라!

몸이 마비되는 공포. 시리의 손은 고삐의 가죽 끈을 피가 날 만큼 꼭 쥐고 있었다. 검은 기사는 말을 움직였다. 기사의 얼굴이 있어야 할 자리에는 얼굴 대신 유령 같은 마스크가 씌워져 있었다. 날개가 펄럭이기 시작했다.

말은 시키지도 않았는데 달리기 시작했다. 순간순간 번개로 밝아지는 어둠. 숲은 끝나고 있었다. 말발굽 아래로 찰랑거리는 물과 물컹한 진흙이 느껴졌다. 시리 뒤로는 맹금류의 날갯짓 소리가 들려왔다. 더 가까이, 가까이……

무서운 속도의 질주, 눈이 시려 눈물이 고이고 있었다. 번개는 하늘을 가르고, 그 불빛 속에서 시리는 길 양쪽에 서 있는 오리나무와 버드나무를 보았다. 하지만 그것은 나무가 아니었다. 그들은 오리나무 왕의 부하들이었다. 시리의 뒤를 쫓아온 검은 기사의 부하들, 그리고 맹금류의 날갯짓 소리는 기사의 투구에서 나는 소리였다. 길 양쪽의 괴물들이 불쑥 튀어나온 어깨를 시리에게 들이밀며, 시리를 큰 소리로 비웃었다. 시커먼 구멍 같은 입을 커다랗게 벌리고서. 시리는 말의 목 위에 바싹 엎드렸다. 나뭇가지들은 휙휙 소리를 내고 시리를 때리며 붙잡았다. 울퉁불퉁한 나무둥치들은 삐걱삐걱 소리를 내고, 시커먼 구멍들은 입을 벌린 채 요란하게 웃어댔다.

신트라의 새끼 사자! 고대 혈통의 아이!

검은 기사는 이제 시리 바로 뒤에 있었다. 시리는 머리채를 잡으려고 하는 그의 손을 느낄 수 있었다. 비명 소리에 더욱더 속도를 내던 말은 앞으로 달려 나갔지만, 보이지 않는 장애물을 풀쩍 뛰어넘다가 갈대들을 부러뜨리면서 넘어질 듯 한쪽으로 기울어졌다. 시리는 재빨리 몸을 숙이며 고삐를 잡아 쓰러지려던 말을 돌려세웠다. 시리는 짐승처럼 분노의 고함을 내질렀다. 그리고 칼집에서 칼을 빼 머리 위로 휘둘렀다. 여긴 신트라가 아니야! 난 이제 아이가 아니라고! 싸울 수 있는 힘이 있어! 절대로 용납하지 않겠어!

"절대로 용납하지 않아! 넌 나를 건드리지 못해! 이제 다시는!"

말은 첨벙 소리를 내며 물속으로 들어갔다. 이미 배까지 물이 차오르고 있었다. 시리는 몸을 굽히고는 소리를 지르며 말을 뒤꿈치로 차 다시 길 위로 올라왔다. 호수, 시리는 생각했다. 파비오가 양어장에 대해서 말했어. 여긴 하이룬덤이야. 도착한 거야. 나는 절대로 길을 잃지 않아.

번개. 시리 뒤로는 길과 숲이 하늘을 배경으로 톱처럼 삐죽삐죽 뻗어 있을 뿐, 아무도 없었다. 바람 소리만이 간간히 적막을 깨웠다. 늪 어딘가에서 겁먹은 오리가 꽥꽥거렸다.

아무도 없었다. 길 위에는 아무도 보이지 않았다. 나를 쫓는 사람은 없어. 그냥 환상일 뿐이야, 악몽일 뿐이라고. 신트라에서의 기억, 그 기억 때문에 잠시 착각했던 것뿐이야.

멀리서 불빛 하나가 보였다. 등대, 아니면 모닥불일까. 아니, 농장이야. 하이룬덤. 이제 가까이 왔어. 조금만 더 가면 돼.

번개. 한 번, 두 번, 세 번. 천둥을 동반하지 않는 번개. 바람이 갑자기 없어졌다. 말은 히힝거리며 머리를 흔들더니 우뚝 멈춰 섰다.

검은 하늘에 우윳빛의 뱀처럼 구불거리는 끈 같은 것이 나타났다. 바람이 다시 버드나무들을 때리며 길에는 먼지 쌓인 이파리들과 마른 풀들이 날리기 시작했다.

먼 불빛이 사라졌다. 불빛은 갑자기 늪 전체에 반짝거리며 나타난 수백

만의 새파란 불꽃들 사이에 묻혀 없어져 버렸다. 말은 콧김을 내뿜으며 몸부림쳤고, 시리는 안장 위에서 겨우 버텼다.

하늘 위에 나타난 끈 위에 모양이 분명치 않은, 악몽과 같은 기수들의 모습이 나타났다. 점점 더 가까이 다가오고 있었고, 그 모습은 점점 또렷해졌다. 소의 뿔과 투구에 단 깃털을 흔들며, 투구 밑으로는 시체 같은 가면들이 하얗게 빛나고 있었다. 기수들은 다 떨어진 마구를 씌운 말의 해골 위에 타고 있었다. 성난 바람은 버드나무들 사이에서 휘몰아치고 번개의 칼날은 검은 하늘을 쉼 없이 때렸다. 바람 소리가 점점 더 거세어졌다. 아니, 그것은 바람이 아니었다. 유령들의 노랫소리였다.

악몽 같은 기마대가 방향을 꺾더니 정확히 시리를 향해 다가오고 있었다. 유령 말들의 말발굽은 늪지대 위의 희미한 도깨비불 위로 쏟아져 내렸다. 유령 기마대의 선두에는 와일드 헌트의 우두머리가 자리하고 있었다. 녹슨 투구가 시체의 가면 위에서 흔들리며, 회색빛 불꽃이 타오르는 텅 빈 안구가 드러났다. 갈기갈기 찢어진 망토를 펄럭이며 텅 빈 몸뚱이를 감싼 녹슨 갑옷 위로 목걸이가 흔들렸다. 오래전 저 낡은 목걸이 안에도 값진 보석들이 박혀 있었겠지만 지금은 모두 떨어지고 말았다. 그리고 별이 되었으리라.

사실이 아니야! 그런 건 없어! 이건 악몽이야, 환상이야, 그냥 착각이라고! 내 눈에 그렇게 보이는 것뿐이야!

와일드 헌트의 우두머리는 검은 말의 유해를 몰며 끔찍한 웃음을 터뜨렸다.

고대 혈통의 아이여! 너는 우리에게 속한다! 넌 우리 것이야! 우리의 행렬에 들어와라! 우리 와일드 헌트로! 우리는 달릴 것이다, 마지막까지, 영원까지, 존재의 끝까지! 넌 우리 것이다! 별의 눈을 한 혼돈의 딸이여! 이리로 오너라! 추격의 즐거움을 우리와 함께 누리자! 넌 우리 중 하나다! 너의 자리는 우리 안에 있으니!

"싫어! 저리 가! 너흰 시체일 뿐이야!"

시리는 고함을 질렀다.

와일드 헌트의 우두머리는 웃으며 썩어버린 이빨을 녹슨 갑옷 위에서 딱딱 마주쳤다. 해골의 텅 빈 안구가 푸르게 불타고 있었다.

그래, 우리들은 시체들이다. 하지만 너는 죽음이지.

시리는 말의 목에 매달렸다. 말을 재촉할 필요는 없었다. 뒤에서 쫓아오는 유령들을 느끼고 말은 목이 부러질 듯 필사적으로 질주하고 있었다.

소인 버니 호프미어, 하이룬덤의 농장주는 곱슬곱슬한 머리를 들고는 천둥소리를 들었다.

"위험한데, 비도 오지 않는 저런 천둥 번개는. 저러다 번개라도 맞으면 불이 날 텐데……."

"비가 좀 오면 좋겠군. 공기가 너무 건조해서 칼로 자를 수도 있을 것 같아. 셔츠는 등에 들러붙고, 모기들은 난리고. 하지만 비는 올 것 같군. 폭풍우가 올지 안 올지는 모르겠지만, 아까부터 북쪽에서 번개도 치고 있으니까 말이야. 바다 쪽인가."

단델라이온이 류트의 현을 조이며 말했다.

"타네드에서 치는 거야. 이 근처에서 가장 높은 곳이지. 그 섬의 탑, 토르 라라는 번개를 엄청나게 끌어들여. 폭풍우가 몰아칠 때 보면, 마치 불 속에 서 있는 것처럼 보이지. 무너지지 않는 것만 해도 신기할 지경이야."

버니가 하늘을 살피며 중얼거렸다.

"마법이야."

단델라이온이 확신을 가지고 말했다.

"타네드의 모든 것은 마법이지, 그 바위들조차 말이야. 그리고 마법사들은 번개를 두려워하지 않아. 버니, 그들이 번개를 잡을 수 있다는 걸 아나?"

"무슨 소리야? 그런 엉터리 같은 얘기를 하다니, 단델라이온."

"사실이 아니라면 난 당장 번개를……."

단델라이온이 하던 말을 중단하고 불안한 듯 하늘을 바라보았다.

"난 당장 오리에게 걷어차여도 좋아. 버니, 내가 분명히 말해두겠는데, 마법사들은 번개를 잡아. 내가 직접 봤다니까. 늙은 고라즈드, 나중에 소든에서 싸웠던 고라즈드가 내 눈앞에서 번개를 잡았다고. 긴 철사를 들고, 한쪽은 자기 탑에 연결하고, 다른 한쪽은……."

"다른 한쪽은 병에다 넣었어야 할 텐데."

갑자기 테라스에서 어슬렁거리던 버니의 아들이 끼어들었다. 아들은 머리 앞쪽이 마치 양털처럼 곱슬곱슬했다.

"아빠가 포도주를 만드는 그런 목이 좁은 병에 말이에요. 번개가 철사를 타고 병으로 들어와서……."

"집으로 들어가, 프랭클린!"

버니가 버럭 소리를 질렀다.

"침대로 가서 잘 시간이야! 빨리! 이제 열두 시고 내일은 일을 해야지! 이 시간에 포도주며 철사며 하는 소리를 하고 있다니, 걸리기만 해봐라, 채찍이 기다리고 있다고! 엉덩이 두 대는 각오해라! 페튜니아! 쟤 좀 여기서 데려가! 그리고 우리는 맥주 좀 더 가져다줘!"

"맥주는 이제 됐어요. 이미 상당히 마셨잖아요."

아내 페튜니아가 프랭클린을 테라스에서 데려가며 화난 목소리로 대꾸했다.

"시끄러워. 위쳐가 언제 오는지나 보고 있어. 손님은 대접을 제대로 해야지."

"위쳐가 오면, 맥주를 가져다주겠어요. 위쳐를 위해서요."

"아주 구두쇠라니까."

버니는 중얼거렸지만 아내한테 들리지 않도록 작게 말했다.

"마누라의 친척들이 큰 들판에서 비버벨드토브까지 살고 있는데, 한 놈도 빠짐없이 모두들 구두쇠에, 짠돌이에, 짠순이들이야. 그건 그렇고 위쳐는 오랫동안 보이지 않는군. 연못에 빠지기라도 했나. 괴상한 사람이야. 어젯밤에 마당에서 치니아와 탄제린카가 놀고 있을 때 쳐다보는 눈길 봤어? 이상했다고. 그리고 지금은 아무래도 혼자 있으려고 나간 것 같아. 하지만 우리 집에서 묵기로 했지. 왜냐하면 내 농장이 제일 끄트머리에 있고, 다른 사람들 집에서 머니까. 단델라이온, 당신은 그를 잘 알잖아, 말해봐."

"내가 그를 안다고?"

단델라이온이 목에 앉은 모기를 잡고는, 류트의 줄을 튕기며 연못 위에 드리워진 버드나무들의 검은 실루엣을 응시했다.

"아니, 버니. 난 몰라. 내 생각에 그를 아는 사람은 아무도 없는 것 같아. 하지만 무슨 일이 있는 건 분명해. 여기 하이룬덤에 뭐하러 왔냐고? 글쎄, 타네드 섬 근처에 있으려고? 하지만 어제 내가 타네드가 보이는 고스 벨렌에 같이 가자고 했더니, 고민도 하지 않고 거절했어. 도대체 왜 이곳에 있는 걸까? 당신들이 무슨 좋은 일거리라도 맡긴 거요?"

"일거리는 무슨. 솔직히 말하면, 난 여기 무슨 괴물이 있는지도 모르겠어. 연못에 빠져 죽은 그 아이도 실은 다리에 쥐가 나서 그런 걸 수도 있잖아. 하지만 모두들 그게 익사체이거나 키키모라*라고 난리를 치며 위쳐를 불러야 한다고 하니…… 하지만 보수로 제시한 액수가 너무 조금이라, 사실 민망할 정도였어. 그런데 말이지, 위쳐는 길에서 사흘 밤을 돌아다니고 낮에는 자거나 허수아비처럼 아무 말 없이 앉아 있거나, 아니면 애들을 쳐다보고 있거나, 집을 바라보거나…… 이상해. 내 생각엔 정말 이상하다고."

"당신 말이 맞아."

번개가 번쩍하더니, 농장의 건물과 들어오는 길을 비추었다. 잠시 동안이었지만 엘프의 작은 궁전이 길 끝에서 하얗게 빛났다. 잠시 후 과수원 위로 천둥소리가 들려왔다. 갑자기 세찬 바람이 불어오면서 연못 위의 갈대들과 나무들이 소리를 내며 휘어지고, 거울처럼 잔잔했던 연못 수면에 파문이 일더니 물이 흐려지고 연잎의 가장자리가 날카롭게 섰다.

"폭풍우가 결국은 이쪽으로 오나 보군. 마법사들이 마법으로 폭풍을 섬에서 몰아낸 걸까? 타네드에 이백 명이나 되는 마법사들이 모였다는데…… 단델라이온, 거기 모여서 도대체 무슨 얘기를 나눌지 짐작이 가나? 뭔가 좋은 소식이 있을까?"

버니는 하늘을 바라보았다.

"우리에게? 그럴 리가. 그 대회의라는 건 화려한 패션쇼이자 루머와 험담, 경쟁의 장이지. 논쟁의 쟁점은 마법을 널리 퍼뜨릴 것인가, 아니면 소수의 것으로 남겨둘 것인가, 항상 그 문제야. 싸움은 늘 지근거리에서 왕을 모

---

* 키키모라(Kikimora): 슬라브 신화에 나오는 여자 정령으로 아이들을 유인하거나 잠든 아이 옆에서 우는 소리를 낸다.

시는 자들과 멀리서 왕에게 영향력만 행사하고자 하는 자들 사이에서 일어나고."

단델라이온이 류트의 현을 엄지손가락으로 뜯으며 말했다.

"그럼 그 대회의가 진행되는 동안 타네드는 폭풍우가 몰아치는 것보다 더 시끄러워지겠군."

버니가 혼잣말처럼 중얼거렸다.

"그럴 수도 있지. 하지만 우리가 무슨 상관이야."

"당신이야 상관없겠지. 당신은 류트를 뜯고 목청이나 가다듬으면 되니까. 이 세상을 둘러봐도 보이는 건 운율과 멜로디뿐이겠지. 하지만 우린 지난 일요일에도 말 탄 놈들이 두 번이나 양배추와 무를 다 망쳐놨다고. 군대는 다람쥐들만 쫓아다니고, 다람쥐들은 도망치다 사라지고, 이놈이나 저놈이나 죄다 우리 양배추 밭을 지나간다고……."

"숲이 타고 있을 때 양배추 밭을 아까워하면 안 되지."

단델라이온의 말에 버니가 그를 쏘아보았다.

"단델라이온, 그렇게 말을 하면 나는 울어야 할지, 웃어야 할지, 당신 엉덩이를 걷어차야 할지 모르겠다고. 난 지금 심각해! 그리고 정말 끔찍한 시대가 온 거라고. 길옆에 화형장과 교수대가 있고, 들과 숲에 시체가 즐비해, 젠장! 이 나라가 이 꼴이었던 건 팔카 시대에나 그랬을 거야. 어떻게 살란 말이야, 대체. 낮에는 왕의 부하들이 와서 다람쥐들을 도와주면 목에 칼을 씌우겠다고 협박하고, 밤이면 엘프들이 나타난다고. 도와달라는 엘프들을 거절하려고 하면, 기다렸다는 듯이 시적으로 이렇게 말하지. 밤이 붉은 얼굴로 변하는 걸 보게 될 거라고. 이 엘프들은 너무 시적이라 구역질이 난다고. 그러고는 불이 두 번이나……."

"그럼 마법사들의 대회의가 무언가를 바꿀 거라고 기대하는 건가?"

"그래. 당신도 마법사들 사이에 두 부류가 서로 경쟁한다고 했잖아. 옛날에는 마법사들이 왕들의 일에 영향력을 행사해서 전쟁이나 난리를 멈춘 적도 있었어. 3년 전 닐프가드와 평화 조약을 맺게 한 것도 마법사들이잖아. 이번에도…….."

버니는 갑작스레 말을 멈추고 귀를 기울였다. 단델라이온은 손바닥으로 울리고 있던 현 소리를 막았다.

멀리에서 위쳐의 모습이 나타났다. 천천히 집 쪽으로 오고 있었다. 또다시 번개가 번쩍였다. 천둥소리가 울릴 때, 위쳐는 이미 테라스 근처 그들 앞에 와 있었다.

"그래서 어떻게 되었나, 게롤트? 괴물은 물리치고 왔어?"

단델라이온이 어색한 침묵을 깨기 위해 물었다.

"아니. 오늘은 괴물을 잡을 만한 날이 아니야. 오늘은 불안한 밤이야. 불안한…… 오늘은 피곤하군, 단델라이온."

"그럼 여기 좀 앉아서 쉬어."

"내 말을 이해하지 못하는군."

"바로 그거요."

버니가 중얼거리며 하늘을 살피고 귀를 기울였다.

"불안한 밤이야. 공기 중에 뭔가 좋지 않은 기운이 감돌아. 외양간의 동물들도 어수선하고…… 바람 소리 사이에 비명 소리도 들려."

"추격자들. 버니, 창문을 꼭 닫고 자는 게 좋겠소."

게롤트가 낮은 목소리로 말했다.

"추격자들이라고? 와일드 헌트들 말인가?"

버니는 겁을 먹은 듯 말했다.

"걱정할 건 없소. 높이 날아다니니까. 여름에는 언제나 높이 다니지. 하지만 아이들이 잠에서 깨어날 수도 있소. 와일드 헌트들은 악몽을 몰고 다니니까. 창문을 꼭 닫는 게 좋겠소."

"와일드 헌트들. 전쟁을 알리는 신호지."

단델라이온이 불안한 눈길로 하늘을 올려다보았다.

"헛소리! 미신일 뿐이야."

"무슨! 닐프가드가 신트라를 공격하기 바로 전에도……."

"쉬잇!"

게롤트는 손짓으로 단델라이온의 말을 중단시키고 고개를 들어 어둠 속을 바라보았다.

"왜……?"

"말 탄 자들이야."

"젠장, 밤이면 스코이아텔일 수밖에 없는데……."

버니가 긴 의자에서 일어나며 씩씩거렸다.

"말은 한 마리."

게롤트는 긴 의자에서 칼을 집어 들었다.

"말은 단 한 마리야. 나머지는 와일드 헌트들…… 젠장, 여름에 이럴 리가 없는데."

단델라이온 역시 일어났지만, 도망을 치기에는 너무 창피했다. 왜냐하면 게롤트도 버니도 도망갈 기색이 조금도 보이지 않았기 때문이었다. 게롤트는 칼을 든 채 길 쪽으로 뛰어갔고 버니도 지체 없이 쇠스랑을 들고 게롤트의 뒤를 따랐다. 다시 번쩍하고 번개가 치자 길에는 질주하는 말의 모습이 보였다. 그리고 말의 뒤에는 무언가 형언할 수 없는 것이, 어둠 속에 뭉쳐져 있는 희미한 빛이, 휘몰아치는 환영 같은 것이 따라오고 있었다. 그 환영은 설명할 수 없는 끔찍한 공포를 불러일으켰고, 몸이 떨릴 만큼 위협적이었다.

게롤트는 칼을 쳐들고 소리를 질렀다. 말을 탄 사람은 그 모습을 보고 말에 속도를 더해 달리며 주위를 둘러보았다. 게롤트는 다시 한 번 소리를 질렀다. 천둥소리가 우르릉 쾅 하고 울렸다.

번쩍했지만 이번엔 번개가 아니었다. 단델라이온은 긴 의자 옆에 몸을 웅크리고 있었다. 사실 그 밑으로 기어 들어가고 싶었지만, 그러기엔 의자가 너무 낮았다. 버니는 쇠스랑을 내려놓았다. 집에서 달려 나온 페튜니아는 비명을 질렀다.

번쩍했던 빛은 눈이 멀 것 같은 밝고 투명한 구 형태로 뭉쳐지더니 그 안에서 희뿌연 형체가 순식간에 모양과 윤곽을 갖추었다. 단델라이온은 바로 알아보았다. 흐트러진 풍성한 검은 머리와 벨벳 줄에 매단 옵시디안의 별 목걸이. 하지만 처음 눈에 들어온 것은 얼굴이었다. 분노와 염려와 복수가 뒤섞인 얼굴이었다.

예니퍼는 손을 올려 주문을 외쳤다. 손바닥에서는 불꽃을 연상시키는 소용돌이가 뻗어 나와 밤하늘을 가르고 그 빛이 연못 수면에 반사되었다. 소용돌이는 마치 면도날처럼, 혼자 말을 타고 달리는 기수를 맹렬히 쫓고 있는 시커먼 환영을 향해 날아가 꽂혔다. 단델라이온은 끔찍한 비명과 함께 유령들의 환영을 본 것 같았다. 사실 너무 순식간에 벌어진 일이라 무엇도 장담할 수 없었다. 왜냐하면 휘몰아치던 환영이 갑자기 공처럼 뭉쳐지더니 하늘로 올라가 별똥별 같은 꼬리를 길게 남기고 사라졌기 때문이었다. 다시 어둠이 내렸다. 빛이라고는 페튜니아가 들고 있는 호롱불의 불빛이 전부였다.

　말에 탄 기수는 집 앞 마당에서 말을 멈추고 안장에서 뛰어내린 뒤 휘청거렸다. 단델라이온은 기수가 누구인지 바로 알아챘다. 지금까지 잿빛 머리의 이 마른 여자아이를 본 적은 단 한 번도 없었다. 그러나 알 수 있었다. 그녀가 누구인지.

　"게롤트……."

　여자아이는 작은 목소리로 말했다.

　"예니퍼 선생님…… 죄송해요. 와야만 했어요. 아시다시피……."

　"시리."

　게롤트가 아이의 이름을 불렀다. 예니퍼는 아이를 향해 한 발짝 걸음을 떼다가 멈추었다. 그리고 침묵했다.

　저 아이는 누구에게 갈까. 단델라이온은 잠시 생각에 잠겼다. 게롤트도 예니퍼도 발걸음을 멈춘 채 움직이지 않았다. 아이는 누구에게 먼저 갈까? 게롤트에게? 아니면 예니퍼에게?

　시리는 둘 중 누구에게도 가지 않았다. 고를 수가 없었던 것이다. 그래서 기절하고 말았다.

　집은 텅 비어 있었다. 버니와 가족들은 동이 트자마자 일을 하러 나갔다. 시리는 자는 척했지만, 게롤트와 예니퍼가 나가는 소리를 들을 수 있었다. 시리는 담요에서 미끄러져 나와 얼른 옷을 입고 조용히 둘을 따라 과수원으로 향했다.

　게롤트와 예니퍼는 하얀 연꽃들과 노란색 개연꽃들이 피어 있는 연못 사이로 난 길을 꺾어 들어갔다. 시리는 무너진 담장 뒤에 숨어 이들을 관찰하고 있었다. 시리가 수없이 읽었던 시들의 저자, 유명한 시인 단델라이온은 아직 자고 있으리라 생각했다. 그건 시리의 착각이었다. 단델라이온 시인은 자고 있지 않았다. 그는 시리를 현행범으로 붙잡았다.

"어이, 여기서 몰래 훔쳐보며 엿듣고 있다니. 꼬마, 좀 더 얌전하게 행동해야지. 둘만 있도록 좀 놔둬요."

갑자기 나타난 단델라이온이 킬킬거리자 시리는 얼굴이 빨개진 채 입술을 깨물었다.

"일단 전 꼬마가 아니에요. 그리고 방해한 것도 아니잖아요?"

시리가 분하다는 듯 씩씩거렸다. 그러자 단델라이온의 얼굴이 조금 심각해졌다.

"아니지. 그리고 사실은 네가 도와준 거야."

"제가요? 어떻게요?"

"시치미 떼지 말고. 어젠 아주 잘했어. 하지만 나까지 속일 순 없지. 기절한 척한 거지?"

"네. 예니퍼 선생님은 알았지만, 게롤트는 몰랐어요."

시리는 얼굴을 돌리며 중얼거렸다.

"둘이 함께 너를 집으로 옮겼지. 둘의 손이 서로 닿았어. 네 옆에서 아침까지 함께 앉아 있었지만, 서로 아무 말도 하지 않았지. 이제야 둘은 이야기를 하기로 결정한 거야. 저기, 길 위에서, 호숫가에서. 그런데 넌 둘의 이야기를 엿들으려고 한 거지. 벽 사이로 난 틈으로 그들을 감시하면서. 두 사람이 뭘 하는지 그렇게까지 꼭 알아야만 하니?"

"저기서 뭘 하는 건 아니잖아요! 그냥 이야기를 나누는 것뿐이잖아요."

시리의 얼굴이 조금 더 붉어졌다.

단델라이온은 사과나무 아래 잔디 위에 앉아 개미나 애벌레가 있는지 나무둥치를 잘 살피고 몸을 기댔다.

"그럼 넌, 그들이 무슨 얘기를 하는지 알고 싶은 거야?"

"네…… 아, 아니에요! 그리고 사실 아무것도 안 들려요. 너무 멀어요."

"만약 원한다면 내가 가르쳐주지."

"아저씨가 어떻게 아는데요?"

"하하, 시리야, 난 시인이야. 시인은 저런 문제에 대해서는 통달한 사람이지. 또 다른 얘기도 해줄까? 시인은 말이지, 저런 문제에 대해선 당사자들보다도 더 잘 알고 있어."

"설마요!"

"내 보장하마. 시인의 명예를 걸고."

"정말로요? 그럼…… 그럼 지금 무슨 얘길 하는지 얘기해주세요!"

"구멍을 통해 다시 한 번 보고 뭘 하는지 봐."

시리는 아랫입술을 깨물고 몸을 굽히더니 벽에 난 틈으로 눈을 가져다 댔다.

"예니퍼 선생님은 버드나무 옆에 서 있어요. 버드나무 잎사귀를 뜯으면서 별 목걸이를 만지작거려요. 아무 말도 하지 않고 게롤트도 쳐다보지 않아요. 게롤트는 그 옆에 서 있어요. 머리를 푹 떨구고 있어요. 그리고 뭐라고 말해요. 아니, 말하는 게 아닌 것 같아요. 아이쿠, 표정이…… 표정이 이상해요."

"아주 쉽구나."

단델라이온은 풀밭에서 사과를 발견하고 바지에 쓱 문질러 닦고는 찬찬히 살펴보았다.

"지금 게롤트는 예니퍼에게 자기가 했던 수많은 바보 같은 행동과 말을 용서해달라고 하고 있어. 참을성 없이 행동했던 것, 믿음과 희망이 부족했던 것, 고집불통이었던 것, 잘난 척하고 남자답지 못한 행동을 한 것들에 대해 사과하는 거야. 지난날 이해하지 못했거나, 이해하고 싶어 하지 않았던 것들에 대해 사과하는 거지."

"말도 안 되는 거짓말이에요! 다 아저씨가 지어낸 거죠?"

시리는 몸을 휙 펴고 앞머리를 옆으로 넘겼다.

"지금에서야 이해하게 된 것들에 대해 사과하고 있어."

단델라이온은 하늘을 바라봤다. 어느새 그의 목소리는 발라드의 리듬을 타고 있었다.

"그가 이해하고 싶어 하는 것들, 하지만 과연 이해할 수 있을까, 하고 두려워하는 것들에 대해서…… 그리고 절대로 이해하지 못하는 것들에 대해서, 사과하고 용서를 구하지. 흠, 의미, 마음, 운명? 젠장, 다 너무 뻔하군."

"아니에요! 게롤트는 그렇게 말하지 않아요! 게롤트는…… 사실 말을 안 했다고요. 내가 봤어요. 저기 예니퍼 선생님이랑 서서 아무 말도 하지 않는 걸……."

시리는 발을 구르며 부정했다.

"시의 역할이 바로 그런 거야, 시리. 다른 이들이 침묵하는 것들에 대해 말하는 거지."

"그 역할, 바보 같아요. 그리고 지어내는 거 다 알아요!"

"그 역시 시의 역할이지. 가만, 호수 쪽에서 목소리가 높아지는 게 들리는데. 얼른 봐봐, 무슨 일이 일어나는지."

시리는 다시 벽에 난 틈으로 눈을 가져다 대었다.

"게롤트가 머리를 푹 숙이고 서 있어요. 예니퍼 선생님이 게롤트에게 소리를 지르고 있고요. 악을 쓰며 손을 흔들어요. 저건 무슨 뜻이죠?"

"아주 쉬워."

단델라이온은 흘러가는 구름을 다시 한 번 바라보았다.

"지금 예니퍼가 사과하는 거야."

이렇게 나는 너를 취하느니, 너를 간직하고 보존하기 위해, 기쁠 때나 슬플 때나. 가장 좋을 때나 가장 나쁠 때나. 낮이나 밤이나. 아플 때나 건강할 때나. 죽음이 우리를 갈라놓을 때까지 온 마음을 다하여 너를 아끼고 사랑할 것을 맹세한다.

〈오래된 결혼 서약〉

사랑에 대해서 우리는 많이 알지 못한다. 사랑은 마치 배와 같다. 배는 달고 모양을 가지고 있다. 그 모양을 묘사해보라.

단델라이온, 〈시의 반세기〉

제 3 장

　게롤트는 당연히 그렇게 생각할 만했다. 그리고 그렇게 생각했다. 마법사들의 파티란 보통 사람들의 떠들썩한 잔치나 파티와는 차이가 있을 거라고. 하지만 그 차이가 이렇게 크고, 이렇게 근본적으로 다를 줄은 상상도 하지 못했다.

　마법사 대회의에 앞서 열리는 파티에 동행해달라는 예니퍼의 부탁에 게롤트는 놀라긴 했지만, 그렇다고 정신을 잃을 정도는 아니었다. 예니퍼가 그런 부탁을 한 것이 처음은 아니었기 때문이다. 같이 사이좋게 살고 있었을 때, 예니퍼는 이런 종류의 각종 회합이나 모임에 게롤트와 함께 나가고 싶어 했다. 하지만 당시에는 단호하게 거절하곤 했다. 게롤트는 마법사들이 모이는 곳에 가면 잘해봤자 이상한 놈 혹은 특이한 구경거리 정도가 되리라 확신했고, 잘못했다가는 침입자나 하층민 취급을 받을 것이라 생각했다. 예니퍼는 그런 걱정은 말도 안 된다고 웃어넘겼지만, 강요하지는 않았다. 간혹 예니퍼가 온 집 안이 흔들리고 유리가 가루가 될 정도로 자신의 주장을 내세울 때도 있었는데, 게롤트는 이 지경이라면 가지 않겠다는 자기 결정이 맞다고 느꼈던 것이다.

하지만 이번에는 가겠다고 했다. 아무것도 따지지 않은 채. 같이 가자는 제안은 긴 시간의 솔직하고 아주 감정적인 대화 다음에 이어진 것이었다. 그들을 다시 가깝게 만든 대화 이후, 과거의 갈등은 그림자와 망각 속으로 사라지고, 불만과 자존심, 고집의 얼음은 녹아버렸다. 하이룬덤 길가에서의 대화 이후 게롤트는 예니퍼가 하는 말이라면 무조건 다 들었다. 지옥에 내려가 악마들과 함께 펄펄 끓는 타르를 마시자고 해도 거절하지 않았을 것이다.

그리고 시리가 있었다. 시리가 없이는 이 대화도, 이 만남도 없었을 것이다. 코드링거가 말하길, 어떤 마법사가 시리에게 관심을 가지고 있다고 했다. 게롤트는 대회의에 자신이 나타나면 그 마법사가 자극을 받아 무언가 행동하지 않을까 하는 데 생각이 닿았다. 그러나 예니퍼에게는 그런 얘기를 조금도 하지 않았다.

게롤트와 예니퍼, 시리와 단델라이온은 하이룬덤에서 타네드로 곧장 나섰다. 처음에는 산기슭 남동쪽에 지어진 록시아의 엄청나게 큰 궁에 묵었다. 궁은 이미 대회의에 참석하러 온 마법사들과 그들의 동반자로 가득했지만, 예니퍼 일행을 위해서는 당장 빈 방들이 준비되었다. 일행은 록시아에서 하루 종일 머물렀다. 게롤트는 이 하루를 시리와 이야기를 나누는 데 썼고, 단델라이온은 이리저리 돌아다니며 소문을 수집하고 퍼뜨리는 데 하루를 보냈다. 그리고 예니퍼는 드레스를 맞추고 고르는 데 썼다. 저녁이 되자, 게롤트와 예니퍼는 파티가 열리는 아레투자의 궁으로 향하는 형형색색의 행렬에 동참했다. 게롤트는 이곳에 자기를 놀라게 할 만한 건 아무것도 없고, 그 무엇에도 놀라지 않겠다고 다짐했지만 아레투자는 놀랍고 신기했다.

궁의 거대한 중앙 홀은 T자 모양이었다. T자 양쪽에는 가늘고 믿을 수 없을 정도로 높은, 천장까지 닿는 창문이 나 있었다. 천장 역시 높았다. 너무 높아서 천장을 장식하고 있는 프레스코화의 주된 모티브인 수많은 나체의 형상들이 남자인지 여자인지도 구분할 수 없을 지경이었다. 창문에는 스테인드글라스가 끼워져 있었는데, 상당한 돈을 들인 게 분명했지만 웃풍이 불어오고 있었다. 게롤트는 왜 촛불이 꺼지지 않을까 생각하다가 유심히 살펴보고 나서야 더 이상 의아하게 생각하지 않았다. 촛대는 마법이었고, 어쩌면 환영일지도 몰랐다. 어쨌든 빛은 충분했고 진짜 촛불을 밝힌 것보다 훨씬 밝았다.

홀 안으로 들어갔을 때, 이미 그곳에는 수백 명이 파티를 즐기고 있었다. 홀은 보통 그렇듯 중앙에 말굽 모양으로 식탁을 배치했으면 지금 있는 인원의 세 배는 더 수용할 수 있을 만한 크기였다. 하지만 식탁 의자는 보이지 않았다. 음식을 먹으려면 태피스트리와 화환과 웃풍에 휘날리는 커튼으로 장식된 벽을 따라 움직이며 먹든지 서서 먹어야 할 것 같았다. 식탁 위에는 희한한 음식들이 희한한 꽃장식과 얼음조각 사이, 희한한 모양의 식기들 위에 놓여 있었다. 이를 찬찬히 살피던 게롤트는 먹는 것보다는 보이는 것에 초점을 맞춘 상차림이라고 결론지었다.

"먹을 게 없군."

게롤트는 우울한 목소리로 관찰 결과를 중얼거리며 예니퍼가 입혀준 카프탄*의 주름을 폈다. 검정색의 허리까지만 내려오는 짧은 기장에 은장식이 되어 있는 이런 카프탄은 더블릿이라고 불렀고, 최신 유행이었다. 게롤

---

* 카프탄(Kaftan): 고급 견직물로 재단된 터키풍의 소매가 긴 남성용 상의.

트는 이름이 왜 더블릿인지 알 수도 없었고, 알고 싶지도 않았다.

예니퍼는 반응을 보이지 않았다. 게롤트 역시 대답을 기대하지 않았다. 예니퍼가 이런 종류의 발언에 원래 무반응이라는 것을 알고 있었기 때문이었다. 하지만 포기하지는 않았다. 불만의 표시를 해야만 했다. 게롤트는 다시 투덜거리기 시작했다.

"음악도 없고, 웃풍이 엄청 부는군. 앉을 데도 없고. 서서 먹으라는 건가?"

예니퍼는 보랏빛 눈으로 게롤트를 의미심장하게 바라보았다. 하지만 예상과 달리 그녀는 부드럽게 말했다.

"당연하지. 원래 서서 먹는 거야. 그리고 음식이 차려진 식탁 앞에 너무 오래 서 있는 건 예의가 없는 걸로 간주돼."

"그럼 예의가 있도록 노력하지. 그리고 식탁 앞에 오래 서 있을 이유도 없어 보이던데."

게롤트가 작게 중얼거렸다.

"지나치게 많이 마시는 것 역시 무례한 거야."

예니퍼는 게롤트의 우울한 표정에는 조금도 주의를 기울이지 않은 채 강의를 계속했다.

"남과 이야기를 피하는 것 또한 용서할 수 없는 무례함으로 여겨져."

"그럼 저기 괴상한 바지를 입고 있는 비쩍 마른 놈이 자기 옆에 있는 여자들 두 명에게 손가락으로 나를 가리켜 보이는 것도 무례한 건가?"

"응. 하지만 사소한 무례함이지."

"여기서 뭘 해야 하는 거야?"

"홀을 돌면서 인사를 나누고, 칭찬을 하고, 대화를 나누고…… 더블릿이랑 머리 좀 그만 만져."

"머리띠를 못 매게 하니까 그렇지."

"그 머리띠는 너무 튀잖아. 자, 팔짱 끼고 가자. 입구 근처에 서 있는 건 무례하니까."

둘은 점점 더 많은 손님들로 채워지고 있는 홀을 걷기 시작했다. 게롤트는 화가 날 정도로 배가 고팠지만, 예니퍼가 농담을 한 것이 아니라는 걸 깨달았다. 마법사들 사이에서의 예절은 정말 먹고 싶지 않다는 듯 거의 먹지도 마시지도 않는 것처럼 보였다. 게다가 식탁 앞에 서기만 하면, 사교의 의무가 뒤따랐다. 누군가가 발견하고는 봤다는 걸 표현하고자 무척이나 반가운 척을 하며 가식적인 인사를 나누는 것이었다. 뺨에 닿지도 않는 키스를 하는 척하고, 찜찜할 정도로 가볍게 악수를 나누고, 가식적인 웃음을 나누며, 거짓말에 가까운 칭찬을 서로 주고받고는 짧고 지루한, 아무 의미도 없는 대화가 이어졌다.

게롤트는 자기 말고도 마법사가 아닌 동지가 혹시나 있을까 싶어 열심히 주위를 관찰하며 아는 얼굴을 찾아보았다. 예니퍼는 그럴 일은 없다고 확신했지만, 그럼에도 주위를 둘러보았다. 하지만 그의 눈에만 보이지 않는 것인지 마법사가 아닌 이는 한 명도 없었다.

하인들은 손님들 사이를 오고 가며 포도주를 날랐다. 예니퍼는 전혀 마시지 않았고, 게롤트는 마시고 싶었지만 그러지 못했다. 그의 더블릿 겨드랑이 부분이 간지러웠다.

예니퍼는 요령 있게 어깨로 게롤트를 식탁 앞에서 끌어내 모두들 주목하는 장소인 홀 한가운데로 데려갔다. 저항도 소용없었다. 게롤트는 예니퍼가 무엇을 원하는지 짐작할 수 있었다. 보여주기 위해서였다.

게롤트는 무엇을 기대해야 하는지 알고 있었기 때문에, 평온한 눈길로 호기심 가득한 여자 마법사들의 시선과 남자 마법사들의 수수께끼 같은 웃음을 견뎌내었다. 예니퍼가 이런 자리에서는 예의상 마법을 쓰지 않는다고 했음에도 불구하고, 예니퍼가 이렇게 모두의 시선이 쏠리는 자리에 게롤트를 보란 듯이 전시했을 때에도 마법사들이 마법을 쓰지 않을지 의문이었다. 그리고 그 의심은 맞았다. 목에 건 메달이 몇 번이나 흔들리고 마법사들의 파장이 몸을 뚫고 지나가는 것이 느껴졌다. 어떤 뻔뻔한 이들은, 특히나 여자 마법사들은 게롤트의 생각을 읽으려고까지 했다. 게롤트는 모든 것에 준비가 되어 있었다. 왜 이러는지도 알고 있었고, 그런 시도에 어떻게 대비해야 하는지도 알고 있었다.

게롤트는 옆에서 걷고 있는 예니퍼를 바라봤다. 까마귀처럼 검은 머리에 보랏빛 눈, 흰색과 검은색의 다이아몬드로 빛나는 예니퍼를. 그리고 게롤트를 살피던 마법사들이 그의 만족한 상태에 당황하고 흥미를 잃어버리는 것을 느꼈다. 게롤트는 머릿속으로 그들에게 대답했다. 그래, 착각이 아니야. 내 옆에 예니퍼가 있다는 사실, 오직 그것만이 중요해. 예니퍼가 예전에 어땠는지, 어디에 있었는지, 누구와 사귀었는지는 지금 아무 의미도 없어. 지금은 나와 함께 있고, 당신들 가운데 있으니까. 다른 누구도 아닌 바로 나와 함께. 난 그렇게 생각하고 있어. 나는 예니퍼만을 생각해. 끊임없이 예니퍼만을. 예니퍼의 향기와 예니퍼의 온기를 느끼면서. 그리고 당신네들은 질투로 기절할 것 같겠지.

예니퍼는 게롤트의 팔을 꽉 잡고 옆구리 쪽으로 살짝 기대왔다.

"고마워."

예니퍼가 작게 속삭였다. 이번에는 식탁 쪽으로 방향을 잡으면서 좀 더 작게 속삭였다.

"하지만 너무 티 나게 그럴 필요는 없어."

"마법사들은 항상 남의 솔직함을 그런 식으로 받아들이나? 자신들이 솔직하지 못하니까, 남의 생각을 읽을 때도 그런 식이냐는 말이야."

"맞아, 바로 그래서야."

"그런데 나에게 고맙다고?"

"왜냐하면 당신을 믿으니까."

예니퍼는 게롤트의 팔을 더 꽉 잡으며 접시 쪽으로 손을 뻗었다.

"저기 연어 좀 주세요, 위쳐님. 그리고 게도."

"저건 포비스에서 온 게야. 잡은 지 한 달은 되었을 거라고. 그리고 지금은 무더위가 계속되고 있어. 탈이라도 나면 어쩌려고?"

"저 게들은 오늘 아침에만 해도 심해에서 돌아다니던 거야. 텔레포트는 정말 좋은 발명이지."

"물론 그렇지. 그런 걸 좀 대중화시키면 좋지 않을까?"

"우리도 그러려고 노력하고 있어. 조금 더. 배가 고파."

"당신을 사랑해, 옌."

"너무 티 내지……."

예니퍼는 불현듯 말을 중단하고는 뺨에서 머리카락을 쓸어내며 보랏빛 눈을 커다랗게 떴다.

"게롤트! 나에게 처음으로 고백한 거잖아!"

"그럴 리가. 비웃지는 말라고."

"아니, 그렇지 않아. 전에는 그렇게 생각만 했지, 말로 표현한 건 오늘이 처음이야."

"그게 무슨 차이가 있나?"

"엄청난 차이지."

"옌……."

"입에 음식 있는 채로 말하지 마. 나도 당신을 사랑해. 맙소사, 내가 말했잖아, 먹으면서 말하지 말라고! 신들이여, 질식하겠어! 팔을 올려! 내가 등을 쳐줄게. 숨을 깊게 들이마셔."

"옌……."

"숨을 들이마시라고, 숨을! 좀 있으면 괜찮을 거야."

"옌!"

"맞아. 솔직함엔 솔직함이지."

"괜찮은 거야?"

"기다려왔어."

예니퍼는 연어에 레몬 즙을 짰다.

"하지만 머릿속에서만 하는 고백에 내가 대답할 수는 없잖아. 내가 대답할 수 있도록 직접 말로 해주길 기다렸어. 그리고 이제 대답할 수 있어서 대답한 거야. 기분? 매우 좋아."

"무슨 일이 일어난 거지?"

"나중에 얘기해줄게. 일단 먹어. 연어가 아주 좋네. 내가 확실히 말하는데, 정말 좋아."

"키스해도 될까? 여기, 다른 이들이 다 보는 앞에서?"

"아니."

"예니퍼!"

지나가던 검은 머리의 여자 마법사가 함께 온 남자의 팔에서 빠져나오며 가까이 다가왔다.

"결국 왔구나! 정말 잘됐다! 진짜 오랜만이야!"

"사브리나!"

예니퍼가 너무나 반가워해서 게롤트를 제외한 모두가 속아 넘어갈 지경이었다.

"내 친구! 정말 반가워!"

여자 마법사들은 조심스럽게 서로를 껴안고 뺨과 다이아몬드와 오닉스 귀걸이에 닿지 않게 키스로 인사를 나누었다. 두 여자 마법사들의 귀걸이는 작은 포도송이 모양을 하고 있었는데, 재료만 다를 뿐이었지 똑같았다. 공기 중에는 적대적인 분노의 기운이 감돌기 시작했다.

"게롤트, 여긴 내 학교 때 친구야. 아드 카라그의 사브리나 글레비식."

게롤트는 몸을 숙여 사브리나가 내민 손등에 키스를 했다. 모든 여자 마법사들은 공주를 대하듯, 인사할 때 손등에 입을 맞춰주길 기대했다. 사브리나 글레비식은 고개를 꼿꼿이 들었다. 귀걸이가 흔들리며 소리를 냈다. 작지만 남들이 다 볼 수 있을 만큼 당돌하게.

"게롤트, 항상 만나보고 싶었어요."

사브리나가 웃으며 말했다. 다른 여자 마법사들처럼 아무개 씨라든지 선생님 등의 존칭은 붙이지 않았다.

"정말 반갑군요. 드디어 우리 앞에 게롤트를 공개하는구나, 예나. 솔직히 말해서, 왜 그렇게 오랫동안 우리에게 보여주지 않았는지 의아했어. 뭐가 그리 부끄럽다고."

"나도 그렇게 생각해. 블라우스가 예쁘네, 사브리나. 매혹적이야. 그렇죠, 게롤트?"

예니퍼는 살짝 눈을 깜빡거리며 보란 듯 자기의 귀걸이에서 머리카락을 털어내며 편안하게 말했다.

게롤트는 고개를 끄덕이며 침을 삼켰다. 검은 시폰으로 만든 사브리나의 블라우스는 보여줄 수 있는 모든 것을 보여주고 있었는데, 보여줄 만한 것이 과연 있었다. 핏빛의 붉은 드레스는 장미꽃 모양의 커다란 버클이 달린 은색의 허리띠로 멋을 냈고, 최신 유행에 따라 옆 부분이 트여 있었다. 다만 유행은 허벅지 정도까지만 터놓는 것이었는데, 사브리나의 치마는 엉덩이까지 살짝 보이도록 트여 있었다. 아주 아름다운 엉덩이였다.

"케드웬에는 무슨 새로운 소식 없어?"

게롤트가 뭘 쳐다보는지 못 본 척하며 예니퍼가 물었다.

"너네 헨젤트 왕은 아직도 다람쥐들을 쫓아다니느라 군대와 자원을 낭비하고 있니? 돌 블라탄으로 군대를 보낼 생각이고?"

"정치 이야기는 관두자."

사브리나가 웃음을 지었다. 약간 긴 코와 매서운 눈초리가 전통적인 마귀할멈의 이미지와 비슷한 점이 있었다.

"내일 회의가 시작되면 지겹도록 정치 이야기를 하게 될 텐데. 그리고 설교들도 듣게 되겠지. 평화로운 공존과 우정에 대해서, 왕들의 의도와 계획에 대한 우리의 연대와 그 필요성에 대해서 말이야. 그리고 또 무슨 얘기를 듣게 될까, 예니퍼? 내일 대위원들과 빌게포츠가 우리를 위해 뭘 준비하고 있을까?"

"그래, 정치 얘긴 관두자."

예니퍼의 대답에 사브리나는 귀걸이를 또다시 짤랑거리며 은빛 미소를 지었다.

"그게 좋겠어. 내일까지 기다리자. 내일은 모든 것이 밝혀지겠지. 그놈의 정치, 끝없는 회의…… 이런 게 얼마나 피부에 안 좋은지 아니? 다행히 난 진짜 좋은 크림이 있어, 예니퍼. 주름이 꿈처럼 사라진다니까. 어떻게 만드는지 알려줄까?"

"고마워, 사브리나. 하지만 그럴 필요는 없어, 정말."

"아, 알았어. 학교 다닐 때부터 넌 항상 피부가 좋았지. 신들이여! 그게 대체 언제 적이니?"

예니퍼는 옆을 지나가는 누군가에게 인사를 하는 척했다. 사브리나는 그 새 게롤트에게 웃어 보이며 검은 시폰이 가리지 못한 그 부분을 한껏 도드라져 보이게 했다. 게롤트는 또다시 침을 삼키며 투명한 천 아래 너무나 잘 보이는 사브리나의 분홍빛 유두를 못 본 척했다. 그러고는 겁을 집어먹은 채 예니퍼를 바라보았다. 예니퍼가 웃어 보였지만 게롤트는 확신할 수 있었다. 예니퍼가 머리끝까지 화가 나 있다는 것을.

"아, 실례. 저기 필리파가 있네, 꼭 할 얘기가 있어서. 게롤트, 잠시만. 사브리나, 안녕."

예니퍼가 갑작스럽게 인사를 건넸다.

"그래, 예나, 또 보자."

사브리나도 인사를 건네며 게롤트의 눈을 바라보았다.

"너의 취향이…… 좋구나."

"고마워. 나중에 보자."

예니퍼의 목소리는 이상하리만큼 차가웠다.

필리파 에일하트는 딕스트라와 함께 왔다. 르다니아의 정보국장 딕스트라와 그래도 구면이었던 게롤트는 마법사가 아닌 이를 만난 것에 대해 기뻐

해야 할 판이었다. 하지만 기쁘지는 않았다.

"널 다시 보니 정말 반갑네, 예나."

필리파는 예니퍼의 귀걸이 옆, 공기에 대고 키스를 했다.

"오랜만이네요, 게롤트. 예나, 딕스트라 백작과는 아는 사이지?"

"모르는 사람이 있을까요. 다시 만나서 기쁩니다, 백작님."

예니퍼는 고개를 숙이며 손을 내밀었다. 딕스트라는 매너 있게 그녀의 손에 입을 맞추었다.

"제가 영광이죠."

딕스트라 정보국장이 말했다.

"예니퍼, 게다가 이렇게 반가운 동행과 함께라니. 존경해 마지않는 게롤트 씨."

게롤트는 그쪽을 향한 존경이 더욱더 깊다고 말하려다가 참고는 악수를 하려고 했다. 하지만 잡으려던 손이 너무 커서 악수가 실제적으로 불가능했다. 정보국의 거대한 수장 딕스트라는 밝은 베이지색의 더블릿을 입고 있었는데, 점잖지 못하게 풀어 헤쳐져 있었다. 거구의 첩자는 그 옷을 꽤나 편하게 입고 있는 것이 분명했다.

"아까 보니 사브리나와 얘기하고 있던데?"

필리파의 말에 예니퍼가 폭발했다.

"얘기했죠. 그 옷 봤어요? 취향도 창피도 모르는 여자 같으니. 맙소사. 젠장, 나보다 나이가 얼마나…… 그렇다고요. 아직도 보여줄 게…… 구역질 나는 원숭이 같으니!"

"질문을 했어? 사브리나가 케드웬의 헨젤트 왕을 위해 첩자 짓을 하는 건 다 알려진 사실인데……."

"정말로요?"

예니퍼는 짐짓 놀라는 척했고, 그 장난은 모두에게 먹혔다.

"그럼, 백작님은 파티를 즐기고 계신가요?"

필리파와 딕스트라가 모두 웃음을 멈추자 예니퍼가 물었다.

"매우 즐기고 있죠."

비지미르 왕의 첩자 딕스트라가 궁중식으로 몸을 굽혀 보이자 필리파는 웃으며 말했다.

"백작이 이곳에 업무차 와 있는 걸 생각한다면, 이건 우리에게 큰 칭찬이야. 그리고 별로 솔직하지 않은 인사말들도 말이지. 좀 전에 컴컴한 횃불 밑에서 그릴에 고기 굽는 냄새를 맡는 게 훨씬 좋다고 고백했어. 그리고 전통적인 방식으로 소스와 맥주가 넘치는 식탁에 둘러앉아 욕설이 가득한 노래에 맞춰 술잔을 쾅쾅 내리치다가, 아침에서야 뼈를 씹는 군인들 사이를 빠져나와 자러갈 수 있는 잔치가 그립다고. 내가 이곳 파티의 장점에 대해 말할 때는 거의 들으려고 하지도 않았어."

"그 장점이라는 게 도대체 뭡니까?"

게롤트는 딕스트라를 좀 더 친근한 눈길로 바라보았다. 이번에는 게롤트의 질문이 농담으로 받아들여진 것이 분명했다. 두 여자 마법사가 동시에 웃음을 터트렸으니까.

"아휴, 남자들이란 아무것도 이해하지 못한다니까. 컴컴한 곳에서 연기를 피우고 식탁에 앉아 있으면 무슨 수로 드레스와 몸매를 과시할 수 있겠어?"

필리파의 말에 게롤트는 할 말을 찾지 못한 채 고개를 푹 숙였다. 예니퍼는 게롤트의 팔을 살짝 잡았다.

"아, 저기 트리스 메리골드가 있네. 꼭 할 얘기가 있는데…… 죄송하지만 자리를 옮겨야겠네요. 다음에 봐요, 필리파. 오늘 또 얘기 나눌 시간이 있겠죠, 백작님?"

"당연히 그래야죠. 언제라도 필요하시면 찾아주십시오, 예니퍼."

딕스트라는 웃으며 거구의 몸을 깊숙이 숙여 인사했다.

게롤트와 예니퍼는 푸른색과 민트색이 겹겹이 어우러진 드레스를 입은 트리스에게 다가갔다. 트리스는 두 명의 마법사와 이야기를 나누다가 예니퍼와 게롤트를 보고 대화를 중단했다. 그녀는 활짝 웃으며 예니퍼와 포옹하고 의례하는 공기 중의 입맞춤으로 인사를 건넸다. 게롤트는 트리스의 내민 손을 잡았지만, 이번엔 격식과는 다르게 행동하기로 했다. 밤색 머리의 트리스를 껴안고서 복숭아 같은 솜털이 나 있는 그녀의 부드러운 뺨에 키스했다. 트리스는 살짝 얼굴을 붉혔다.

트리스와 이야기를 나누던 마법사들은 자신을 소개했다. 한 명은 폰트바니스에서 온 드리텔름이라고 했고, 다른 한 명은 형제인 데스몰드였다. 두 명 모두 코비어의 에스테라드 왕 밑에서 일하고 있었다. 둘 다 말이 없는 편이었고, 기회를 보다 바로 자리를 떠났다.

"필리파와 트레토고르에서 온 딕스트라와 이야기 나누는 걸 봤어."

트리스는 라피스 라줄리로 만든, 은과 다이아몬드로 세팅된 하트 목걸이를 만지며 말했다.

"딕스트라가 누군지는 알지?"

"물론이지."

"뭘 물어보든? 둘이 이야기를 나눈 거야?"

"그랬지."

예니퍼의 물음에 트리스가 의미심장하게 웃으며 킬킬거렸다.

"상당히 조심스럽게. 하지만 필리파가 옆에서 방해를 하더라고. 난 두 사람이 좀 더 좋은 협력 관계인 줄 알았는데."

"상당히 좋은 협력 관계야. 조심해, 트리스. 단 한마디라도…… 알지, 누구 얘긴지는."

예니퍼가 경고하듯 말했다.

"알아. 조심할게. 그건 그렇고…… 그 애는 어떻게 지내는 거야? 내가 만나볼 수 있을까?"

트리스가 목소리를 낮추었다.

"아레투자에서의 강의 제안을 받아들이면. 그럼 자주 볼 수 있을 거야."

예니퍼가 웃으며 말했다.

"어머! 알겠어. 그럼 시리는……."

"목소리 낮춰, 트리스. 그 얘기는 다음에 하자. 내일, 회의가 끝난 후에."

"내일?"

트리스가 묘한 웃음을 지었다. 예니퍼는 눈썹을 찡그렸지만 질문을 하기도 전에 갑자기 홀 전체가 수선스러워지는 것이 느껴졌다.

"왔어, 드디어." 트리스가 낮게 헛기침을 했다.

"그래, 왔네. 게롤트, 드디어 마법사 대위원들과 최고위원들을 소개할 때가 됐어. 기회가 오면 직접 소개할게. 하지만 미리 누가 누군지 알아두는 것도 나쁘지는 않을 거야."

예니퍼가 친구로부터 눈길을 피하며 말했다.

모여든 마법사들은 옆으로 흩어지며 홀로 들어오고 있는 이들에게 존경을 담아 고개를 숙였다. 맨 앞에 선 남자는 나이가 지긋했지만 완고해 보였고, 매우 소박한 모로 만들어진 옷을 입고 있었다. 그 옆으로는 반들반들하게 머리를 빗은, 이목구비가 날카롭고 키가 큰 여자가 따르고 있었다.

"저 남자는 알레의 게르하르트야. 헨 게딤데이스라는 이름으로도 알려져 있지. 현재 살아 있는 마법사들 중 가장 나이가 많아. 그 옆의 여자는 티사이아 드 브리스야. 헨보다 조금 젊어. 하지만 묘약 사용을 주저하지 않지."

예니퍼가 낮은 목소리로 설명했다.

그 뒤로는 어둡고 아주 긴 금발 머리를 한 아름다운 여자 마법사가 암녹색 레이스 드레스를 사각거리며 따르고 있었다.

"프란체스카 핀다베어, 에니드 안 그레나라고도 해. 별명은 계곡에 핀 국화. 눈을 깜빡일 필요는 없어, 위쳐님. 흔히들 세상에서 가장 아름다운 여자라고들 해."

"최고위원 중 한 명인가? 굉장히 젊어 보이는데. 저것도 묘약의 힘인가?"

게롤트가 나지막이 속삭였다.

"저 경우에는 아니야. 프란체스카는 순수 혈통의 엘프야. 그 옆에 있는 남자 마법사를 봐. 바로 로게빈의 빌게포츠야. 빌게포츠는 상당히 젊어. 하지만 재능이 정말 굉장하지."

게롤트는 마법사들 사이에서 '젊다'는 말이 백 살 정도까지만 쓰인다는 걸 알고 있었다. 빌게포츠는 서른다섯 정도로밖에 보이지 않았고 체격도 좋았다. 그는 기사들이 입는 짧은 조끼를 입고 있었지만 당연히 조끼에는 문장이 없었다. 또한 굉장한 미남이었다. 빌게포츠의 외모는, 바로 옆에 세상에서 가장 아름답다는 프란체스카가 숨이 멎을 듯한 미모와 사슴 같은 눈망울을 빛내며 동행하는데도 불구하고 눈에 띨 정도였다.

"빌게포츠 옆에 있는 키 작은 남자는 아토드 테라노바야. 저 다섯 명이 최고위원회를 구성하지."

트리스가 슬쩍 끼어들며 속삭였다.

"그럼 빌게포츠 옆에 있는 이상한 얼굴의 여자는 누구야?"

"빌게포츠의 비서 리디아 반 브레데보르트야. 별로 중요한 인물은 아니지만, 그녀의 얼굴을 쳐다보는 건 실례야. 뒤를 따르고 있는 세 명을 잘 봐. 저들이 대위원회 각료들이야. 시다리아의 퍼카트, 옥센푸르트의 래드클리프, 란 엑시터의 카르두인."

"대위원이 셋? 그게 다야? 더 많을 줄 알았는데."

"최고위원이 다섯 명, 대위원도 다섯 명이야. 필리파 에일하트 역시 대위원이야."

"그래도 계산이 안 맞는데."

게롤트가 고개를 갸웃거리자 트리스가 킬킬거리며 웃었다.

"말 안 한 거야? 정말 아무것도 모르는 거야?"

"뭐가?"

"예니퍼도 대위원이야. 소든에서의 전투 이후. 아직 자랑도 안 했니?"

"그래, 안 했어."

예니퍼는 친구의 눈을 똑바로 바라보았다.

"첫째, 자기 자랑하는 건 싫었고, 둘째는 말할 시간이 없었어. 게롤트를 못 본 지 너무 오래되어서 밀린 얘기가 많아. 리스트가 엄청 길지. 순서대로 처리할 거야."

"그렇겠구나. 흠…… 그렇게 긴 시간 이후…… 알겠어. 할 이야기가 많겠네."

트리스가 희미하게 말했다.

"이야기는 사실…… 해야 할 일 중 거의 마지막이야. 맨 마지막이지, 트리스."

예니퍼가 게롤트를 의미심장한 눈길로 쳐다보며 애매하게 말했다.

트리스는 약간 동요하는 듯, 얼굴이 조금 빨개졌다.

"그래, 알겠어."

트리스는 당황하며 라피스 라줄리로 만든 하트 목걸이를 만지작거렸다.

"이해해주다니 고마워. 저기 게롤트, 우리에게 포도주 좀 가져다줘요. 아니, 저 시종 말고, 저기 멀리 있는 시종에게서."

게롤트는 예니퍼의 목소리에서 이것이 명령이라는 것을 알아챘다. 그는 멀찍이 떨어져 있는 시종에게 다가가 쟁반에서 잔을 받아들고는 멀리서 두 여자 마법사들을 눈에 띄지 않게 관찰했다. 예니퍼는 무언가 빠르고 작은 목소리로 말하고 있었고, 트리스는 고개를 조금 숙인 채 듣고 있었다. 게롤트가 다시 돌아왔을 때, 트리스는 이미 자리에 없었다. 예니퍼는 게롤트가 가져온 포도주에는 관심도 보이지 않고 두 개의 잔을 식탁 위에 그대로 내려놓았다.

"너무한 거 아니야?"

게롤트의 냉정한 어투에 예니퍼의 눈이 보랏빛으로 불탔다.

"난 바보가 아니야. 당신과 트리스 사이에 무슨 일이 있었는지 모르는 줄 알아?"

"만약 그게 문제라면……."

예니퍼가 그의 말을 잘랐다.

"바보 같은 표정으로 내 말 막지 말아줘. 그리고 무엇보다 거짓말은 안 돼. 트리스는 당신보다 훨씬 더 오래 알았어. 우린 서로 좋아하고 서로를 이해하는 친구야. 지금까지 그래왔고, 앞으로도 항상 그럴 거야. 어떤 사소한…… 불미스러운 사건들이 생긴다고 해도 말이지. 그런데 지금 보니, 무언가 석연치 않은 점이 있었던 것 같아. 그래서 그걸 얘기한 것뿐이야. 이제 이 이야기는 더 이상 하지 말아줬으면 해."

게롤트도 더 이상 얘기할 생각은 없었다. 예니퍼는 뺨에서 머리카락을 쓰러냈다.

"잠시 당신 혼자 있어. 티사이아랑 프란체스카랑 이야기를 해야 하거든. 뭐 좀 더 먹어. 배 속에서 꼬르륵 소리가 들려. 하지만 조심하고. 분명 시비를 거는 사람들이 있을 거야. 거기에 넘어가지 말고, 내 명예를 실추시켜서도 안 돼."

"진정하고 다녀와."

"게롤트?"

"왜?"

"좀 전에 모두들 보는 앞에서 나와 키스하고 싶다고 했지. 지금도 그 생각엔 변함없어?"

"물론이지."

"그럼 립스틱이 지워지지 않도록 해봐."

게롤트는 주위를 흘낏 둘러보았다. 모두들 두 사람의 키스를 바라보았지만, 노골적으로 쳐다보지는 않았다. 젊은 마법사들과 함께 멀지 않은 곳에 있던 필리파가 게롤트에게 윙크를 하고 브라보를 전하는 제스처를 해보였다.

예니퍼는 게롤트의 입술에서 뜨거워진 입술을 떼고는 깊이 한숨을 쉬었다.

"이렇게 작은 일이 기쁨을 주네. 곧 돌아올게. 그리고 오늘 파티 끝나고, 아……."

"응?"

"마늘 들어간 음식은 먹지 마."

예니퍼가 자리를 떠나자 게롤트는 여유를 되찾고 더블릿의 단추를 풀어 헤치고는 포도주 두 잔을 모두 마신 후, 파티 음식을 본격적으로 먹어보려고 했다. 하지만 마음대로 되지 않았다.

"게롤트."

"백작님."

"백작님이라고 부르지 말게."

딕스트라가 얼굴을 찡그렸다.

"내가 무슨 백작이야. 비지미르 왕이 그러라고 했을 뿐. 귀족들과 마법사들이 내 천한 출생을 두고 자극하는 걸 막으려고 말이지. 그건 그렇고, 드레스와 몸매 자랑은 어떻게 받아들이고 있나? 그리고 여기서 좋은 시간을 보내는 척하는 건?"

"그런 척할 필요는 없소. 업무차 여기 온 건 아니니까."

"흥미로운걸. 하지만 그건 자네의 특별함과 유일무이함을 재차 확인시키는 발언이군. 여기 와 있는 모든 이들은 업무차 와 있는 거니까."

딕스트라가 웃어 보였다.

"나도 그럴 거라는 걱정은 했소. 이곳에서 나만 별스럽다는 생각을 했으니까. 내 말은, 난 이곳과 어울리지 않소."

게롤트 역시 웃으며 인정했다.

딕스트라가 화려한 그릇들을 살펴보며 그릇 하나에서 뭔지 알 수 없는 커다란 초록 식물의 줄기를 집어 들고는 씹으며 말했다.

"그건 그렇고, 미슐레 형제 건은 감사하네. 옥센푸르트 항구에서 자네가 넷을 한꺼번에 해치워준 덕에 안도하는 사람이 르다니아에 한둘이 아니야. 우리가 대학의 의원을 수사차 불렀는데 상처를 보고는 누군가 옷깃에 넣었던 날을 쓴 것이라고 하더군."

게롤트는 아무 말도 하지 않았다. 딕스트라는 입에 줄기를 두 개째 넣고 있었다.

"그들을 처리하고 나서 시 당국에 신고하지 않은 건 유감이야. 살았든지 죽었든지 현상금이 걸려 있었거든. 그것도 꽤 큰."

"세금 문제가 너무 복잡해서."

게롤트 역시 초록색 줄기를 먹어보기로 했다. 그러나 막상 입에 넣어본 초록 줄기는 비누칠한 셀러리 맛이 났다.

"뿐만 아니라 그때는…… 내가 당신을 너무 지루하게 하는 것 같소. 당신은 어차피 다 아는 얘기일 텐데."

"무슨. 모든 걸 다 아는 건 아니지. 내가 어떻게?"

딕스트라가 웃어 보였다.

"멀리 찾을 것도 없이, 필리파 에일하트가 보고했겠지."

"보고를 받기도 하고, 얘기를 듣기도 하고, 소문도 있고. 내 직업은 그 모든 것을 듣는 것이지. 하지만 내 일의 요지는 이 모든 것들을 체로 걸러내는 것이기도 하지. 최근에 내가 들은 얘기로는 누군가 교수와 두 명의 동료들을 해치웠다고 하던데. 앙코르의 어떤 여인숙에서 말이야. 이번에도 그자는 포상금 신고를 하지 않았고."

게롤트는 어깨를 으쓱했다.

"소문이오. 체를 잘 선택해야겠군. 안 그러면 뭐가 남겠소."

"그럴 필요는 없어. 뭐가 남는지는 이미 아니까. 보통은 일부러 심어놓은 가짜 정보가 걸리지. 뭐, 가짜 정보 얘기를 하자면 우리 불쌍하고 병약한 시릴라 공주는 어떻게 되었지? 디프테리아에 걸렸다고도 하던데. 건강한가?"

"그만두시오, 딕스트라."

게롤트는 냉랭하게 말하며 딕스트라의 눈을 똑바로 바라보았다.

"당신이 이곳에 일하러 와 있는 건 알지만, 지나치게 열심히 일하지 않았으면 좋겠소."

게롤트의 말에 딕스트라가 킬킬거렸다. 지나가던 두 여자 마법사들이 이상한 듯, 그리고 흥미로운 듯 둘을 바라보았다. 딕스트라가 한참을 킬킬거린 후 입을 열었다.

"비지미르 왕은 내가 해독해낸 정보 하나하나마다 값을 쳐주거든. 지나치게 열심히 일해서 돈을 버는 거라고. 자네야 웃겠지만, 난 처자식이 있어."

"뭐가 웃긴지 모르겠소. 그럼 마누라와 자식을 위해 열심히 일하라고. 하지만 부탁을 해도 된다면, 나를 팔아서 돈 벌 생각은 하지 마시오. 이 홀 안에만 해도 비밀과 수수께끼가 산재해 있으니까."

"그건 아니야. 아레투자 전체가 거대한 수수께끼지. 당신도 알아챘겠지만, 공기가 심상치 않아, 게롤트. 그리고 난 지금 웃풍 따위를 말하는 게 아니라고."

"무슨 말인지 모르겠소만."

"모르겠다는 자네의 말을 믿네. 왜냐하면 나도 모르겠거든. 매우 알고 싶고 이해하고 싶군. 자네 역시 이해하고 싶나? 아, 미안. 물론 자네는 모든 것을 이미 알고 있겠지. 벤거버그의 매혹적인 예니퍼가 다 말해줬을 테니까. 뭐 멀리 찾을 필요도 없이 말이야. 참, 예전에는 나도 그런 얘기를 매혹적인 예니퍼에게 직접 들었던 시절이 있었는데. 먼 옛날 얘기로구먼."

"무슨 말을 하는지 잘 모르겠소, 딕스트라. 생각을 말로 하려면 더 정확히 하는 게 어떻소? 일에 구애받지 말고, 정확히 말해보란 말이지. 하지만 당신에게 돈을 지불할 생각은 없소."

"내가, 당신을 속이려 한다고 생각하나? 몰래 정보를 빼내서? 게롤트, 날 오해하는군. 난 그저 당신도 이 홀에서 내가 보고 있는 것과 같은 걸 보고 있는지 궁금할 뿐이야."

딕스트라는 미간을 찡그렸다.

"뭘 보고 있는데?"

"왕들이 단 한 명도 참석하지 않은 것이 이상하지 않나? 보통 마법사 대회의에는 왕들이 많이 참석하는데 말이지."

"아니, 난 그렇게 생각하지 않소만."

게롤트는 드디어 이쑤시개에 꽂힌 절인 올리브 한 개를 획득하는데 성공했다.

"왕들은 전통적인 연회를 더 선호할 거요. 식탁에 앉았다가 아침이 되어야 일어날 수 있는. 그뿐만 아니라……."

"그뿐만 아니라?"

딕스트라는 이쑤시개에 꽂힌 올리브 네 개를 아무렇지 않게 손으로 뽑아 입에 한꺼번에 넣으며 물었다. 게롤트는 홀 안의 인파를 바라보며 말을 이었다.

"그뿐만 아니라, 왕들이 피곤하게 여길 왜 오겠소. 대신 첩자들을 보내면 될 텐데. 마법사나 아니면 다른 공직자나. 여기 공기가 이상합니다, 그런 얘기들을 알아봐주겠지."

딕스트라는 식탁에 올리브 씨를 뱉고는 은 쟁반에서 기다란 포크를 뽑아

크리스털로 된 깊은 샐러드 그릇을 휘저으며 말했다.

"빌게포츠는 이곳에 첩자들이 발을 들여놓을 수 있도록 신경을 썼지. 한 냄비에 왕들의 첩자들이 한꺼번에 모이도록 말이야. 그렇다면 빌게포츠가 왕들의 첩자들을 한 냄비에 모아놓은 이유는 뭘까, 위쳐?"

"내가 어떻게 알겠소? 그리고 나랑은 상관없는 일이라고. 말했지만 난 여기 개인적인 이유로 온 거요. 그러니까 한마디로, 난 냄비 밖이지."

딕스트라는 샐러드 그릇에서 조그만 주꾸미 한 마리를 꺼내더니 기가 막히다는 듯 바라보았다.

"이런 걸 먹다니."

딕스트라는 고개를 절레절레 젓더니 게롤트를 향해 돌아서서는 작은 목소리로 말했다.

"위쳐, 내 말을 잘 들어. 지금 개인적으로 와 있다는 확신과 당신과는 상관없다는 그 말은…… 날 자극하는군. 아슬아슬한 발언이야. 혹시 내기 같은 걸 좋아하나?"

"당연하지."

"그럼 내기를 하세."

딕스트라는 주꾸미를 포크에 찍어 들어 올렸다.

"앞으로 한 시간 안에 빌게포츠가 얘기를 좀 하자며 자네를 불러낼 거야. 그리고 그 얘기는 결국, 자네가 이곳에 개인적으로 와 있는 것도 아니고, 냄비 바깥에 있다는 것도 아니라는 걸 증명할 걸세. 만약 내 얘기가 틀렸다면, 자네 눈앞에서 내가 이 괴물을 먹어 치우겠어, 빨판이고 머리고 다 말이야. 내기 어떤가?"

"그럼 내가 지면, 난 뭘 먹어야 하지?"

딕스트라는 주위를 재빨리 둘러보았다.

"아무것도. 다만 자네가 지면, 빌게포츠와 무슨 얘기를 했는지 내게 말해줘."

게롤트는 잠시 동안 침묵하더니 거구의 정보국 수장을 침착하게 바라보았다. 그리고 시간이 제법 흐르고 나서야 입을 열었다.

"잘 가시오, 백작님. 얘기가 아주 즐거웠소. 배울 것도 많았고."

딕스트라는 조금 짜증이 났다.

"아니, 그렇게까지……."

게롤트는 그의 말을 끊었다.

"그럼, 이만 가보겠소."

딕스트라는 어깨를 으쓱하더니 샐러드 그릇에 주꾸미와 포크를 내던지고는 자리를 떠났다. 게롤트는 딕스트라를 보고 있지 않았다. 천천히 다른 식탁으로 접근했다. 분홍빛의 하얀 새우가 샐러드와 토막 난 레몬과 함께 산더미처럼 쌓여 있었다. 게롤트는 통통한 새우에 식욕이 동했지만, 자신을 바라보고 있는 시선들을 느끼고는 껍질이 딱딱한 새우를 예법에 맞게, 고상하게 먹어야겠다고 다짐했다. 그는 보란 듯이 천천히, 다른 그릇들에 담긴 음식을 점잖게 조금씩 담으며 새우를 향해 접근했다.

옆 테이블에서는 사브리나가 불타는 듯한 빨간 머리의 여자 마법사와 이야기에 열중해 있었다. 게롤트는 모르는 여자였다. 빨간 머리의 마법사는 흰색 치마와 흰색 조젯*으로 된 블라우스를 입고 있었다. 블라우스는 사브리나의 것과 마찬가지로 속이 다 비치는 것이었지만 그래도 있어야 할 곳들

---

* 조젯(Georgette): 얇은 비단의 일종으로 주름이 잡혀 있는 천.

에 자수와 아플리케가 전략적으로 수놓아져 있었다. 게롤트는 그 아플리케가 신기하게도 번갈아가며 가렸다 비쳤다 하는 것을 알아챘다.

여자 마법사들은 이야기를 하면서도 마요네즈 소스에 닭새우 저민 것을 열심히 먹고 있었다. 그녀들의 목소리는 작았고 게다가 고어였다. 게롤트 쪽을 보고 있진 않았지만, 분명 게롤트 이야기를 하는 것이 확실했다. 게롤트는 자신의 관심사가 오직 닭새우에 있는 척했지만 점잖지 못하게 청각을 한껏 곤두세웠다.

"……예니퍼랑?"

빨간 머리의 마법사가 개 목걸이처럼 걸린 진주 목걸이를 만지작거리며 묻고 있었다.

"진짜야, 사브리나?"

"정말이라니까. 믿기 어렵겠지만, 이미 몇 년 됐어. 그 지독한 년을 어떻게 참고 있는지, 내가 다 신기하다니까."

사브리나가 대답했다.

"신기할 게 뭐 있어? 마법을 걸었겠지. 그래서 잡고 있는 걸 거야. 나도 그런 적이 한두 번이 아닌데?"

"하지만 위쳐잖아. 위쳐는 마법을 걸 수 없어. 어쨌든 그렇게 긴 시간은 불가능해."

"그럼 정말 사랑인가 봐. 사랑은 눈이 멀었으니까."

빨간 머리가 한숨을 쉬었다.

"그의 눈이 먼 거겠지."

사브리나는 얼굴을 찡그리며 말을 이었다.

"마티, 글쎄 걔가 날 위쳐에게 학교 친구라고 소개한 거 알아? 맙소사, 나보다 몇 살이나 많은 주제에…… 그건 그렇고, 어쨌든 예니퍼는 저 위쳐를 향한 소유욕이 대단해. 불쌍한 트리스. 예니퍼가 트리스를 곧바로 한쪽으로 데려가더니 뭐라고 하는 거야. 그리고 지금은…… 저기 좀 봐. 저기 있다. 프란체스카랑 얘기를 하면서도 눈은 계속 위쳐를 감시하고 있어.”

“무서운가 보네, 우리가 데려가기라도 할까봐! 오늘 밤이라도 말이야. 어때, 사브리나? 한번 해볼까? 꽤 매력적인 남자잖아. 콤플렉스에 잘난 척만 가득한 마법사들보다는 말이지.”

빨간 머리가 키득키득 웃었다.

“조용히 말해, 마티. 저쪽 보면서 이빨 보이지 말고. 예니퍼가 우릴 지켜보고 있어. 그리고 스타일을 유지해야지. 유혹해보고 싶은 거야? 그건 좋은 생각이 아니야.”

사브리나가 주의를 주자 빨간 머리의 마티가 잠시 생각에 잠기더니 작은 소리로 말했다.

“흠, 네 말이 맞아. 하지만 자기가 먼저 이쪽으로 와서 뭔가를 제안한다면?”

그러자 사브리나가 맹수 같은 검은 눈길로 게롤트를 바라보았다.

“두말할 것 없이 제안을 받아줘야지. 바위에서라도 괜찮아.”

“난 말이야, 고슴도치 위에서라도 할래.”

마티가 키득키득 소리 내어 웃었다.

게롤트는 식탁보에 시선을 고정한 채 새우와 샐러드 잎으로 바보 같은 표정을 간신히 가렸다. 돌연변이라서 얼굴이 붉어지지 않는 게 천만다행이라고 생각했다.

“위쳐 게롤트?”

게롤트는 새우를 꿀꺽 삼키고는 고개를 돌렸다. 아는 얼굴의 마법사가 티 나지 않게 웃어 보이며 보랏빛 더블 재킷의 커프스를 매만지고 있었다.

"볼레의 도레가라이입니다. 기억하시죠? 우리가 만난 것이……."

"기억납니다. 몰라봐서 죄송합니다. 만나서 기쁘군요."

마법사는 조금 더 웃어 보이며 시종이 든 쟁반에서 잔 두 개를 받아들고는 그중 하나를 게롤트에게 건네며 말했다.

"조금 전부터 당신을 지켜보고 있었어요. 예니퍼가 소개해주는 모든 이들에게 만나서 기쁘다고 인사하더군요. 위선인가요, 아니면 비판의식의 부재인가요?"

"예의죠."

"저들에 대해서?"

도레가라이는 손짓으로 무리를 가리켰다.

"내 말을 믿어요. 노력할 필요도 없으니까. 오만하고 못된 거짓말쟁이 무리들, 당신의 예의 따위는 아무도 고마워하지 않고 아마도 비꼬는 걸로 생각할 거예요. 저자들과는 저자들이 하는 것처럼 직접적으로, 거만하게, 예의를 차리지 말고 상대하면 최소한 저들에게 좋은 인상을 줄 수는 있을 겁니다. 나랑 포도주 한잔하겠어요?"

"여기서 주는 희끄무레한 액체 말인가요? 구역질이 나지만, 뭐 당신이 포도주라고 부른다면…… 할 수 없죠."

게롤트는 정답게 웃어 보였다.

한쪽 테이블에서 귀를 쫑긋 세운 채 엿듣고 있던 사브리나와 마티는 크게 웃음을 터뜨렸다. 도레가라이는 경멸에 찬 시선으로 두 마법사를 잠시 노려보더니 고개를 돌리고는 게롤트와 잔을 부딪치며 웃음을 지었다. 이번엔 솔직한 웃음이었다.

"한 점 만회했군요. 빨리 배우는군요. 그런 유머는 어디서 습득한 거죠? 멸종 직전의 괴물들을 처리하러 다니는 시골길에서? 당신의 건강을 위해 건배. 당신은 웃겠지만 난 말이죠, 이 홀에서 당신에게 이런 건배를 제안할 마음이 있는 극히 소수 중 일부랍니다."

도레가라이가 편안하게 말했다.

"그런가요? 제가 멸종 위기의 괴물들을 해치우는 게 직업인데도 말이 죠?"

게롤트는 포도주의 맛을 즐기며 슬쩍 쩝쩝 소리를 내고는 삼켰다.

"말꼬리 잡지 말아요."

마법사 도레가라이는 친근하게 게롤트의 어깨를 툭 쳤다.

"파티는 이제 시작됐으니까. 앞으로 몇몇 인사들이 시비를 걸 테니, 그런 뾰족한 반응은 그때를 위해 아껴두자고요. 당신 직업에 대해서는…… 당신 은 그래도 그걸 자랑스럽게 드러내지 않을 만큼 점잖죠. 주위를 둘러봐요. 걱정 말고. 예의범절은 좀 집어치우고. 저들은 자기를 쳐다보면 좋아하는 종족들이니까."

게롤트는 그가 시키는 대로 사브리나의 가슴에 시선을 주었다.

"잘 보라니까요, 글쎄!"

도레가라이는 게롤트의 소매를 잡더니 튈*로 된 드레스를 휘날리며 옆으 로 지나가는 여자 마법사를 가리켰다.

"아가마 도마뱀 가죽으로 만든 구두죠. 봤나요?"

---

* 튈(Tulle): 비단의 일종인 안이 비치는 얇은 천.

게롤트는 사실 얇은 블라우스 덕에 속이 비치는 상체에 눈이 갔으나 어쨌든 고개를 끄덕였다.

"맙소사, 바위 코브라군."

도레가라이는 이번에도 홀을 가로지르는 구두를 정확히 알아보았다. 발목 위로 올라오는 드레스의 유행이 도레가라이의 과업을 돕고 있었다.

"흰색 이구아나, 살라만더, 와이번, 안경 카이만, 바실리스크…… 파충류들은 모두 멸종 위기죠. 맙소사, 그냥 소가죽이나 돼지가죽 구두를 신으면 안 되는 건가?"

"또 가죽 타령인가요, 도레가라이?"

어느 틈엔가 필리파 에일하트가 옆에 와 서며 물었다.

"가죽 공예와 신발 얘긴가요? 너무 사소하고 천박한 주제잖아요."

"어떤 이들에게는 이런 게 천박하고, 또 어떤 이들에게는 다른 게 천박하지."

도레가라이가 못마땅한 듯 얼굴을 찌푸렸다.

"드레스 장식이 아름답군, 필리파. 내가 잘못 보지 않았다면, 흰 담비 같은데? 아주 고상하군. 당신은 분명, 흰 담비들이 그 아름다운 털 때문에 20년 전에 완전히 멸종되었다는 건 알고 있겠지?"

"30년."

필리파가 입속에 게롤트가 먹지 못한 마지막 새우를 집어넣으며 말했다.

"안다고요, 알아. 내가 만약 재봉사에게 드레스를 밧줄 다발로 재단하라고 명령했다면, 멸종 동물이 즉시 부활했겠죠. 나도 그 생각은 했어요. 하지만 밧줄은 색깔이 안 맞아서."

"저쪽 테이블로 갑시다. 저쪽에는 캐비어가 아직 많이 남아 있던데. 그리고 철갑상어도 멸종 위기니, 서두르는 게 좋겠군요."

게롤트가 아무렇지 않게 제안했다.

"당신과 함께 캐비어를? 원하던 바네요."

필리파가 속눈썹을 깜빡거리고는 유혹적인 계피 향을 풍기며 게롤트의 팔에 팔짱을 꼈다.

"어서 가요. 도레가라이, 같이 갈 거죠? 아, 싫다고요? 그럼, 즐거운 파티 되시길."

필리파의 말에 도레가라이는 씩씩거리며 돌아섰다. 사브리나와 빨간 머리 친구는 바위에서 사는 멸종 위기의 코브라보다 더 독사 같은 눈길로 그를 바라보고 있었다.

"도레가라이는 시다리스의 에타인 왕의 정보원이죠. 조심해요. 파충류와 가죽 얘기를 시작으로 질문이 쏟아지니까. 그리고 사브리나도 잔뜩 귀를 기울이고 있어요. 왜냐하면……."

필리파가 거리낌 없이 게롤트의 옆구리를 파고들며 속삭이자 게롤트가 대신 말을 끝맺었다.

"왜냐하면 케드웬, 헨젤트 왕의 정보원이니까. 알고 있습니다. 그리고 빨간 머리 친구는……."

"빨간 머리가 아니라 염색한 거예요. 보는 눈도 없나요? 마티 소더그렌이에요."

"마티는 누구의 정보원인가요?"

"마티? 누구의 정보원도 아니에요. 마티는 정치에 관심이 없죠."

필리파가 웃으며 주홍빛 입술 아래로 하얀 이를 반짝였다.

"그럴 리가. 이곳에 모인 마법사들은 모두 염탐꾼인 줄 알았는데."

"그래요, 많이 있죠."

필리파는 눈을 깜빡였다.

"하지만 모두가 그런 건 아니에요. 이를테면 빨간 머리 마티는 절대로 아니죠. 마티는 병을 고치는 마법사예요. 그리고 색광이죠. 맙소사, 캐비어를 다 먹어버렸네! 한 알도 남기지 않고! 접시까지 싹싹! 이제 어쩌지?"

"이제 나에게 도대체 무슨 꿍꿍이가 있는지 말해줄 차례군요. 내가 중립을 버리고, 선택을 해야 한다고 말할 계획 아니었나요? 그런 후에 내기를 할 테고. 그 내기에 내 몫이 있는지는 모르겠군요. 하지만 내가 졌을 때 무엇을 해야 하는지는 알고 있죠."

게롤트는 공격성이 없는 웃음을 지었다.

필리파는 시선을 피하지 않은 채 긴 침묵에 잠겼다가 다시 입을 열었다.

"딕스트라가 참지 못했군요. 당신에게 제안을 했겠죠. 당신이 정보원이나 첩자들을 싫어한다고 내가 말해놨는데."

"나는 첩자를 싫어하는 게 아니에요. 남의 뒤나 캐는 짓을 싫어하는 것뿐이지. 그리고 경멸을 싫어하고. 나에게 내기를 제안하지 말아요, 필리파. 물론 나도 이곳에 무슨 문제가 있다는 건 느낄 수 있어요. 그럼 문제가 있도록 놔두자고. 나와는 상관도 없고, 관심도 없으니까."

"그 얘기는 이미 전에 나에게 했었죠. 옥센푸르트에서요."

"기억하고 계시다니 고맙군요. 그 말이 나온 배경도 기억하는지?"

"정확히 기억하죠. 그때는 당신에게 그 리엔스가 누구를 위해 일하는지, 어떻게 오게 되었는지 말하지 않았죠. 내가 그를 도망가게 했어요. 아, 그때 당신이 나에게 화가 많이 났죠."

"최대한 부드럽게 말해서 '화가 났다'고 말할 수 있겠군요."

"이제 그 사건을 회복할 때가 왔군요. 내일 당신에게 리엔스를 넘기겠어요. 내 말 자르지 말고, 이상한 표정도 짓지 말아요. 이건 딕스트라 식의 내기가 아니에요. 이건 약속이죠. 그리고 난 약속을 지켜요. 아니, 질문은 안 돼요. 내일까지 기다려요. 지금은 캐비어에 집중하고 사소한 험담이나 해요."

"캐비어는 이제 없는 것 같은데."

"잠시만."

필리파는 주위를 재빨리 살펴본 후 손바닥을 펴더니 주문을 외웠다. 뛰는 물고기 모양으로 휘어진 은 쟁반은 순식간에 멸종 위기의 철갑상어 알로 가득 찼다. 게롤트가 웃으며 물었다.

"환영으로 배를 채울 수도 있나요?"

"아니죠. 하지만 속물적인 입맛은 다스릴 수 있어요. 맛을 봐요, 어서."

"흠, 과연…… 진짜보다 더 맛있는 것 같군요."

"그리고 살도 안 찌죠. 화이트 와인 한 잔 가져다주시겠어요?"

캐비어를 담은 수저에 레몬즙을 짜 넣으며 필리파가 의기양양하게 말했다.

"물론이죠. 그런데 필리파?"

"말씀하시죠."

"여기선 마법을 쓰는 게 금지되어 있는 걸로 아는데. 캐비어를 직접 만들어내는 것보다는 캐비어 맛의 환영을 만드는 게 더 안전하지 않나요? 그냥 느낌만. 분명 그것도 당신은 할 수 있을 텐데."

"물론 할 수 있죠."

필리파는 크리스털 술잔을 통해 게롤트를 바라보았다.

"그런 주문은 바보라도 할 수 있을 만큼 간단하죠. 하지만 맛의 느낌만으로는 행위가 주는 쾌감까지 채워주진 못해요. 과정, 언제나 하는 동작들, 손짓…… 그 과정을 동반하는 대화, 시선의 마주침…… 당신을 위해 위트 넘치는 비교 하나 해볼까요?"

"물론. 이미 즐겁군요."

"오르가즘의 느낌도 마법으로 만들어낼 수 있어요."

게롤트가 할 말을 찾기도 전에, 긴 금발 머리에 아담하고 마른 체구의 여자 마법사가 다가왔다. 게롤트는 그녀가 누구인지 금방 알아보았다. 조금 전 아가마 가죽의 신발을 신고, 왼쪽 가슴 위에 있는 작은 주근깨조차 가리지 않은, 초록색 튈 드레스를 입은 여자 마법사였다.

"죄송하지만, 당신들의 수작을 좀 방해해야겠네요. 필리파, 래드클리프와 데스몰드가 잠시 이야기를 나눴으면 하더군요. 지금 당장이요."

"뭐 그렇다면 가야죠. 안녕, 게롤트. 수작은 나중에 더!"

금발 머리는 게롤트를 평가하는 듯한 눈길로 바라봤다.

"아하! 위쳐 게롤트. 예니퍼가 홀딱 반했다는 그분이시군요. 당신을 아까부터 지켜보면서 도대체 누구일까 했어요. 궁금해 죽을 뻔했죠!"

"그 괴로움은 저도 압니다. 지금 저도 바로 그런 상황이군요."

게롤트는 예의 바르게 웃으며 말했다.

"죄송해요, 제 이름은 키이라 메츠예요. 이런, 캐비어가!"

"조심. 만나서 반갑군요."

"맙소사! 이 캐비어는 조심해야겠네요!"

키이라 메츠는 들고 있던 스푼이 전갈 꼬리라도 되는 듯 내동댕이쳤다.

"도대체 누가 이런 짓을…… 당신인가요? 4단계 마법을 할 줄 아나요?"

"저는 마법의 대가입니다. 익명으로 남아 있기 위해 위쳐인 척하는 거죠. 예니퍼가 위쳐에게 관심이나 있을 것 같습니까?"

게롤트는 웃음을 멈추지 않고 거짓말을 했다.

키이라는 게롤트의 눈을 똑바로 바라보고는 입술을 찡그렸다. 목에는 지르코니아가 박힌 은색의 이집트 십자가 목걸이를 걸고 있었다.

"포도주 드시겠습니까?"

게롤트는 어색한 침묵을 깨고자 제안했다. 농담이 제대로 먹힌 것 같지 않았다.

"아니요. 어쨌든 감사합니다, 마법사 동지님. 전 술을 안 마셔요. 안 되죠. 오늘 밤에 임신할 계획이거든요."

키이라가 차갑게 대꾸했다.

"누구랑?"

지나가던 사브리나의 친구, 빨간 머리 마티가 물었다. 교묘하게 장식이 붙은 투명한 죠젯 블라우스를 입고 있었다. 마티는 순진하게 눈꺼풀을 깜빡이며 다시 물었다.

"누구랑?"

키이라는 돌아서서 마티의 흰 이구아나 가죽으로 만든 구두에서부터 진주 목걸이까지 눈으로 훑었다.

"그게 너랑 무슨 상관인데?"

"아무 상관없어. 그냥 직업적 호기심이지. 옆에 계신 유명한 리비아의 게롤트 님께 날 좀 소개해주지 않겠어?"

"딱히 그러고 싶진 않은데. 하지만 널 떼어내는 건 불가능하니까. 게롤트, 여긴 마티 소더그렌, 병을 고치는 마법사예요. 특기는 최음제 제조."

"꼭 그렇게 사업 얘기를 해야겠어? 오, 나를 위해 캐비어를 조금 남겨놓았군요. 친절도 하셔라."

"조심."

"얼마든지."

키이라와 게롤트가 동시에 말했다.

마티는 몸을 숙이고는 코를 찡그렸다. 그러고는 손에 술잔을 들고 주홍빛 립스틱 자국을 들여다보았다.

"그럼 그렇지, 필리파 에일하트로구나. 누가 이런 뻔뻔스러운 짓을 하겠어. 독사 같은 여자. 필리파가 르다니아의 비지미르 왕 정보원이라는 건 알고 있지?"

"그리고 색광이고요?"

게롤트도 농담을 던져보았다. 마티와 키이라는 동시에 코웃음을 쳤다.

"수작을 걸면서 혹시 그런 걸 기대하셨던 건가요? 만약 그랬다면, 그건 누군가 마음먹고 당신을 속인 거예요. 필리파가 남자에게 관심을 갖지 않은 지는 좀 됐죠."

마티의 말에 키이라가 입술을 빼물며 게롤트를 쏘아보았다.

"게롤트, 당신은 혹시 여자인가요? 마법의 대가님, 혹시 남자인 척하고 있는 것은 아닌가요? 익명으로 남아 있으려고요. 마티, 좀 전에 이분은 자기가 다른 사람인 척하는 걸 좋아한다고 고백한 바 있어."

그러자 마티가 못되게 웃어 보이며 게롤트에게 쏘아붙였다.

"좋아하고 또한 잘하시겠지. 그렇죠, 게롤트? 당신이 귀가 어두운 척, 고어를 못 알아듣는 척하는 걸 목격한 지 그리 많은 시간이 지나지 않았어요."

"이이는 결점이 많아."

어느 틈엔가 기척도 없이 다가온 예니퍼가 마치 자기 것이라는 듯 게롤트의 팔짱을 끼며 차갑게 말했다.

"사실은 거의 결점밖에 없지. 그러니 시간 낭비하지 마세요, 아가씨들."

"그런 것 같네. 그러면 재미있는 시간 보내. 가자, 키이라. 뭐라도 마시자고. 알코올은 안 들어간 걸로. 오늘 밤 내가 무슨 결정을 할지 모르니까."

마티와 키이라는 악의가 가득한 미소를 띤 채 자리를 떠났다.

"휴우. 아주 적절한 타이밍에 나타나줘서 고마워, 옌."

게롤트는 긴 한숨을 내쉬었다.

"고맙다고? 솔직하지 못하시군. 이 홀에는 투명한 블라우스 밑에 젖꼭지를 드러낸 여자가 정확히 열한 명이 있다고. 겨우 30분 혼자 남겨놨더니, 그 중 두 명과 수작을⋯⋯."

예니퍼는 말을 하다 말고 물고기 모양의 그릇을 바라보고는 덧붙였다.

"게다가 먹을 건 환영으로 되어 있고. 게롤트, 이리 와. 알아둬야 할 사람들에게 당신을 소개할 기회야."

"그중 하나가 빌게포츠인가?"

"흥미롭네."

예니퍼는 두 눈을 깜빡거렸다.

"빌게포츠를 집어낼 줄은 몰랐어. 그래, 빌게포츠가 당신과 이야기를 나누고 싶어 해. 경고하지만, 그와의 대화는 뻔하고도 별문제 없는 것처럼 보일 거야. 하지만 그렇게 착각해서는 안 돼, 절대로. 빌게포츠는 아주 세련되고 지적인 선수야. 당신에게서 뭘 원하는지는 모르겠지만, 조심해."

"조심할게. 하지만 당신의 그 세련되고 지적인 선수가 날 놀라게 할 수 있을지 모르겠군. 지금까지 겪은 일들을 다 종합해보면 말이야. 처음에는 각나라의 첩자들이 나한테 달려들고, 그 다음엔 멸종 위기의 파충류와 담비들이 공격해왔어. 계속해서 캐비어가 나오는 와중에 남자는 질색이라는 여자

색광들이 내 남성성을 의심했고, 날 고슴도치 위에서 어떻게 해보겠다고 하질 않나, 임신을 하겠다고 하질 않나, 맙소사. 행위가 없는 오르가즘 얘기도 나왔다고. 으…….”

게롤트는 한숨을 내쉬었다.

“취한 거야?”

“시다리스의 백포도주를 아주 조금 마셨을 뿐이야. 하지만 그 안에 미약이 들어 있었을지도 모르지. 옌, 빌게포츠와 얘기를 나눈 후에는 록시아로 돌아갈 거지?”

“록시아로 안 가.”

“뭐라고?”

“오늘 밤은 아레투자에서 묵고 싶어. 당신과 말이야. 와인 속에 미약이라고? 흥미로운걸.”

“맙소사, 아아.”

예니퍼는 온몸을 쭉 펴고 자신의 허벅지를 게롤트의 허벅지 위에 겹치며 긴 숨을 내쉬었다.

“맙소사, 아아, 사랑을 해본 지가 너무 오래되었어…… 너무나.”

게롤트는 예니퍼의 곱슬곱슬한 머리카락을 손가락으로 꼬며 아무 말도 하지 않았다. 첫째로, 정말 그랬냐고 물었다가는 성질을 돋울 수도 있었고, 예니퍼의 말 속에 있을지도 모르는 함정이 무서웠다. 둘째로는, 입술 위에 아직 남아 있는 예니퍼의 감촉을 말로써 지우고 싶지 않았다.

“나에게 사랑을 고백하고, 내가 사랑한다고 말한 남자와 사랑을 나눈 건 너무 오랜만이야.”

예니퍼는 게롤트가 미끼를 물지 않는다는 게 확실해지자 다시 한 번 되뇌었다.

"그럴 때 어떤 느낌인지 잊고 있었어. 맙소사, 아아."

예니퍼는 어깨에서 힘을 빼고 양손으로 베개의 모서리를 잡으며 더 세게 몸을 쭉 폈다. 달빛을 받아 도드라진 가슴을 보며 게롤트의 등 아래 소름이 돋았다. 게롤트는 예니퍼를 껴안은 채 둘은 마치 불이 꺼진 것처럼, 식어버린 것처럼 꼼짝 않고 누워 있었다.

창문 너머로는 귀뚜라미가 울고 있었고, 멀리서 목소리들과 웃음소리가 들려와 늦은 시간이지만 아직도 연회가 계속되고 있다는 걸 짐작할 수 있었다.

"게롤트?"

"응, 옌?"

"이야기해봐."

"빌게포츠와 나눈 얘기? 지금? 아침에 얘기해줄게."

"지금 해줘."

게롤트는 작은 방의 한쪽 구석에 놓인 책상을 바라보았다. 그 위에는 잠시 록시아를 비우고 자리를 떠난 수련생이 놔둔 듯한 책과 화집, 그리고 다른 물건들이 놓여 있었다. 책 옆에는 너무 많이 껴안아서 너덜너덜해지고 주름이 많은 옷을 입은, 천으로 만들어진 둥글둥글한 인형이 앉아 있었다. 인형을 가져가지 못했군, 친구들과 함께 기숙사에서 잘 때 놀림당하지 않으려고 말이지, 라고 게롤트는 생각했다. 자기 인형을 데려가지 못하다니, 인형이 없어서 잠들기가 쉽지 않겠군.

인형은 단추로 된 눈으로 게롤트를 바라보았다. 게롤트는 시선을 피했다.

예니퍼가 대마법사들에게 게롤트를 소개했을 때, 게롤트는 이 엘리트 마법사들을 찬찬히 관찰했다. 헨 게딤데이스는 게롤트에게 지친 듯한 짧은 시선을 던졌을 뿐이었다. 노쇠한 마법사는 연회가 지루하고 힘든 것 같았다. 아토드 테라노바는 의미심장하게 미간을 찡그리며 몸을 굽혀 인사했는데, 눈은 예니퍼를 훑고 있었지만 다른 이들의 시선 때문인지 심각한 표정을 유지했다.

프란체스카 핀다베어의 푸른 엘프의 시선은 단단하고 꿰뚫어 볼 수 없는 유리 같았다. 게롤트를 소개받자, '계곡의 데이지' 프란체스카는 웃음을 지어 보였다. 아름다운 웃음이었으나 게롤트는 위협을 느꼈다.

티사이아 드 브리스는 계속해서 소맷부리와 보석을 매만지는 데에만 정신이 없어 보였고, 소개받았을 때 보여준 웃음도 그리 아름답지 않았지만, 그 웃음은 훨씬 더 솔직한 것이었다. 그리고 게롤트에게 바로 말을 건 마법사가 티사이아였다. 티사이아가 꺼낸 이야기의 주제는 위쳐로서의 그의 활동 중, 숭고하다고 말할 수 있는 어떤 사건이었다. 하지만 게롤트는 기억도 나지 않고 솔직히 말해 티사이아가 지어낸 것이 아닌가 의심스러웠다.

빌게포츠가 이야기에 끼어든 것은 바로 그때였다. 로게빈의 빌게포츠, 외모가 눈에 띄는 마법사, 귀족적이면서도 잘생긴 외모, 솔직하며 자신감 넘치는 목소리. 게롤트는 이런 종류의 사람들은 어떤 일을 해도 놀랍지 않다는 걸 알고 있었다.

게롤트와 빌게포츠는 몰려드는 주위의 시선을 감당하며 짧게 이야기를 나누었다. 주위의 시선 중에는 게롤트를 바라보는 예니퍼의 시선도 있었다. 또한 빌게포츠를 바라보는 시선 중에는 얼굴 하단 부분을 부채로 가리고 있는, 다정한 눈길의 젊은 여자 마법사의 시선도 있었다. 둘은 예의상 짧은 대화를 나눴는데, 빌게포츠가 먼저 한적한 곳에서 이야기를 계속하자고 제안했다. 그 제안에 놀란 것은 티사이아 한 명밖에 없는 것 같았다.

"잠든 거야, 게롤트? 무슨 얘기를 나누었는지 말해주기로 했잖아."

예니퍼의 속삭임에 게롤트는 생각에서 깨어났다.

책상 위의 인형이 단추로 된 눈으로 게롤트를 바라보고 있었다. 게롤트는 시선을 돌렸다.

게롤트는 잠시 후 이야기를 시작했다.

"복도로 나가자마자 얼굴이 좀 이상한 그 여자 마법사가 말이지……."

"리디아 반 브레데보르트야. 빌게포츠의 비서지."

"맞아, 얘기했었지. 그다지 의미 있는 인물 같진 않더군. 어쨌든 우리가 복도로 나가자마자, 그 리디아라는 여자 마법사가 멈춰 서더니, 빌게포츠를 바라보고는 무언가를 물었어. 텔레파시로."

"그건 예의 없는 행동이 아니야. 리디아는 목소리를 못 쓰니까."

"나도 그렇게 생각했어. 왜냐하면 빌게포츠가 텔레파시로 대답하지 않았거든. 빌게포츠는……."

"그래, 리디아. 좋은 생각이군."

빌게포츠가 고개를 끄덕이고는 게롤트에게 말했다.

"명예의 전당을 함께 산책하시죠. 마법의 역사를 들여다볼 기회를 갖게 될 겁니다, 리비아의 게롤트 씨. 물론 마법의 역사는 아시겠지만, 이곳에서는 마법의 역사를 시각적으로 다시 볼 수 있지요. 만약 회화에 조예가 깊으시다면, 너무 질겁하지는 마십시오. 여기 걸린 대부분의 그림들은 아레투자의 열성적인 학생들의 작품이거든요. 리디아, 여기 너무 어두운데 밝게 해줄 수 있을까."

리디아가 허공에 손을 젓자 복도는 바로 밝아졌다.

첫 번째 그림은 바람에 이리저리 흔들리며 암초 사이를 빠져나오는 고대의 선박을 보여주고 있었다. 뱃머리에는 흰 망토를 두른 남자가 서 있었는데 머리에는 후광이 빛나고 있었다.

"첫 번째 상륙." 게롤트가 중얼거렸다.

"그렇죠. 유배당한 자들의 배. 얀 베커는 자신의 의지로 마법의 힘에 굴복하고 이를 받아들이지요. 파도를 잠재우고, 마법이 나쁘고 파괴적일 필요가 없다는 것을, 생명을 구할 수도 있다는 것을 증명해 보입니다."

"저 사건이 실제로 일어났던 사건입니까?"

"글쎄요."

빌게포츠가 웃어 보였다.

"사실 첫 번째 항해와 착륙 때, 베커는 아마도 다른 선원들과 뱃멀미를 하며 구토를 하고 있었을 확률이 크죠. 힘을 사용할 수 있게 된 것은, 운이 좋아 별문제 없이 상륙하게 된 이후의 일이고요. 다음으로 넘어갑시다. 여기 또 얀 베커가 나오지요. 이번에는 첫 번째 정착지가 된 장소가 배경이고, 바위에서 물이 나오도록 하는 장면이죠. 그리고 여기, 무릎을 꿇은 주민들 사이에서 베커가 구름을 흩어버리고, 수확 전에 폭풍우를 멈추는 장면입니다."

"그럼 이건 어떤 장면을 그린 거죠?"

"선택받은 자들을 식별하는 장면입니다. 베커와 지암바티스타가 힘의 원천을 발견하기 위해 거주민들의 아이들을 마법의 시험에 들게 하는 장면이지요. 뽑힌 아이들은 부모로부터 분리되어 마법사들의 첫 번째 본부였던 미르테로 이동시킵니다. 바로 그 역사적인 순간을 보고 계신 거죠. 보시다시피, 아이들은 모두 겁을 먹고 있지만 여기 믿음이 가득한 얼굴로 미소를 짓고 있는 까만 머리의 여자아이만이 지암바티스타에게 손을 내밀어요. 이 여자아이가 훗날 그 유명한 글란빌의 아그네스, 마법사가 된 첫 번째 여자입니다. 그 뒤에 서 있는 여자는 아이의 엄마죠. 설명하기 어려운 슬픈 표정을 하고 있지요."

"여기, 사람들이 모여 있는 이 장면은 뭡니까?"

"노비그라드 연맹. 베커, 지암바티스타, 몽크, 이 셋이 지배자들과 사제들, 드루이드들과 협정을 맺어요. 평화 조약의 성격과 국가로부터 마법을 분리한다는 내용이 담겨 있죠. 그림만으로 보면 끔찍할 만큼 유치해 보이기도 합니다. 더 가봅시다. 여기 보이는 것이 조프리 몽크가 폰타르 강을 거슬러 올라가는 장면이에요. 그때만 해도 이 강은 에이본 이 폰트 아르 그웬넬렌, 알라바스터의 다리가 있는 강이라고 불렸어요. 몽크는 록 무인까지 가서 그 지역의 엘프들에게 아이들을 받아달라고, 엘프 마법사들의 원천을 아이들에게 가르쳐달라고 설득했죠. 어쩌면 당신에게는, 그 아이들 중 한 명이 훗날 아엘의 게르하르트라고 불리게 된다는 사실이 더 흥미로울 수도 있겠군요. 좀 전에 바로 그를 만났으니까요. 지금 그 아이는 헨 게딤데이스라고 불리죠."

게롤트는 어딘가를 가리키며 빌게포츠를 바라보았다.

"여긴 전쟁 장면이 필요한 곳인데. 몽크의 성공한 원정 이후 몇 년이 지나고 트레토고르의 라우페네크 대원수가 이끄는 군대가 록 무인과 에스트 햄릿에서 성별과 나이에 상관없이 모든 엘프들을 몰살시켰지요. 그렇게 시작

된 전쟁은 세라웨드에서의 학살로 끝났고.”

“당신은 역사에 조예가 깊군요.”

빌게포츠가 다시 미소를 지었다.

“그럼 그 전쟁에 수많은 마법사들 중 누구도 참가하지 않았다는 걸 알고 계시겠군요. 그래서 그 주제는 마법사 수련생 중 누구에게도 그릴 만한 영감을 주지 못했던 것이죠. 앞으로 갑시다.”

“그러죠. 여기, 이 캔버스에 그려진 그림은 무슨 사건이죠? 아, 알겠습니다. 흰 라파드가 왕들을 화해시키고 6년 전쟁을 끝내는 장면이군요. 그리고 이건 라파드가 왕관을 사양하는 장면이고요. 고귀하고 숭고한 행동이었죠.”

“그렇게 생각하십니까?”

빌게포츠가 고개를 갸웃했다.

“뭐, 드문 일이긴 했죠. 하지만 라파드는 왕의 제1조언자 자리를 받아들였고, 사실상 나라를 다스렸어요. 왕이 무능했으니까.”

“명예의 전당…… 여기 있는 건 뭡니까?”

게롤트는 다음 그림으로 다가서며 물었다.

“첫 번째 대마법사 위원회가 소집되고 법이 제정되는 역사적인 순간이죠. 왼쪽부터 헤르베르트 스타멜포드, 오로라 헨슨, 이보 리헤르트, 글란빌의 아그네스, 조프리 몽크와 토르 카네드의 라디미르입니다. 만약 이렇게 솔직하게 얘기해도 된다면, 여기야말로 전쟁 장면이 필요한 곳이죠. 잔혹했던 전쟁이 끝나고 바로 대마법사들과 법을 인정하지 않았던 자들이 처벌되었죠. 그중에는 흰 라파드도 있었어요. 하지만 여기에 대해 역사서들은 침묵하고 있죠. 라파드의 아름다운 전설을 망쳐서는 안 되니…….”

"그리고 여기…… 흠, 학생들 작품이라고 했던 가요? 여긴 아주 젊은 여자로……."

"그렇죠. 이건 알레고리입니다. 여성성의 승리를 나타내는 은유라고 이름 붙이고 싶군요. 공기, 물, 흙, 불. 그리고 이 요소들의 힘을 다루는 네 명의 여자 마법사들, 글란빌의 아그네스, 오로라 헨슨, 니나 피오라반티와 클라라 라리사 드 빈터. 다음 그림이 좀 더 잘된 작품이니 넘어갑시다. 여기서는 클라라 라리사가 여자아이들을 위한 학교를 여는 장면을 볼 수 있죠. 바로 우리가 지금 있는 이 건물에서 말이죠. 그리고 이 초상화들은 아레투자의 졸업생들입니다. 이것이야말로 여성성의 승리와 마법계의 여성화 진행을 증명하는 오랜 역사의 증거죠. 무리벨의 얀나, 노라 바그너, 그 언니 아우구스타, 제이드 글레비식, 레티치아 샤르보노, 일로나 로장티, 카를라 데메티아 크레스트, 비올렌타 수아레즈, 에이프릴 웬하버…… 그리고 유일하게 살아 있는, 티사이아 드 브리스……."

둘은 앞으로 더 걸음을 옮겼다. 리디아가 입은 원피스의 비단이 사그락사그락 소리를 내며 두 사람을 따라왔고, 그 소리는 마치 무언가 숨겨져 있는 듯 위협적으로 느껴졌다.

"이 끔찍한 장면은 뭡니까?"

게롤트가 멈춰 섰다.

"마법사 라드미르의 순교. 팔카의 난 때 산 채로 껍질이 벗겨졌죠. 그 사건을 배경으로 팔카가 불태우라고 명령한 미르트 도시입니다."

"그 덕분에 팔카 자신도 불태워지죠. 화형장에서요."

"잘 알려진 이야기죠. 테메리아와 르다니아의 아이들이 아직도 사오바인 축제 전날 팔카를 불태우는 놀이를 하고 노니까요. 반대편도 볼 수 있게 돌아갑시다. 아, 뭔가 묻고 싶으신 것이 있군요. 질문하시죠."

"시대순에 의문이 생기는군요. 물론 저도 젊음의 미약이 어떻게 작용하는지 알고는 있지만, 이미 오래전에 죽은 이들과 현재 살아 있는 이들이 그림에 함께……."

"다른 말로 하자면, 오늘 연회에서 헨 게딤데이스와 티사이아 드 브리스를 만났는데, 베커도 글란빌의 아그네스도, 스태멜포드나 니나 피오라반티도 없다는 게 이상하다는 건가요?"

"아닙니다. 나도 당신들이 영원불멸한 존재가 아니라는 건 압니다."

"죽음이란 무엇이죠? 당신이 정의하는 죽음은 어떤 건가요?"

"끝."

"무엇의 끝?"

"존재의 끝이죠. 갑자기 철학적 논의를 하게 되는 것 같군요."

"자연은 철학이라는 개념을 모르죠, 리비아의 게롤트 씨. 아마도 그 자연을 이해하려는 인간의 한심하고도 우스운 노력들을 철학이라고 부르는 것 같은데. 그 결과물들을 철학이라고 하기도 하고요. 그건 마치 샐러드용 비트가 자기 존재의 원인과 결과에 대해 생각하다가 결과물을 '뿌리와 줄기의 영원하고도 비밀스러운 고찰'이라고 이름 짓는 것과 같지 않을까요. 우리 마법사들은, 자연이 무엇일까 짐작하는 일에 시간을 낭비하지 않아요. 우리는 자연이 무엇인지 아니까요. 우리 자신이 바로 자연 아니던가요. 내 말을 이해하시겠습니까?"

"노력 중이긴 합니다. 하지만 말씀을 좀 천천히 해주시죠. 지금 촌뜨기*

---

* 폴란드어에서 비트(burak)는 촌뜨기라는 뜻도 가지고 있다.

와 이야기하고 있다는 걸 잊어서는 안 됩니다."

"한 번이라도 베커가 바위에서 물이 나오도록 했던 순간, 무슨 일이 일어난 것인지 생각해본 적이 있습니까? 아주 간단하게 말할 수 있어요. 베커가 힘을 정복한 것이죠. 자연의 요소들이 자신에게 순종하도록 만든 것입니다. 자연을 자기 밑에 두고, 자연을 지배한…… 당신은 여자들에 대해 어떻게 생각하나요, 게롤트?"

"무슨 뜻인지?"

리디아는 비단이 스치는 소리를 내며 돌아섰지만, 다음 말을 기다리느라 온몸이 긴장되어 있었다. 게롤트는 리디아가 겨드랑이 밑에 포장된 그림을 끼고 있는 것을 보았다. 어디서 난 것인지는 알 수 없었다. 좀 전까지만 해도 리디아는 아무것도 들고 있지 않았던 것이다. 게롤트의 목에 걸린 아뮬렛이 가볍게 떨리고 있었다.

빌게포츠는 웃음을 짓고는 대답을 재촉했다.

"남녀 관계에 대한 당신의 의견이 궁금합니다."

"남녀 관계의 어떤 면에 대한 의견 말입니까?"

"당신 생각에는, 여자를 복종하도록 강요할 수 있다고 생각하시나요? 지금 내 말은 진짜 여자를 말하는 것입니다. 암컷이 아니라 진짜 여자라면, 그 여자를 지배한다는 것이 가능할까요? 그녀를 마음대로 한다는 것이? 그 여자를 당신 뜻대로 하도록 만드는 것이? 만약 그렇다면 어떤 방법으로? 대답해주시죠."

인형은 단추로 만들어진 눈으로 두 사람에게서 시선을 떼지 않았다. 예니퍼는 눈길을 돌렸다.

"그래서 대답했어?"

"대답했지."

예니퍼는 왼손으로 게롤트의 팔꿈치를 감싸 쥐고, 오른손은 자신의 가슴을 감싸고 있는 게롤트의 손가락을 감쌌다.

"뭐라고 대답했는데?"

"알고 있잖아."

"알고 있군요. 아마 당신은 언제나 알고 있었을 겁니다. 그러니 만약 자기 의지와 순종, 명령과 복종, 지배하는 자와 지배받는 자라는 개념이 사라진다면, 그때는 하나가 될 수 있다는 것도 알겠지요. 공동체, 하나 된 전체로 합쳐지는 것. 서로가 서로를 투과하는 것. 그리고 그런 어떤 것이 생겨난 후에, 죽음은 더 이상 중요하지 않지요. 저기, 연회장 안에서는 지금 이 순간에도 바위에서 솟아나는 물이었던 얀 베커가 현존하는 것이죠. 베커가 죽었다고 말하는 건 마치 물이 죽었다고 하는 것과 같아요. 이 그림을 봐요."

게롤트는 빌게포츠가 가리키는 그림을 잠시 응시하고는 말했다.

"이례적으로 아름답군요."

게롤트는 자신의 메달이 가볍게 떨리는 것을 느꼈다. 그러자 빌게포츠가 웃음을 지었다.

"리디아가 감사의 인사를 보내는군요. 나도 당신의 좋은 취향을 환영합니다. 이 풍경화는 로드의 크레게난과 라라 도렌 아엡 시하달이라는 전설적인 연인들의 만남을 그린 것입니다. 하지만 이들은 모욕의 시간을 겪으면서 헤어지고 파괴되지요. 남자는 마법사였고, 여자는 아엔 사에베르네의 엘리트 엘프, 즉 예언의 능력이 있는 종족에 속했습니다. 그리고 통합의 시작이 될 수 있었던 만남이 비극으로 변하고 말았지요."

"나도 그 이야기는 알고 있습니다. 하지만 그저 동화인 줄로만 알았죠. 실제로는 어떤 일이 있었던 겁니까?"

빌게포츠의 표정이 심각해졌다.

"그건 아무도 모릅니다. 그 말은, 거의 아무도 모른다는 것이지요. 리디아, 여기 옆에 당신 그림을 걸어요. 게롤트, 리디아의 작품도 감상해보시죠. 이건 옛 그림을 보고 라라 도렌 아엡 시하달의 초상화를 재구성한 것입니다."

"굉장하군요."

게롤트는 리디아를 향해 잠시 고개를 숙였다. 그의 목소리는 떨리지 않았다.

"진짜 예술작품이군요."

라라 도렌 아엡 시하달이 시리의 눈으로 자신을 바라보고 있는데도, 게롤트의 목소리는 떨리지 않았다.

"그리고 어떻게 됐어?"

"리디아는 갤러리에 남았어. 우리는 발코니로 나갔지. 그리고 빌게포츠가 날 한바탕 놀리기 시작했어."

"게롤트, 미안하지만 어두운 판석만 밟아주시길."

아래로는 바닷물 소리가 나고, 타네드 섬은 흩어지는 흰 파도의 거품 속에 서 있었다. 파도는 수면 아래부터 뻗어 나온 록시아의 벽에 부딪치고 있었다. 록시아는 아레투자처럼 햇볕 아래 눈부시게 빛났다. 하지만 그 위에 자리한 가스탕은 검고 말라붙어 있는 것 같았다.

빌게포츠의 시선은 게롤트가 바라보는 쪽을 향하고 있었다.

"내일 최고위원들과 대위원들이, 옛날 그림에 등장하는 모습처럼 검은 망토와 고깔모자로 치장을 할 겁니다. 마법봉과 긴 지팡이를 들고, 애들이 무서워하는 마법사나 위쳐와 비슷한 모양으로 꾸미겠지요. 그건 전통입니다. 몇 명의 위원들이 동반하는 가운데 우리는 위로, 가스탕으로 올라갑니다. 그리고 특별히 준비된 장소에서 회의를 하는 거죠. 다른 이들은 우리가 돌아올 때까지, 우리의 결정을 아레투자에서 기다리는 것이고요."

"소수만이 참석하는 가스탕에서의 회의도 전통인가요?"

"물론입니다. 긴 회의이고 실질적인 내용으로 좌우되는 회의죠. 한때, 마법사들의 회의도 열기를 띠고 서로 의견을 활발하게 교환하던 적도 있었습니다. 그런 의견 교환의 와중에 둥근 번개가 니나 피오라반티의 드레스를 망친 적도 있었죠. 그 차림새를 준비하는 데 1년이나 걸렸던 니나는 가스탕의 벽에 아주 강력한 오라와 마법이 통하지 않는 장막을 쳤습니다. 그때부터 가스탕에서는 어떤 주문도 통하지 않게 되었고, 회의와 토론은 잠잠해졌지요. 특히나 토론자들에게서 칼을 빼앗은 이후부터는."

"알겠습니다. 그럼 가스탕 꼭대기에 있는 저 외딴 탑은 뭔가요? 중요한 건물입니까?"

"저건 토르 라라예요. 갈매기의 탑. 유적이죠. 중요한가? 아마 그럴 겁니다."

"아마 그렇다니요?"

빌게포츠는 난간에 몸을 기댔다.

"엘프 전설에 따르면, 토르 라라는 아직까지 발견된 바 없는 토르 지라

엘, 제비들의 탑과 텔레포트로 비밀스럽게 연결되어 있다고 합니다."

"어떻게 그럴 수가. 당신들이 그 텔레포트를 발견하지 못했단 말인가요? 믿기 힘들군요."

"당신 짐작이 맞아요. 포탈을 발견하기는 했지만, 우리는 그걸 막아야만 했지요. 반대 의견도 있었고, 모두들 실험해보고 싶어 했어요. 누구나 엘프의 마법사들과 현자들의 전설적인 거점인 토르 지라엘의 탐험자로 이름을 날리고 싶어 했으니까. 하지만 그 포탈은 되돌릴 수 없을 만큼 상해 있었고 말도 안 되는 곳으로 통하기 일쑤였어요. 다치는 이들도 발생했고. 그래서 막아버리게 되었습니다. 이리 오시죠, 게롤트. 추워지는군요. 조심해요, 어두운 판석만 밟아야 하니까."

"왜 어두운 판석만 밟아야 하는 겁니까?"

"이 건물은 폐허나 다름없습니다. 습기, 파도의 침식작용, 거센 바람, 공기 중의 염분, 이 모든 것이 벽에는 최악의 조건이니까요. 수리를 하자면 비용이 너무 많이 들어서 환영의 힘을 좀 빌리고 있죠. 유서 깊은 장소를 유지하긴 해야 하니까요. 이해를 바랍니다."

"다 이해할 수 있는 건 아닙니다."

빌게포츠가 살짝 손을 움직이자 발코니가 사라졌다. 둘은 절벽 위에 서 있었다. 위험천만한 절벽 아래로 날카롭게 이빨을 드러낸 바위들 주변에 파도 거품이 일고 있었다. 어두운 판석은 단 한 줄뿐, 아레투자의 입구와 발코니를 받치는 기둥들 사이에 가느다란 리본처럼 놓여 있었다.

게롤트는 애써 균형을 유지했다. 위쳐가 아니라 보통 인간이었다면, 균형을 유지하기 어려웠을 것이다. 위쳐인데도 상당히 당황스러웠으니까. 급작스러운 움직임은 빌게포츠의 주의를 끌지 않을 수 없었고, 얼굴 표정도

변했다. 바람은 좁은 판석을 흔들었고, 세찬 파도 소리가 절벽의 존재감을 더했다.

"죽음을 두려워하는군요. 당신도 죽음을 두려워해."

빌게포츠가 도전적으로 말했다.

헝겊 쪼가리로 만든 인형은 여전히 단추로 된 눈으로 그들을 지켜보고 있었다.

"당신을 속인 거야."

예니퍼가 게롤트를 껴안으며 중얼거렸다.

"위험했을 리는 없어. 분명히 자신과 당신 주변에 부양 장막을 확보해놓고 한 짓일 테니까. 그런 위험을 무릅썼을 리는 없어. 그리고 어떻게 됐어?"

"아레투자의 다른 곳으로 갔어. 큰 방으로 안내하더군. 선생님 방, 어쩌면 교장의 방이었을지도 몰라. 책상에 앉았는데, 그 위에는 모래시계가 놓여 있었어. 모래가 떨어지고 있었지. 방 안에서 리디아의 향수 냄새가 났고, 조금 전까지 리디아가 그곳에 있었다는 걸 알았어."

"빌게포츠는?"

"질문을 하더군."

"왜 마법사가 되지 않았습니까, 게롤트? 마법에 끌린 적은 없었나요? 솔직히 대답해주세요."

"솔직히 말하죠. 끌렸습니다."

"어째서 마음의 목소리가 원하는 대로 행동하지 않았죠?"

"저는 이성의 목소리를 듣는 것이 더 현명하다고 생각했습니다."

"그 말은 어떤 의미인가요?"

"위쳐 일을 몇 년쯤 하게 되니 목적에 따라 얼마나 힘이 드는지에 대해 알게 되었죠. 오래전 어린 시절에 엘프가 되고 싶어 했던 난쟁이를 알고 있어요. 만약 끌림에 따라 엘프가 되었다면 어떤 일이 일어났을 거라고 생각하십니까?"

"지금 그걸 비교라고 하는 겁니까? 똑같은 처지라고? 만약 그렇다면, 그건 전혀 말이 안 되는 일이죠. 난쟁이는 엘프가 될 수 없어요. 난쟁이는 엘프 엄마를 가진 게 아니니까요."

게롤트는 오랫동안 아무 말도 하지 않았다. 그리고 한참 만에 입을 열었다.

"네, 그렇죠. 짐작을 했어야 했는데. 나에 대해서 조사를 좀 하셨군요. 무슨 이유로 그런 조사를 했는지, 물어봐도 될까요?"

빌게포츠는 조금 웃었다.

"어쩌면 나도 이 명예의 전당에 내가 그려진 그림을 올리기 위해서? 우리 둘이, 책상 앞에 있는 그림 같은 것 말이죠. 그리고 동판에는 이렇게 써 있는 거죠. 로게빈의 빌게포츠가 리비아의 게롤트와 협약을 맺다."

"그건 알레고리가 되겠군요. 제목은 '지식이 무지를 이기다'이고. 전 사실주의 화풍의 그림이 더 좋습니다. 예를 들어 '빌게포츠가 게롤트에게 도대체 무슨 말인지 설명하다' 이런 제목 말이죠."

빌게포츠는 양손을 깍지 낀 채 입 부분까지 올렸다.

"당신은 정말 모르는 겁니까?"

"모릅니다."

"내가 원하는 그림은, 명예의 전당에 걸려 다음 세대들이 감탄하며 우러러볼 그림입니다. 그들은 이 그림에서 나타내고자 하는 것이 도대체 무슨 일이었는지 잘 알고 있지요. 그림 속 빌게포츠와 게롤트는 서로 의견 일치를 보고 합의를 도출해낸 후, 그 결과로 게롤트는 이성의 목소리인지 뭔지가 아니라, 원래의 진실한 소명에 따름으로써 드디어 마법사의 반열에 올라, 지금까지의 의미도 없고 미래도 없었던 생활을 마감하게 된다, 아닌가요?"

빌게포츠의 말이 끝난 후에도 게롤트는 긴 시간 침묵하다가 마침내 입을 열었다.

"최근에 이제 나를 놀라게 할 일은 더 이상 없다고 생각했는데. 빌게포츠, 진심입니다. 이 연회와 여기서 만난 갖가지 사건들은 아주 오랫동안 제 기억에 남겠군요. 정말이지 그림을 그릴 만한 값어치가 있어요. 제목은, 게롤트가 숨넘어가게 웃으며 타네드 섬을 떠나다."

빌게포츠는 몸을 조금 숙였다.

"무슨 말인지 모르겠군요. 당신의 화려한 언변에 무슨 얘기를 하고 있는지 가닥을 잡기 어렵습니다."

"이해가 안 되는 이유는 있습니다. 우리는 서로 이해하기엔 너무 다르니까요. 당신은 대위원회의 중요한 마법사로, 자연과 일치를 이루신 분이죠. 나는 돌연변이 위쳐로 세상을 떠돌아다니며 돈을 받고 괴물을 죽이는 자입니다."

빌게포츠가 게롤트의 말을 끊었다.

"화려한 언변이, 뻔한 얘기에 눌리고 있군요."

"우리는 너무 다릅니다."

게롤트는 빌게포츠가 말을 끊도록 내버려두지 않았다.

"그리고 내 어머니가 마법사였다는 소소한 사실이, 이 차이를 좁히지는 못합니다. 그건 그렇고 궁금해서 묻는데, 당신의 어머니는 누구였나요?"

"전혀 모르겠습니다."

빌게포츠의 담담한 대답에 게롤트는 입을 닫았다. 잠시 후 빌게포츠가 말을 이었다.

"코비어 일대의 드루이드들이 란 엑시터의 수챗구멍에서 저를 발견했죠. 데려와 길렀습니다. 뭐, 드루이드로 길러진 것이었죠. 당신은 드루이드가 어떤 존재인지 알고 있겠죠? 돌연변이이자 떠돌이, 세상을 떠돌아다니며 성스러운 참나무에 절이나 하는 자들이죠."

게롤트는 침묵했고, 빌게포츠는 계속 말을 이었다.

"그러던 어느 날, 드루이드들이 어떤 의식을 치르는 중에, 저의 능력이 드러나게 되었죠. 그 능력은 반박의 여지없이 저의 태생을 드러내는 것이었습니다. 나는 분명, 양친이 마법사였거나 최소한 둘 중 한 명이 마법사인 부모가 만든 자식이었죠."

게롤트는 아무 말도 하지 않았다.

"나의 소소한 능력을 발견했던 자는, 우연히 만나게 된 마법사였습니다. 그리고 나에게 엄청난 은혜를 베풀게 되죠. 나를 교육시키고, 후에 마법사단에 들어오라고 제안했지요."

"그리고 당신은 그 제안을 받아들였고."

게롤트가 먹먹한 목소리로 말했다.

"아니, 그렇지 않아요."

빌게포츠의 목소리는 점점 더 차갑고 불쾌하게 변해갔다.

"은혜도 모르고 무례하게 그 제안을 거절했습니다. 사실 그 늙은 마법사에게 있는 대로 분노를 쏟아부었던 것이죠. 그가 양심의 가책을 느끼길, 그와 모든 마법사 형제들이 그렇게 느끼길 바랐어요. 심장도 없고 인간의 감정도 없는 나의 양친이었던 두 마법사 혹은 한 마법사가 수챗구멍에 대한 양심의 가책을 느꼈으면 했어요. 아직 태어나지도 않은 나를 버릴 생각이었는지, 태어나자마자 나를 수챗구멍에 던져버린 그들 말이죠. 그 늙은 마법사는, 당연히 내가 그때 무슨 말을 하는지 이해하려 하지도 않았고, 신경을 쓰지도 않았어요. 어깨를 으쓱하더니 그냥 가버리더군요. 그러면서 자신과 자신의 무리들을 거만하고 무심한, 경멸받아 마땅한 무리로 확인시켰던 것이죠."

게롤트는 침묵한 채 빌게포츠의 이야기에 귀를 기울였다.

"난 드루이드들은 진력이 나 있었어요. 그래서 신성한 참나무 숲인지 뭔지를 버리고, 세상으로 나섰죠. 나는 여러 가지 일을 했어요. 어떤 일들은 지금까지도 부끄러운 생각이 들어요. 그러다 결국 용병이 됐죠. 그 후의 운명은 짐작이 갈 테지만, 뻔했습니다. 승리한 용병, 패배한 용병, 불평불만주의자, 도둑, 강간범, 살인자, 그러다가 교수대를 피해 세상 끝으로 도망치는 처지가 되었죠. 그리고 그 세상 끝에서, 나는 여자를 한 명 만나게 되었어요. 마법사였습니다."

"주의하시오."

게롤트가 속삭이듯 말했다. 그의 눈은 가늘어져 있었다.

"주의하시오, 빌게포츠. 억지로 비슷한 점을 찾다가 너무 멀리 가지 않게."

"비슷한 점은 이미 끝났습니다."

빌게포츠는 시선을 피하지 않았다.

"나는 그 여자에 대한 감정을 통제할 수가 없었어요. 그 여자의 감정은 이해하지도 못했고, 그녀는 이해가 가능하도록 나를 도울 노력도 하지 않았지요. 나는 그 여자를 버렸어요. 난잡한데다가 거만하고, 못되고 무감각하고 차가운 여자였으니까. 그 여자를 지배할 수는 없었지만, 그 여자가 나를 지배하는 건 자존심 상하는 일이었죠. 그 여자가 나에게 관심이 있었던 건 오로지, 나의 지성과 개성, 그리고 비밀스러움이 내가 마법사가 아니라는 사실과 부딪쳤기 때문입니다. 보통의 마법사라면 하룻밤 이상을 허락하지 않았겠죠. 하지만 난 그 여자를 버렸어요. 왜냐하면 나의 어머니와 똑같았으니까. 그리고 불현듯 깨달았습니다. 내가 그 여자에게 느꼈던 감정은 사랑이 아닌, 무언가 훨씬 복잡하고 강한, 하지만 뭐라고 정리할 수 없는, 공포와 애달픔, 분노, 양심의 가책, 회피, 죄책감, 상실, 해를 입은 기분, 그리고 더욱더 고통받고 참회하고 싶은 변태적인 욕망이 섞인 것이었습니다. 내가 그 여자에게 느꼈던 감정은, 바로 증오였지요."

게롤트는 여전히 침묵했다. 빌게포츠는 시선을 돌렸고, 잠시 후 다시 말을 이었다.

"그 여자를 버렸어요. 그런 후에 나를 휩싸는 그 공허함을 견딜 수가 없었죠. 그리고 문득 그 공허함이 여자가 없어서 밀려온 감정이 아니라, 그녀와 함께했을 때의 그 느낌을 갈망한다는 걸 깨달았습니다. 패러독스라고 해야 할까요? 이 이야기를 끝까지 할 필요는 없을 것 같군요. 어떻게 된 일인지 당신도 짐작할 수 있을 테니까. 나는 마법사가 되었습니다. 증오 때문에. 그런 후에야 내 자신이 얼마나 어리석었는지 깨달았죠. 별빛이 비친 호수의 수면과 밤하늘을 혼동한 것이지요."

"제대로 파악하신 바와 같이, 우리 둘 사이의 공통점은 끝까지 비슷하지 않군요."

게롤트가 나직이 중얼거렸다.

"보이는 것과 달리, 우리 둘 사이는 공통점이 거의 없습니다, 빌게포츠.

당신의 이야기를 나에게 털어놓으면서 알고자 하는 것이 무엇입니까? 마법사가 되는 길이 구불구불 험난하지만, 모든 이에게 열려 있다는 것인가요? 이런 말은 미안하지만, 사생아들과 버림받은 아이들, 떠돌이나 위쳐에게도 열려 있다는 말이 하고 싶은 겁니까?"

"아니, 아닙니다."

빌게포츠는 게롤트의 말을 끊었다.

"나는 이 길이 모든 이에게 열려 있다는 말을 한 게 아니었습니다. 당연하게도 그렇지 않다는 건 옛날부터 알려져 있지 않나요. 또한 증명할 필요도 없이, 어떤 사람들에게는 이 길 말고는 선택의 여지가 없기도 하지요."

"그렇다면 나에게는 출구가 없겠군요? 여기서 그림의 주제가 될 만한 언약을 당신과 맺고 마법사가 되어야 하는 겁니까? 단지 혈통의 이유로? 무슨 그런 소리를. 저는 유전 이론에 대해 조금은 알고 있습니다. 이 사실을 알아내기까지 상당히 힘들긴 했지만, 내 아버지는 떠돌이에 무식쟁이, 사고나 일으키고 다니는 싸움꾼이었죠. 어머니 쪽이 아니라 아버지 쪽의 유전적 힘이 더 강할 수도 있습니다. 내가 지금껏 상당히 많은 사고를 치고 다니는 걸로 보아, 그럴 가능성이 높죠."

"바로 그겁니다."

빌게포츠는 비꼬는 듯 웃어 보였다.

"모래시계의 모래도 이제 거의 다 떨어졌는데, 나, 로게빈의 빌게포츠, 마법의 대가, 대위원회의 일원이 아직까지도 뭐 재미없긴 않지만, 무식쟁이에 싸움꾼의 아들인 무식쟁이에 싸움꾼과 말싸움을 벌이고 있으니. 우리가 얘기하는 주제들은, 무식쟁이 싸움꾼들이 모닥불 옆에서 토론을 벌이는 바로 그 이야기들이죠. 예를 들어, 유전 문제 말입니다. 유전이라는 말을 당신 같은 싸움꾼이 어디서 알게 된 거죠? 스물네 자의 룬문자를 가르치는 엘란더의 신전 학교에서? 당신이, 이런 비슷한 단어가 나오는 책을 읽게 된 이유는 무엇일까요? 어디서 수사학과 언변을 배운 건가요? 그리고 그런 걸 배우고 익힌 이유는? 뱀파이어들과 얘기를 나누려고? 유전적으로 떠돌이라는 당신, 당신에게는 티사이아 드 브리스도 미소를 보내더군요. 위쳐 양반, 필리파 에일하트는 당신에게 너무 반해서 손을 다 떨던데요. 트리스 메리골드 얘기는 기가 막혀서 안 하겠습니다. 벤거버그의 예니퍼 얘기도 하지 말자고요."

"안 하는 게 좋을 것 같군요. 모래시계에는 이제 모래가 너무 적게 남아, 모래알을 헤아릴 수도 있을 듯합니다. 이제 그림은 그만 그리시죠, 빌게포츠. 그냥 왜 이런 이야기들을 하는 것인지 말을 해주세요. 단순한 언어로 말입니다. 두 명의 떠돌이가 모닥불 앞에 앉아서 통돼지를 굽고 있단 말입니다. 그건 우리가 좀 전에 훔친 통돼지이고요. 그런 다음에는 자작나무 액즙을 마시면서 취해보려고 되지도 않는 노력을 하고 있습니다. 단순한 질문입니다. 대답하시죠. 떠돌이 대 떠돌이로 말입니다."

"그 단순한 질문이 뭡니까?"

"나에게 제시하는 그 조약이 뭡니까? 우리가 맺어야 한다는 협약이? 왜 내가 당신 무리에 속하길 원하는 겁니까, 빌게포츠? 그 한 냄비에, 그것도 이제 부글부글 끓기 시작하는 냄비에 말이죠. 여기, 이 공기 중에 샹들리에 말고 걸려 있는 것은 도대체 무엇입니까?"

빌게포츠는 생각을 해보는 듯, 아니면 그런 척하려는 듯 잠시 시선을 돌리더니 말을 이었다.

"질문이 단순하지 않군요. 하지만 대답하도록 노력하겠습니다. 떠돌이

대 떠돌이는 아닙니다. 그러니까…… 돈을 받고 고용된 싸움꾼이 자신과 비슷한 싸움꾼에게 대답하는 거죠."

"그렇게 생각하신다면야……."

"그러면 싸움꾼 동지여, 들으세요. 지금 장난이 아닌 진짜 싸움이 시작될 예정입니다. 삶과 죽음이 걸려 있는 끔찍한 살육, 아무도 용서하지 않을 싸움이죠. 어떤 이들은 승리하고, 어떤 이들은 까마귀 밥이 될 테죠. 동지, 그러니 내가 말하는데, 승리할 가능성이 더 높은 쪽으로 와요. 우리에게 말이죠. 반대편은 버리고, 그들에게는 가래침을 뱉어요. 왜냐하면 그들은 절대로 이기지 못할 테니. 도대체 당신이 왜 그들과 함께 죽어야 한단 말인가요. 그건 안 되죠, 안 됩니다. 동지, 그렇게 입술을 우그러뜨릴 필요는 없어요. 당신이 무슨 말을 하고 싶어 하는지 나는 압니다. 지금, 당신은 중립이라고 말하고 싶은 거겠죠. 우리든 다른 이들이든, 어떻게 되건 말 건 상관할 바 아니라고 말입니다. 싸움이 끝날 때까지 산속에서, 케어 모헨에서 웅크리고 있으면 된다고 말하려는 거겠지요. 그건 좋지 않은 생각이에요, 동지. 우리와 함께라면, 당신이 사랑하는 모든 것을 가질 수 있어요. 만약 우리와 함께하지 않는다면, 그 모든 것을 잃게 될 겁니다. 그리되면 당신을 엄습하는 건 공허와 허무, 증오뿐입니다. 앞으로 다가올 모욕의 시간이 당신을 파괴할 겁니다. 그러니 이성적으로, 제대로 된 편과 함께하는 게 현명하겠지요. 선택의 시간이 오면 말입니다. 그 시간은 옵니다. 날 믿어도 돼요."

"대단하군요."

게롤트가 끔찍한 웃음을 지었다.

"내가 중립을 지키는 것에 대해 다른 이들이 이렇게 관심을 갖다니. 그 덕분에 협약이며 약속이며 공조 제안, 거기다 선택을 해야 하는 필요성에 대한 훈계와 제대로 된 편에 서야 한다는 가르침까지. 빌게포츠, 그 이야기는 이제 그만하도록 하죠. 시간 낭비니까. 이 도박에서 나는 당신과 맞대할 상대가 아닙니다. 명예의 전당에 걸리는 그림 중 우리가 들어갈 가능성은 전혀 없어 보이는군요. 더구나 그게 싸움 장면이라면 말입니다."

이번에는 빌게포츠가 침묵했고, 게롤트가 말을 이었다.

"당신의 체스판 위에 왕들과 여왕, 코끼리와 성들을 죽 늘어놔요. 나는 상관하지 말고. 그 위에서 난 고작 체스판을 덮고 있는 먼지에 불과합니다. 이건 나의 놀이가 아니에요. 내가 어느 편을 선택해야 한다고 했습니까? 확실히 말씀드리는데, 착각하시는 겁니다. 나는 편을 선택하지 않을 겁니다. 나는 그저 일어나는 사건과 마주할 겁니다. 내 자신을 그 사건에 맞출 뿐이죠. 항상 그렇게 해왔으니까."

"운명주의자로군요."

"그렇습니다. 물론, 그런 수준 높은 단어는 잘 모르겠지만 말이죠. 되풀이하지만, 이건 나의 놀이가 아니에요."

빌게포츠가 책상 위로 몸을 굽혔다.

"정말 그럴까요? 위쳐 양반, 이 체스판에는 이미 당신과 기쁠 때나 슬플 때나 운명의 끈으로 묶여 있는 검은 말이 서 있습니다. 내가 누구를 말하는지는 알고 있겠죠? 아마 그 아이를 잃고 싶진 않을 겁니다. 그 아이를 잃지 않으려면 한 가지 방법밖에 없다는 걸 알게 될 거예요."

게롤트의 미간이 좁아졌다.

"그 아이에게 뭘 원하는 겁니까?"

"그게 무엇인지 당신이 알아낼 방법은 단 한 가지밖에 없습니다만."

"경고합니다. 그 아이를 해치도록 가만 놔두지……."

"그걸 이루기 위한 방법은 단 하나밖에 없습니다. 나는 당신, 리비아의 게롤트에게 그걸 제안한 것이고요. 내 제안을 잘 생각해보십시오. 오늘 밤 시간을 드리죠. 하늘을 보며 생각을 해보세요. 별을 보면서요. 밤하늘의 별과 호수 표면에 비친 별을 착각해서는 안 됩니다. 이미 모래시계의 모래는 다 떨어졌으니까."

"난 시리가 걱정돼, 옌."

"그럴 필요 없어."

"하지만······."

예니퍼는 게롤트를 끌어안았다.

"날 믿어, 나를 제발 믿어줘. 빌게포츠는 신경 쓰지 마. 그는 노름꾼이야. 당신을 속이려고, 자극하려고 한 거야. 그리고 조금은 그게 통하기도 했고. 하지만 그 이상의 의미는 없어. 시리는 내가 보호하고 있고, 아레투자에서는 안전할 거야. 그리고 자신의 재능을 이곳에서 펼칠 수도 있고, 아무도 그걸 방해하지 못할 거야. 그 누구도. 하지만 시리를 위쳐로 만드는 건, 잊어버려. 시리에게는 다른 재능이 있어. 다른 일을 해야 할 운명이 있는 아이야. 나를 믿어도 좋아."

"당신을 믿을게."

"많이 발전했는걸. 그리고 다시 말하지만, 빌게포츠는 신경 쓰지 마. 내일이 되면 많은 일들이 확실해질 테고 여러 가지 문제들이 풀릴 거야."

내일이라고? 게롤트는 생각에 잠겼다. 내 앞에서 무언가를 숨기고 있군. 그리고 나는 질문하는 것이 두렵다. 코드링거의 말이 맞았어. 나는 끔찍한 난리 속에 휘말린 거야. 하지만 이제 출구는 없어. 내일이 무엇을 가져올지

기다릴 수밖에 없어. 정말 모든 것이 확실해질까. 예니퍼를 믿어야만 한다. 무슨 일인가가 생기리라는 건 나도 알고 있다. 기다려야지. 그리고 상황에 나를 맞추면 된다.

게롤트는 책상을 바라보았다.

"옌?"

"나 여기 있어."

"여기 아레투자에서 공부할 때, 이런 방에서 잠이 들어야 했을 때 말이야…… 그때 당신도 그 인형 없이는 잠들지 못하는 그런 인형이 있었어? 밤에는 끌어안고 낮에는 책상에 올려놓는?"

"아니."

예니퍼는 고개를 저었다.

"나는 인형조차 없었어. 나에게 그런 질문하지 마, 게롤트. 제발 부탁이야, 묻지 말아줘."

게롤트가 주위를 바라보며 속삭였다.

"타네드 섬의 아레투자. 여기가 시리의 집이라니, 그것도 긴 시간 머물러야 하는…… 여기서 나갈 때쯤에는 시리도 성인이 되어 있겠지."

"제발. 그 생각은 하지 말고, 그 얘기도 하지 말아줘. 대신…… 날 사랑해줘."

게롤트는 예니퍼를 끌어안았다. 그녀를 만졌다. 다시 발견했다. 믿을 수 없을 만큼 부드럽고도 단단해진 예니퍼는 커다랗게 긴 숨을 내쉬었다. 서로 나누었던 단어들은 찢어지고, 점점 더 속도를 더해가는 숨소리 사이에서 사라져 아무런 의미를 갖지 못한 채 흩어지고 말았다. 둘은 결국 말을 그만두고, 서로를 찾는 데에, 진실을 찾는 데에 열중했다. 오랫동안 조심스러운 손길로, 그리고 정확하게, 이 모든 것을 망쳐버릴 성급함과 경거망동을 두려워하며, 그들은 강하게 집중하며, 그리고 기억에 남도록, 이 모든 것을 망쳐버릴 의심과 망설임, 거친 것들을 두려워하며 조심스럽게 서로를 탐닉했다.

그들은 서로를 찾아냈고, 두려움을 극복했고, 결국 진실을 찾아냈다. 진실은 눈꺼풀 밑에서 눈이 멀 듯한 당위성이 되어 꽉 다문 입술 속에서 비명으로 폭발했다. 바로 그때, 시간은 경련을 일으키며 얼어붙고, 모든 것은 사라졌으며 단 하나 남아 있는 감각은 촉각뿐이었다.

끝없는 시간이 흐르고, 다시 현실이 돌아오고, 시간은 다시 한 번 그 자리에서 천천히, 무겁게 흐르기 시작했다. 마치 거대한 짐이 가득 실려 있는 수레처럼. 게롤트는 창문을 바라보았다. 달은 아직도 하늘에 떠 있었다. 좀 전에 일어난 사건으로, 저 달은 추락하여 바닥에 떨어졌어야 했는데.

"아아, 맙소사."

시간이 흐른 후 예니퍼는 천천히 뺨을 타고 흐른 눈물을 닦아냈다.

둘은 엉망이 된 시트 위에 누워 있었다. 온몸을 떨며, 증발하는 온기와 꺼져가는 행복감 사이에서, 아무 말도 없이. 그들 주위로는 밤의 향기와 귀뚜라미 소리로 가득한 흐릿한 어둠이 내려앉아 있었다. 게롤트는 이런 순간에 여자 마법사들의 텔레파시 능력이 극대화된다는 사실을 알고 있었기에 아름다운 사건들과 사물들에 대해 생각했다. 예니퍼를 즐겁게 할 만한 것들, 이를테면 동쪽에서 폭발하듯 떠오르는 찬란한 태양과 산속의 호수, 새벽녘에 흐르는 안개에 대해서. 수정처럼 맑은 폭포와 은으로 조각된 듯 빛나는 연어들, 아침 이슬을 머금은 나뭇잎과 따뜻한 빗방울에 대해서.

예니퍼를 위해서 떠올린 생각들이었다. 예니퍼는 그의 생각을 읽으며 미소를 지었다. 그 미소는 그림자가 드리워진 뺨 위에서 떨리고 있었다.

"집이라고?"

예니퍼가 갑자기 물었다.

"어떤 집? 당신이 집이 있어? 집을 짓고 싶어? 아, 사과할게. 내가 이러면 안 되는데……."

게롤트는 침묵했다. 그는 자신에게 화가 나 있었다. 예니퍼를 위해 생각하다가, 그럴 생각은 없었지만 그녀에 대한 자신의 생각을 읽도록 해버린 것이다.

예니퍼는 게롤트의 어깨를 가볍게 쓰다듬었다.

"아름다운 꿈이네. 직접 지은 집. 그 집에서 사는 당신과 나. 당신은 말과 양들을 키울 거고, 나는 텃밭을 일구고 야채를 키우고, 털실을 짜서 함께 시장에 가지고 나가는 거야. 양모와 푸성귀를 팔아서 푼돈을 받고 우리한테 꼭 필요한 것들, 예를 들어 구리 주전자와 쇠로 된 갈퀴를 사겠지. 그리고 가끔씩 시리가 남편과 애 셋을 데리고 우리 집에 놀러올 거야. 가끔은 트리스가 와서 며칠 자고 가겠지. 우리는 아름답고 위엄 있게 늙어갈 거야. 만약 내가 지루해한다면, 당신은 직접 만든 백파이프로 저녁에 음악을 연주해주겠지. 모두들 알고 있듯이, 기운을 북돋는 데에는 백파이프만 한 것이 없거든."

게롤트의 무거운 침묵에 예니퍼는 조용히 헛기침을 했다.

"미안해."

게롤트는 몸을 일으켜, 예니퍼에게 입을 맞췄다. 예니퍼는 격정적으로 게롤트를 끌어안았다. 아무 말도 하지 않은 채.

"무슨 말이라도 해봐."

"난 당신을 잃고 싶지 않아, 옌."

"지금도 날 안고 있잖아."

"이 밤은 끝나니까."

"모든 것은 다 끝이 있어."

아니. 게롤트는 생각했다. 아니, 그런 건 싫어. 난 지쳤어, 너무 많이. 끝이라는 것을 받아들이기에는 너무 지쳤다고. 끝을 받아들이기엔…….

"말하지 마."

예니퍼는 게롤트의 입술에 손가락을 얹었다.

"당신이 무엇을 원하는지, 무엇을 갈망하는지 말하지 마. 왜냐하면 내가 당신의 소원을 충족시켜줄 수 없을지도 모르니까. 그리고 그렇게 되면 내 마음이 아프니까."

"당신은 무엇을 원하지, 옌? 당신의 소원은 뭐야?"

"나는 가질 수 있는 것만 원해."

"그럼 나는?"

"당신은 내가 이미 가졌잖아."

게롤트는 오랫동안 침묵했다. 그는 예니퍼가 침묵을 깰 때까지 기다렸다.

"게롤트?"

"음?"

"나를 사랑해줘, 제발."

처음엔 서로에게 가득 찬 채로 둘은 환상과 뒤틀림, 새로운 것을 발견하고 탐닉하는 데 열중했다. 그러나 항상 그랬듯 이것은 동시에 너무 많고도, 너무 적다는 것을 깨달았다. 둘은 동시에 이를 깨닫고, 다시 한 번 서로에게 자신의 사랑을 확인시켰다.

게롤트가 다시 정신이 들었을 때, 달은 아직도 그 자리에 있었다. 귀뚜라미들은 마치 무엇에라도 홀린 듯, 그 불안함과 공포로부터 벗어나려는 듯 울어댔다. 아레투자 왼쪽 건물의 가까운 창에서, 누군가 잠이 부족했는지 화를 내며 조용히 하라고 욕설 섞인 고함을 지르고 있었다. 맞은편 창 쪽에서는 낭만적인 누군가가 브라보를 외치며 축하를 보내고 있었다.

"아, 옌…… 어쩔 수 없었어."

게롤트는 가책을 느끼며 속삭였다.

예니퍼는 게롤트에게 키스를 하고는 뺨을 베개에 묻었다.

"비명을 지를 수밖에 없는 이유가 있었어. 그래서 지른 거야. 억누를 수가 없었어. 건강하지도 않고, 자연스러운 것도 아니니까. 할 수 있으면, 나를 더 안아줘."

〈하권에서 계속〉